AF497630

Hans Dominik

John Workmann der Zeitungsboy

e-artnow 2018

Franz Werfel
Stern der Ungeborenen (Science-Fiction-Roman): Zukunftsreiseepos des Autors von "Die vierzig Tage des Musa Dagh"

Hans Dominik
Klaus im Glück

Ernst Weiß
Tiere in Ketten

Ernst Weiß
NAHAR: Erste & Zweite Fassung

Karl May
Ardistan und Dschinnistan (Band 1&2): Ardistan + Der Mir von Dschinnistan

Hans Dominik

John Workmann der Zeitungsboy

e-artnow, 2018
Kontakt: info@e-artnow.org

ISBN 978-80-273-1324-2

Inhaltsverzeichnis

1. Kapitel

Ein eisiger Abendwind fegte durch die Straßen New Yorks und trieb die Menschen zu größerer Eile als gewöhnlich an.

Während sonst zu jeder Tages- und Abendstunde vor den mächtigen Spiegelscheiben des Maschinenhauses der größten Zeitung Amerikas, des »New York Herald«, Hunderte von Personen durch die großen Scheiben einen bewundernden Blick auf die ungeheuren Druckpressen warfen, standen heute nur einige Zeitungsjungen in der Säulenhalle vor dem Maschinenhause und warteten auf die Ausgabe der letzten Abendnummer.

Man sah es diesen Jungen nicht an, daß sie in ihrer abgetragenen dünnen Kleidung unter dem Einfluß der Kälte litten. Ihre Augen strahlten, ihre Gesichter waren frostgerötet, und sie schienen durch das tägliche von morgens bis abends auf der Straße Verweilen gegen die Unbill der Witterung gefeit zu sein.

Abseits von der spielenden Gruppe stand ein schmächtiger, blondlockiger Knabe von etwa 12 Jahren, preßte sein Gesicht dicht an eine der mächtigen Spiegelscheiben und schaute mit weitgeöffneten Augen auf die große Dreifarbenpresse, welche ununterbrochen wie ein märchenhaftes Ungeheuer große, farbige Zeitungsblätter mit mathematischer Genauigkeit aus ihrem Innern herausbeförderte.

Im Gehirn des Knaben nahm diese bunte Farbenpresse das größte Interesse ein.

Mit aller Kraft seiner kindlichen Intelligenz versuchte er sich den Vorgang klarzumachen und das Wunderwerk der modernen Technik zu verstehen.

Sein sehnlichster Wunsch war es, auch einmal eine solche Maschine zu bedienen, ja, in seinem kühnen Traume sah er sich sogar als Besitzer solcher Maschinen, und wenn er auf dem Broadway seine Zeitungen verkaufte, hatte er das Gefühl, als stände er im Dienste eines den Menschen unbekannten, ungeheuren mechanischen Riesen. – Ein Gefühl von Stolz und Selbstbewußtsein erfüllte dann den einfachen Zeitungsjungen, das ihn weit über seine Käufer hinaushob.

Die Uhr auf dem Zeitungsgebäude schlug mit hellen, durchdringenden Tönen sieben Schläge. Der Junge wandte den Kopf von den Maschinen und lauschte. – –

Er kannte die Uhr.

Ein Wunderwerk, wie alles in dem Gebäude des Zeitungsriesen. Zwei in Erz gegossene doppelt lebensgroße Arbeitsmänner traten nach jeder vollendeten Stunde über das Haupttor des Zeitungsriesen und schlugen mit großen erzenen Hämmern auf eine metallene Platte so oft, wie es die Zeit ansagte. Der erzene Hammerschlag durchdrang den tollen Lärm der Straße und ließ die Menschen ihre Köpfe zu dem Gebäude des Zeitungsriesen hinwenden.

Kaum war der letzte Klang verhallt, als der Zwölfjährige seinen spielenden Kameraden zurief: »Kommt, Jungens, es ist Zeit.«

Dann schritt er, von seinen Kameraden gefolgt, zu einem Seitentor, aus dem in fast endloser Reihe kleine hochbepackte Lieferwagen im Eiltempo mit der letzten Abendausgabe in die Stadt fuhren.

An ihnen vorbei drängten sich die Zeitungsjungen und gelangten in einen kleinen Hof vor ein Schalterfenster, hinter dem der weißbärtige Kopf eines Mannes sichtbar war.

Einer der Jungen nach dem anderen trat an das kleine Fenster, sagte kurz eine Nummer, mit welcher er die gewünschte Anzahl von Zeitungsexemplaren bezeichnete, warf das Geld auf das Schalterbrett und erhielt eiligst die geforderten Exemplare hinausgereicht.

Sobald ein Junge seine Zeitungen erhalten, eilte er in derselben Hast wie die Autos davon, und knapp 10 Minuten nach sieben Uhr erfüllten die gellenden Rufe der Zeitungsjungen den Broadway und schreckten die Menschen durch den Ausruf der neuesten Verbrechen oder sonstiger sensationeller Nachrichten aus ihren Gedanken.

Bereits um acht Uhr hatten die meisten Jungen ihre Zeitungen verkauft und begaben sich nach Hause, so sie ein Zuhause besaßen.

Aber nur wenige unter den zehn- bis zwölfjährigen Jungen hatten ein Heim.

Wie nestlose Vögel, wie die Spatzen, krochen sie in irgendeinen versteckten Winkel, der sie etwas gegen Kälte und Regen schützte.

Dort schliefen sie – ein Paket alter Zeitungen unter dem Kopf – mit einer alten Decke, wie sie von den großen Auswandererdampfern im Hafen verschenkt wurden, zugedeckt, oder wer eine solche nicht besaß, in die großen Zeitungsblätter gewickelt.

Wieder andere, die nicht so sparsam, bezahlten in einem der verrufenen 10-Cent-Hotels ein schmutziges, hartes Lager.

Hart und unerbittlich ist der Weg der meisten unter den Zeitungsjungen, und doch – mit Stolz betrachtet der Amerikaner die wetterharten, zielbewußten, flinken Burschen und nennt sie: die Finanzgarde.

Denn aus diesen Reihen, aus dieser harten Schule kamen viele der leitenden großen Männer Amerikas.

*

Es war ein kleines, ärmliches Heim von Stube und Küche in einem Hinterhause der 32. Straße auf der Ostseite in New York, welches der blondlockige zwölfjährige Zeitungsjunge aufsuchte.

In scharfem Trab machte er den Weg nach Hause. Gewandt wie eine Eidechse schlängelte er sich durch den Wagenverkehr, mit lustigem Hoppla vor Pferden und Autos oftmals so scharf vorbeispringend, daß man an ein Wunder glauben konnte, wenn er mit heiler Haut auf dem Bürgersteig ankam.

Aber er war an das sinnverwirrende Treiben und Jagen der Wagen auf dem Broadway gewöhnt.

Mit sicherem Blick prüfte er die ihm zur Verfügung stehende Öffnung zwischen Straßenbahnwagen und Auto – mochten Wagenführer und Chauffeure über seine turnerische Kühnheit schelten – er war bereits davon und hörte nichts.

Als er vor dem schmucklosen, nüchternen Mietsbaus ankam, in dem seine Mutter wohnte, ließ er einen gellenden Pfiff ertönen – einen Kunstpfiff auf zwei Fingern, den er erlernt.

Das war jedesmal ein Freudensignal für die wartende Mutter.

In lebensfroher, knabenkräftiger Laune sprang er, fidel pfeifend, durch den Flur, war mit zwei Sätzen über den Hof und jagte – zwei Stufen mit einmal nehmend – die Treppe hinauf.

Im vierten Stock klingelte er. Nur wenige Sekunden brauchte er zu warten, als sich die Tür öffnete und eine schlanke, blondhaarige Frau mit dunklen Augen ihn umarmte und in die Wohnung zog.

»Bist du endlich da, John«, sagte sie mit mütterlicher Zärtlichkeit und streichelte ihm das kalte Gesicht. »Ich war schon recht in Sorge um dich, es ist heute bitterlich kalt!«

»Das stimmt, Mutter«, antwortete John Workmann. »Dafür haben wir Winter und ich habe mich schon ordentlich gefreut, bei dir zu Hause zu sein. Hier ist es fein warm.«

»Bist ein tapferer Junge. Komm, ich habe bereits Tee, Rührei und Speck, deine Lieblingsgerichte, auf dem Tisch stehen und hoffe, daß du einen guten Appetit mitbringst.«

»Ei ja, Mutter, ich bringe einen Wolfshunger mit. Wenn es so recht kalt ist, kann man für zwei essen. Und da –«

Er griff in die Taschen und holte mehrere Hände voll Cent- und Nickelstücke heraus. – »Ich habe heute ein so gutes Geschäft gemacht, wie seit langem nicht! Weißt du, bei der Kälte geben die Menschen gerne ein Trinkgeld. Viele lassen sich auf ein Fünf-Centstück nichts herausgeben. Ich glaube, ich habe heute so viel zusammen, daß ich dir ein schönes neues Winterjackett kaufen kann.«

»Nein, nein«, wehrte die Mutter, »dir tut ein Winterüberzieher viel nötiger. Mein altes Jackett, das mir noch Vater kaufte, wird diesen Winter noch gut genug sein.«

John Workmann war zu einer Waschschüssel gegangen, welche seine Mutter für ihn hingestellt hatte.

Er hätte niemals mit den von Straßenschmutz verunreinigten Händen sein Essen angerührt.

Als er sich gesäubert, trat er zu dem mitten in der Küche stehenden sauber gedeckten Tisch und sagte mit unmutigem Ton:

»Immer verdirbst du mir meine Freude. Für mich suchst du stets etwas Gutes, aber für dich darf ich das nicht. Da habe ich mich schon seit vierzehn Tagen darauf gefreut, dir ein warmes Jackett kaufen zu können, und nun willst du nicht? Weshalb arbeite ich denn?«

»Aber John!« beruhigte ihn die Mutter. »Du arbeitest, damit wir unsere Wohnung haben, und dein Mütterchen ein warmes Zimmer und Essen und Trinken. Ist das nicht etwa genug?«

Das Gesicht des kleinen John glättete sich bei den liebevollen Worten der Mutter. Er setzte sich und begann zu essen.

Mit leuchtenden Augen blickte ihn seine Mutter an und freute sich, wie tapfer er dem Abendbrot zusprach.

Nachdem er seinen Hunger gestillt und, wie es seine Gewohnheit war, aufstand, um seiner Mutter für das Abendbrot zu danken, sagte sie:

»Warte einmal, John, ich habe noch etwas sehr Schönes für dich!«

Sie öffnete einen Korb und holte ein halbes Dutzend rotwangiger Äpfel heraus.

Kaum aber hatte der kleine Blondlockige die Äpfel erblickt, als sich seine Augenbrauen von neuem zusammenzogen und er sagte:

»Eine Pelzjacke willst du dir nicht kaufen, aber solche unnötige Dinge wie Äpfel stellst du mir auf den Tisch!«

»Aber John, ich meine es doch gut mit dir!«

»Das weiß ich! Aber du meinst es nicht so gut mit mir, wenn du mir Äpfel kaufst.«

Da sah er, daß sich die dunklen Augen seiner Mutter, in welchen stets ein eigener, trauriger Glanz lag, mit Tränen füllten. Im nächsten Moment war aller Unmut aus dem Gesicht des Kleinen verschwunden. Hastig sprang er auf seine Mutter zu, umarmte sie und rief:

»Nicht traurig sein, Mütterchen! Aber sieh mal – ich brauche wirklich keinen Überzieher – ich habe noch nie einen getragen. Das Geld wäre wirklich fortgeworfen.«

»Aber du mußt doch frieren!«

»Unsinn!« lachte John Workmann. »Wir Zeitungsjungen frieren nicht! Sieh mal, Mütterchen, wir haben nicht eine Sekunde Zeit, stille zu stehen. Das geht immer vorwärts im Galopp! Jetzt auf einen Straßenbahnwagen hinauf, dann wieder hinunter, auf einen nächsten, dann durch die Menschen, und das geht so vorwärts, bis man seine letzte Zeitung verkauft hat; ich sage dir, da kann die Kälte noch mal so stark sein, uns ist so warm, als wäre es mitten im Sommer.«

»Willst du wirklich keinen Apfel essen, John?«

Energisch schüttelte er den Kopf, dann aber kam in sein Gesicht ein freudiger Ausdruck. Er nahm einen Apfel und sagte:

»Die Äpfel sollen einen guten Zweck haben. Ich bitte dich, pack sie mir in einen Korb und gib mir eine Flasche Spiritus mit. Ich will noch fort.«

»Wo willst du hin?« fragte die Mutter besorgt.

John Workmann, welcher bereits nach seiner Mütze griff, antwortete:

»Der kleine Charly Beckers ist heute nicht zum Broadway gekommen. Ich hörte von einem Jungen, der in seiner Nachbarschaft wohnt, daß er krank sei. Er klagte schon gestern abend über Kopfschmerzen und hustete stark. Da will ich nun nachsehen, was ihm fehlt. – Pack mir auch Tee und Zucker ein. Du weißt, er hat keine Eltern. Und ich glaube, da ist niemand, der sich um ihn kümmert.«

»Schrecklich«, flüsterte die Mutter. »Was für arme Jungens unter deinen Kameraden sind!«

»Pack nur alle sechs Äpfel ein«, sagte jetzt John Workmann, welcher bemerkte, daß die Mutter drei beiseite legen wollte. »Ich weiß, der kleine Charly ißt Äpfel sehr gern.«

Die Mutter errötete, als sie die fehlenden Äpfel in den Korb hineinlegte. Dann küßte sie ihren Jungen auf die Stirn und sagte:

»Bleibe nicht zu lange, John, du weißt, ich sorge mich um dich!«

»Sei unbesorgt, Mutter!« rief John Workmann. Dann nahm er den Korb, gab seiner Mutter einen Kuß und verließ eiligst die Wohnung.

»Puh!« rief er, als er jetzt auf die kalte Straße trat. »Jetzt spürt man erst die Kälte! – Hallo, dagegen ist Laufschritt gut!«

Lustig pfeifend setzte er sich in Bewegung und durchquerte im Laufschritt die immer dunkler werdenden Straßen, die nach dem Hafen von New York führten.

Es war eins der ärmlichsten und schmutzigsten Viertel von New York, in das er sich begab. Pferdeställe und Garagen, Wagenspeicher, Lagerplätze und vereinzelte hohe Häuser, alles nur notdürftig erleuchtet.

Vor einem Stallgebäude, aus dessen offenem Tor feuchte, warme Luft und das Schnauben und Scharren von Pferden auf die Straße drang, blieb John Workmann stehen.

Vorsichtig tastete er sich auf einem dunklen Seitengang neben dem Stallgebäude zum Hofe und kletterte dann eine an der äußeren Wand befestigte schmale Holzstiege empor.

Eine Art Lattentür stieß er oben am Ende der Treppe auf, und, indem er sich bückte, trat er in einen niedrigen, kammerartigen Verschlag – die Wohnung des kleinen Charly Beckers.

Kein Licht erhellte den Raum, und da auf dem Hofe keine Laterne brannte, so blieb John Workmann in der Öffnung des Verschlages stehen und rief.

Aus dem Dunklen antwortete die dünne, heisere, vom Husten unterbrochene Stimme eines Knaben:

»Ja, John, ich liege hier.«

»Hast du kein Licht?«

»Ja – gleich neben der Tür steht eine Laterne. Ich war zu schwach, mich aufzurichten und sie anzuzünden.«

John Workmann kramte aus seiner Tasche eine Schachtel mit Streichhölzern und zündete die neben der Tür stehende Stallaterne an, welche statt Glas mit Ölpapier beklebt war.

Jetzt konnte er den Raum notdürftig übersehen.

Im hinteren Winkel, gleich unter dem Dach, lag auf einem Haufen von Papier, Stroh und Lumpen der kleine sechsjährige Charly Beckers. Eine alte Pferdedecke und ausrangierte Futtersäcke deckten ihn bis an den Hals zu.

Mit fieberglänzenden Augen schaute der kleine Knirps auf seinen Kameraden, welcher neben dem Lager niederkniete und ihm die Hand auf die glühende Stirn legte.

»Sag mal, Junge, wie fühlst du dich?« fragte John Workmann.

»Ich weiß nicht«, erwiderte mit matter Stimme der kleine Charly Beckers, »ich habe so furchtbaren Durst und nichts zu trinken. Es ist nur gut, daß du gekommen bist. – Ich glaubte schon, ich müßte sterben.«

»Rede doch nicht solchen Unsinn, Charly. Wir Zeitungsjungen haben doch ein Leben wie die Katzen, sagte neulich der Maschinenmeister unserer Zeitung. Du wirst schon wieder durchkommen! Hast du Schmerzen?«

»Ja, hier –.« Der kleine Charly Beckers zeigte auf seine Brust.

»Ich habe dir Äpfel mitgebracht, willst du einen essen?«

Ein müdes Lächeln huschte über das schmale Gesicht Charly Beckers:

»Ich mag nicht, ich habe gar keinen Appetit! Aber bitte, gib mir etwas zu trinken.«

John Workmann nickte und begann für den kranken, kleinen Kameraden auf einem Spirituskocher Wasser heiß zu machen, damit er Tee bereiten konnte.

»Weißt du, John«, begann der Kleine nach einigen Minuten Stillschweigens, »ich möchte ja ganz gerne noch leben, denn ich habe mir doch vorgenommen, als Millionär zu sterben. Weißt du, wie der Harriman, dem alle Eisenbahnen gehören.«

»Ja, ja«, stimmte John Workmann bei, »Millionär muß eine feine Sache sein. Da liegt man, wenn man krank ist, in einem seidenen Bett, hat Ärzte um sich und kann reisen und wohnt in der Fünften Avenue. Aber – du – ich glaube, wenn ein Millionär krank ist, dann nutzen ihm die Millionen auch nichts.

Sieh mal, der Rockefeller darf bloß Milchsuppen essen und der Harriman konnte überhaupt nichts mehr essen. – Da hilft für alles Geld kein Doktor mehr.«

»Du hast recht, aber er hätte sich eben früher heilen lassen sollen und nicht warten, bis es zu spät ist. – Weißt du, der Eisenbahnkönig Harriman war auch ein Zeitungsjunge. Ich habe sein Bild an die Wand genagelt. – Wenn ich sterben sollte, dann sollst du das Bild haben. Es ist fast neu. Ich habe es für fünf Cent gekauft.«

»Rede doch nicht in einem fort vom Sterben, Charly, du bist doch noch jung und kein alter Mann wie der Harriman.«

»Es sterben auch Jungens«, meinte Charly Beckers. »Und ich weiß nicht, seitdem ich hier liege, habe ich eine mächtige Angst vor dem Sterben. – Hör mal zu, wenn ich tief atme, dann pfeift es hier drin geradeso wie draußen der Wind vom River. Da muß was kaputt sein! – Und furchtbare Schmerzen habe ich auch. Ich kann mich gar nicht bewegen.«

John Workmann blickte mit ernsten Augen auf den Kleinen, dann horchte er auf die pfeifende Brust und sagte:

»Du bist wirklich krank, Charly. – Soll ich dich in ein Krankenhaus bringen lassen?«

Mit angstvoll aufgerissenen Augen blickte Charly Beckers ihn an.

»Nein – nein, John. – Bitte, tu das nicht. – Laß mich zu Hause. – Hier ist es viel schöner als in einem Krankenhaus. – Da darf ich meine Sachen doch nicht mitnehmen.«

»Das darfst du allerdings nicht. Aber sag mal, hast du gar keine Verwandten in der Stadt?«

Der Kleine schüttelte den Kopf.

»Niemand, John. – Seit meine Mutter tot ist – vor einem Jahre – habe ich niemand mehr. – Damals wollten sie mich durch die Polizei ins Waisenhaus bringen lassen und – du weißt ja – ich rückte aus und fand diese Wohnung.«

»Hast du denn keinen Vater?«

»Nein, John – meine Mutter sprach nie von meinem Vater.«

»Niemals?«

»Nein – niemals, John.«

Und John Workmann saß wie erschrocken da, starrte in das flackernde Stallicht und wußte nicht, was er sagen sollte.

Ein Frösteln überlief ihn, als ob ein ihm unbekanntes Gespenst, das ihm Furcht einflöße, durch den Raum schliche. –

Er versuchte, sich das Nichtvorhandensein eines Vaters zu erklären. – Seine Mutter erzählte ihm stundenlang aus dem Leben seines Vaters. – Nach langen Sekunden fragte er:

»Du hast kein Bild von deinem Vater?«

»Keins.«

»Ist er schon gestorben?«

»Ich weiß nicht.«

»Du hast nie etwas von ihm gehört?«

»Niemals, John.«

Da packte John Workmann die fieberheiße Hand seines todkranken, kleinen Kameraden und sagte:

»Du – Charly – das ist sehr traurig.«

Charly Beckers wußte nicht, wie John Workmann das meinte.

Währenddem war der heiße Tee abgekühlt, und er reichte Charly Beckers den Blechtopf, in welchem er den Tee aufgebrüht hatte. Eine Tasse war nicht vorhanden.

Dann stützte er ihn im Rücken, und mit hastigen Zügen trank der Fiebernde den Tee.

»Ach, das tut gut«, sagte der Kleine und legte sich wohlig auf sein ärmliches Lager zurück. »Jetzt möchte ich schlafen.«

»Fühlst du dich etwas besser?« fragte John Workmann.

Aber vergebens wartete er auf eine Antwort. Der Kleine hatte die Augen geschlossen und lag ermattet im Schlaf. –

Noch mehrere Sekunden lauschte John Workmann auf den hastig arbeitenden Atem seines Kameraden, dann löschte er die qualmende Laterne, öffnete leise die Lattentür, an deren inneren

Seite als notdürftiger Schutz gegen den Wind von Charly Beckers altes Sackleinen genagelt war, und glitt die Leiter zum Hof hinunter.

Im Lauftempo kam er zu Hause an. Auf sein schrilles Klingeln öffnete die Mutter ängstlich die Tür.

Aber ohne sie zu beachten, stürmte John Workmann zu seiner Kommode, riß den obersten Kasten auf und nahm ein Leinwandbeutelchen, das alle seine Ersparnisse enthielt, heraus.

Die Mutter hatte kaum noch Zeit zu rufen:

»Was gibt es, John, wo willst du noch hin?«

Da war er schon wieder aus der Wohnung verschwunden.

Mehrere Straßen durcheilte er, bis er das fand, was er suchte, ein Messingschild, auf dem zu lesen stand: Dr. Harper, Arzt für innere und äußere Krankheiten.

»Was willst du?« fragte ein Negerboy, mit geringschätzigem Blick John Workmanns einfache Kleidung musternd.

»Ich will den Doktor sprechen!«

»Jetzt sind keine Sprechstunden!« erwiderte der Neger.

»Ach was!« rief John Workmann, »danach frage ich dich nicht. Melde deinem Herrn, daß ich ihn sprechen will.«

Der Negerboy, welcher einen Kopf größer war als John Workmann, ärgerte sich über den herrischen Ton und wollte, ohne etwas zu erwidern, die Türe zuschlagen.

Aber John Workmann sah das voraus und stellte seinen Fuß zwischen die Tür, so daß der Negerboy sie nicht schließen konnte.

Als er ihn jetzt mit Gewalt aus der Tür drängen wollte, flammte es in den dunklen Augen John Workmanns auf, seine kleine harte Faust ballte sich zusammen, und bevor der Negerboy sich verteidigen konnte, gab ihm John Workmann einen Hieb vor den Magen.

Da öffnete sich auf der rechten Seite des Flures eine Tür, und Dr. Harper, vom Lärm angelockt, erschien.

»Was gibt es hier?« fragte er mißmutig.

Freimütig trat John Workmann zu ihm und sagte:

»Ich habe Ihrem schwarzen Boy Anstand beigebracht, er scheint sich nicht für Ihr Geschäft zu eignen, Doktor.«

Dr. Harper wußte nicht, was er erwidern sollte. Endlich fragte er:

»Ja, was willst du denn eigentlich von mir?«

John Workmann blickte ihn starr an; dann rief er:

»Sie scheinen wohl nicht zu wissen, daß Sie als Doktor immer und für jeden da sein sollen!«

Bevor sich der Arzt von seinem Erstaunen erholt hatte, war John Workmann wie ein Wiesel verschwunden und lief die Straße hinunter, um einen anderen Doktor zu finden.

»Ist das ein Narr«, sprach er zu sich selbst. »Fragt die Menschen, was sie bei ihm wollen. Er scheint nicht zu wissen, daß er Doktor ist. Ich möchte nicht von dem behandelt werden!«

Jetzt blieb er vor einem Schild stehen, auf dem ein Arzt namens Walter verzeichnet war.

Als er ihm gegenüberstand und ihn bat, mit ihm zu kommen, sagte der Doktor kurz:

»Der Gang kostet fünf Dollar. Hast du das Geld bei dir?«

»Das ist selbstverständlich.«

Er knüpfte den Leinwandbeutel auf und begann dem Doktor in kleiner Münze den Betrag von fünf Dollar auf den Tisch zu zählen. Es war eine stattliche Reihe von Centstücken, bis die fünf Dollar auf dem Tische aufgezählt lagen, und über die Hälfte vom Inhalt des Leinwandbeutelchens war verschwunden.

Behutsam, als fürchte er sich schmutzig zu machen, zählte der Arzt die Münzen durch.

John Workmann ärgerte sich darüber und sagte:

»Ich bin Zeitungsjunge, Doktor, und das Geld ist ehrlich erworben! Sie brauchen sich nicht zu genieren, es zu nehmen!«

Ohne weitere Worte zu verlieren, folgte ihm der Doktor zu der Wohnung des kleinen Charly Beckers.

Es kostete John Workmann alle Überredungskünste, um ihn zu bewegen, die steil emporgehende einfache Leiter zu besteigen.

Fluchend und brummend vollführte endlich der Doktor das turnerische Kunststück und mußte tief gebückt, da er sich sonst den Kopf gestoßen hätte, zu dem Lager des kleinen Charly Beckers hinkriechen.

Charly Beckers phantasierte, als ihn der Arzt untersuchte.

»Ist das dein Bruder?« fragte er, nachdem die Untersuchung beendet war.

»Nein, Doktor. Es ist mein Kamerad. Es ist der jüngste unter uns Zeitungsjungen vom Broadway.«

»So, so –« erwiderte der Doktor. »Dann kann ich dir ja die Wahrheit sagen.

»Mit dem Jungen wird nichts mehr anzufangen sein. Er ist schwindsüchtig und hat eine Lungenentzündung dazubekommen. Es hätte nicht einmal Zweck, ihn noch in ein Krankenhaus bringen zu lassen. Wer weiß, ob er noch bis morgen abend lebt.«

»Armer Charly«, flüsterte John Workmann und Tränen füllten seine Augen. »Nun ist es nichts mit dem Millionärwerden.«

»Nein«, sagte der Doktor und mußte lächeln, »damit ist es für den vorbei.«

Dann verschrieb er einige Tropfen, um die Schmerzen des Kranken zu lindern, und begab sich wieder nach Hause.

Vergebens wartete voll Unruhe und Sorge die Mutter in dieser Nacht auf John, daß er nach Hause käme.

Erst am frühen Morgen, um die Zeit, als sie ihm wie sonst vor seinem Weggang den Kaffee machte, kam er an, setzte sich mit verstörtem blassem Gesicht an den Tisch und sagte:

»Ich war bis jetzt bei Charly Beckers. Der Doktor sagte, bis zum Abend stirbt er. Ich werde heute mittag nicht nach Hause kommen, sondern zu ihm gehen.«

»Hol dir nur keine ansteckende Krankheit!« sagte die Mutter.

»Ich weiß«, nickte Workmann. »Eine ansteckende Krankheit kann ich auch sonst überall bekommen; sorge dich nicht um mich.«

Damit ging er durch die dunklen Straßen zu seinem Arbeitsplatz – zum Broadway. –

2. Kapitel

An dem dunkelgrauen Wintermorgen versammelten sich die Zeitungsjungen vor dem Gebäude des Zeitungsriesen und, wie alle Morgen, standen die meisten von ihnen bei dem Küchenwagen des Zeitungsriesen, welcher jedem Armen New Yorks, der es wünschte, des Morgens an dieser Stelle eine Blechtasse mit heißem Kaffee und ein Stück Brot umsonst verabreichte.

Entsetzliche Reihen des Elends kamen frostbebend aus dem Dunkel zu dem Wagen.

Fadendünn umschlossen schmierige Lumpen die Entgleisten, oftmals durch große Löcher die kältegerötete Haut zeigend.

Mit gierigen Augen spähten sie auf den Moment, wo sie den ersehnten heißen Trank, das ersehnte Stück Brot erhielten.

In ihre müden, ausgehungerten Gesichter trat ein Schimmer von neuer Lebenshoffnung, so sie mit zitternden Händen den Blechnapf voll heißem Kaffee zum Munde führten und in das Brot hineinbissen. –

Kein Laut wurde unter ihnen hörbar.

Schweigsam tauchten sie, wie Schatten einer Welt des Grauens, aus dem halbdunklen, nebelbrütenden Broadway, schweigsam verschwanden sie in demselben Nebelgrau.

Und doch – falls sie sprechen wollten – sie konnten das Grauen verkünden.

Als John Workmann zu dem Platz seiner Kameraden kam, beantwortete er ihren lauten Gutenmorgengruß mit einem stillen Nicken des Kopfes. Dann winkte er ihnen mit der Hand zum Zeichen, daß sie ihm folgen sollten.

Die Jungen waren gewohnt, John Workmann zu folgen.

Er war unter ihnen unzweifelhaft der Intelligenteste, und manch einer der Jungen hatte sich von ihm schon Rat und Auskunft geholt.

Die Jungen folgten ihm unter die Halle, welche von dem strahlenden Licht aus dem Maschinenraum erleuchtet war. Indem sich John Workmann gegen eine der mächtigen Spiegelscheiben lehnte, sagte er mit lauter Stimme, damit sie jedes Wort trotz der polternden und stampfenden Maschine hören konnten:

»Wenn einer von euch Charly Beckers noch einmal sehen will, dann kann er heute mittag nach der Schule mit mir kommen.«

»Charly Beckers wird heute sterben.«

Es war, als ob plötzlich die Winterkälte sich auf diese Schar lebensfrischer und lebensmutiger Jungens mit ihrem eisigen Hauch gelegt hätte.

Das frohe, blitzende Lächeln aus den frischen Gesichtern war verschwunden. Die Augen blickten ernst, und keiner von ihnen vermochte John Workmann etwas zu antworten.

Sie wußten alle, daß Charly Beckers krank war, aber daß er so jung sterben sollte, war für sie etwas Unfaßbares.

»Kommt ihr mit?« fragte John Workmann.

Da nickten alle Jungens mit dem Kopf, als Zeichen, daß keiner von ihnen zurückbleiben würde.

An diesem Morgen mochten sich die New Yorker darüber wundern, daß keiner der Zeitungsjungen mit dem gewöhnlichen gellenden Indianergeheul die Zeitungen ausrief, sondern daß sie mit merkwürdigem Ernst ihr Geschäft ausübten.

John Workmann hatte nur die Morgenausgabe besorgt, dann war er, so schnell ihn seine Füße trugen, zu dem kleinen Beckers geeilt.

Als er in dessen Schlafraum kroch, lag der Kleine mit Fieberwangen und weitgeöffneten Augen auf seinem Lager. Er war so schwach, daß er kaum den Kopf emporheben konnte.

»Ich bin's, Charly«, sagte John Workmann und hockte sich ganz dicht an das Lager des Kranken. – »Erkennst du mich?«

»Ja«, hauchte Charly Beckers, »ich habe schon gewartet. Kurz bevor du kamst, träumte ich von einem goldenen Engel, der durch die Tür hereinkam und mich mit sich nehmen wollte. Und dann bekam ich wieder furchtbare Angst und wachte auf. – – Gut, daß du da bist.«

John Workmann nahm die neben dem Bett stehende Medizinflasche und flößte Charly Beckers einige Tropfen zwischen die Lippen.

»Hast du noch Schmerzen?«

»Nein«, flüsterte Charly Beckers, »mir tut gar nichts weh. Ich glaube, ich werde jetzt wieder gesund.«

John Workmann versuchte zu lächeln.

»Natürlich wirst du wieder gesund, und jetzt probier mal, ob du einen von den Äpfeln essen kannst, die ich dir mitgebracht habe.«

Er gab Charly Beckers in jede Hand einen Apfel, was dieser aber nicht beachtete.

»Ich habe mir schon Sorge gemacht«, flüsterte er, »was aus meinen Sachen werden sollte. – – Weißt du, hier unter meinem Kopfkissen habe ich sieben Dollar liegen, die ich mir erspart habe. – Und dann in der kleinen Kiste dort in der Ecke habe ich allerlei Dinge, die ich gesammelt. – Da ist eine Tabakspfeife, die ich am Broadway fand. – Auch ein Notizbuch und ein Taschenmesser und sonstige Kleinigkeiten. Ich will das später alles einmal, wenn ich reich werde, gebrauchen. Sieh mal, John, dann ist es doch ganz gut, wenn man ein Taschenmesser und ein Notizbuch schon besitzt. Da braucht man es sich nicht erst zu kaufen. Und reiche Leute haben solche Sachen! – Ich denke mir, wenn man das hat, kann man auch Millionär werden. Nicht wahr?«

»Ganz gewiß, Charly. – Du wirst ein Millionär.«

»Weißt du, John«, flüsterte Charly weiter, »am meisten hätte ich mich gefürchtet, wenn man mich wie arme Leute in ein Massengrab geworfen hätte.

»Ich habe es mir immer am schönsten vorgestellt, wie der reiche Harriman in einem eigenen Grabe zu liegen, und ein großer Stein muß auf dem Hügel stehen, daß alle Leute sagen: Hier liegt Charly Beckers, der Millionär.«

John Workmann streichelte ihm die Stirn und sagte:

»Das wirst du alles haben, mein lieber Charly! Sprich nur nicht soviel, der Doktor hat es verboten.«

»War denn ein Doktor hier?«

»Ja, Charly!«

»Ein wirklicher Doktor?«

»Ein wirklicher Doktor!«

»Aber wer hat ihn bezahlt?«

»Ich habe ihn bezahlt.«

»Wieviel hat das gekostet?«

»Fünf Dollar, Charly.«

»Hm –« nachdenklich sah der kleine Knirps auf die Decke aus Sacktüchern. Dann hob er den Kopf ein wenig, blickte John Workmann dankbar an und sagte:

»Du bist ein guter Junge, John, ich schulde dir demnach fünf Dollar. Schade, den Doktor hättest du sparen können, da ich nun wieder gesund werde!«

Dann legte er sich mit dem Kopf zur Wand und schloß vor Erschöpfung die Augen.

John Workmann aber saß still neben dem Lager seines Kameraden, lauschte auf die unregelmäßigen Atemzüge und bekam Herzklopfen, wenn der Atem einmal längere Zeit ausblieb.

So kam der Mittag heran und die Zeit, wo die anderen Jungens vom Broadway noch einmal Charly Beckers sehen wollten.

Wohl an hundert Jungens waren es, die sich auf dem Hofe hinter dem Stalle versammelten und lautlos einer nach dem anderen zu dem engen Verschlag emporkletterten.

Und der kleine Sterbende wachte auf und freute sich, daß alle seine Freunde gekommen waren, ihn zu besuchen.

Jeder der Jungen schüttelte ihm die Hand und hatte ein Trostwort für ihn. –

Und Charly Beckers fühlte sich, als sei er der Präsident, und mit lächelndem Munde flüsterte er:

»Sorgt euch nicht. – Morgen bin ich wieder gesund.« –

Immer matter wurde sein Lächeln, ein müder Schatten legte sich vor seine Augen, er erkannte nichts mehr und mit einem letzten Aufflackern seiner Lebenskraft flüsterte er sterbend:

»Morgen – gesund –«

Dann versank das graue Licht des Wintertages in ewige Nacht vor seinen Augen. –

Charly Beckers war lange tot, als seine Kameraden immer noch nicht wußten, daß er nicht mehr unter ihnen weilte.

Erst als John Workmann merkte, daß die Hand des kleinen Charly, welche er hielt, kälter und kälter wurde und die Augen sich nicht mehr öffneten, beugte er sich über ihn und rief:

»Charly, willst du etwas trinken?« und nachdem er es mehrmals gerufen, ohne Antwort zu bekommen, bemächtigte sich John Workmanns eine unerklärliche Furcht.

Mit zitternden Händen nahm er die Medizinflasche und versuchte, in Charly Beckers festgeschlossenen Mund einige Tropfen zu gießen.

Umsonst.

Charly Beckers kleiner Mund, der so fröhlich plaudern konnte, war für immer verschlossen. –

»Er ist sehr kalt«, flüsterte John Workmann seinen Kameraden zu, »ich werde ihn in den Arm nehmen und ihn wärmen.«

»Es wird nichts nutzen«, sagte Harry Thomson, »als meine kleine Schwester starb – wir schliefen immer in demselben Bett – war sie auch ganz kalt. – Ich glaube, Charly Beckers ist nun im Himmel.«

Da wurde es ganz still unter den Jungen wie in einer Kirche.

Als einer von ihnen mit dem Fuß das Strohlager Charly Beckers berührte, daß es raschelte, fuhren sie erschreckt zusammen und schlichen zu ihren auf dem Hof weilenden Kameraden.

Dort standen sie eng zusammengedrängt, als brüte ein schweres Unheil über ihren Köpfen.

»Jungens!« sagte John Workmann mit tränenfeuchten Augen, »der kleine Charly ist tot. Sein letzter Wunsch war, so begraben zu werden, wie unsere Millionäre.

Ich denke, wenn wir alle mal drei Tage lang hungern und unseren Verdienst zusammenschmeißen, dann wird es dafür ausreichen, daß wir dem kleinen Charly auf einem Kirchhof in Long Island einen festen Platz kaufen und ihn in einem schönen Sarg zu Grabe tragen.

»Seid ihr alle damit einverstanden?«

In die ernsten Mienen der Jungen brachten die Worte John Workmanns wieder Sonnenschein. Jetzt hatten sie eine Pflicht an dem kleinen Charly Beckers, ihrem Kameraden, zu erfüllen!

Fast zufrieden verließen sie den Hof und begaben sich wieder zu ihrem Arbeitsplatz, zum Broadway.

John Workmann aber ging in den Raum des Toten zurück.

Nachdem er nochmals einige bange Minuten vergeblich auf ein Lebenszeichen von ihm gelauscht, begann er die Habseligkeiten – das Erbe des kleinen Charly Beckers – zusammenzupacken.

Mit fast frommer Scheu faßte er die wertlosen und doch für Charly Beckers einstmals so kostbaren Dinge an.

Wie hatte der kleine Knirps an den Sachen gehangen!

John Workmann erinnerte sich, mit welch stolzen Augen ihm Charly Beckers die Tabakspfeife und das Taschenmesser gezeigt. – Vor allem aber das Notizbuch! – Das sollte Charly Beckers' Wegweiser zum Reichtum werden.

Mit Tränen in den Augen schlug John Workmann das kleine Buch auf.

Da stand auf der ersten Seite mit ungelenken Knabenbuchstaben: »Charly Beckers« und darunter mit roter Tinte »Millionär«, auch seine Wohnung war genau angegeben.

Dieser ärmliche Stallverschlag unter dem Dache war in Charly Beckers' Phantasie sein Millionärspalast. –

Dann stand auf den nächsten Seiten genau angegeben, was Charly Beckers verausgabt und wieviel er verdient.

Mit roter Tinte hatte er auf jeder Seite seine Ersparnisse unten aufgeschrieben. – Sieben Dollar waren es auf der letzten Seite – und nun?

John Workmann schaute auf den stillen Schläfer. In seiner Kehle würgte es, am liebsten hätte er laut aufgebrüllt, daß der kleine tapfere Kerl nun tot war.

Dann erinnerte er sich, daß niemand bis jetzt bei dem Toten ein Gebet gesprochen. Es zwang ihn förmlich, das zu tun; und so kniete er bei Charly Beckers nieder und betete mit halberstickter Stimme:

»Lieber Gott – der kleine Charly war ein guter Junge. Du weißt das besser als ich, und auch, daß er keinen Vater besessen. – Nun ist er bei dir, lieber Gott. Amen!«

Dann nahm er die Hände des Kleinen und, als ob er noch hören könne, sagte er:

»Charly, du brauchst dich nicht zu sorgen, du sollst ein schönes Grab haben.«

Leise verließ er den Raum und schloß ihn ab. –

Bereits am Abend hatte er das nötigste Geld zur Hand, und als zwei Tage vergangen waren, fehlten eines Nachmittags auf dem Broadway die gesamten Zeitungsjungen, um Charly Beckers die letzte Ehre zu erweisen. –

Ein prachtvoller Leichenwagen, wie ihn die dunkle Ostseite von New York, in welcher das größte Elend und die bitterste Armut herrscht, nie gesehen, führte den Sarg des kleinen Charly Beckers durch die Straßen zum Broadway.

Eine Kapelle, welche einen feierlichen Trauermarsch spielte, schritt dem Sarg voran. Dicht hinter ihm ging John Workmann, dem in langem Zuge die Zeitungsjungen vom Broadway folgten.

Starr hingen die Augen von John Workmann an den mächtigen weißen Schleifen eines Lorbeerkranzes, die wie ein Banner von dem Sarg fast bis zum Boden hinabreichten und auf denen in großen Goldlettern gedruckt stand:

»Ihrem toten Kameraden Charly Beckers
Seine Kameraden vom Broadway!«

Und die New Yorker stauten sich zu beiden Seiten der Straßen, welche der Zug passierte und blickten mit scheuer Bewunderung auf die ärmlich gekleideten Zeitungsjungen, welche ihrem Kameraden ein so glänzendes Begräbnis zuteil werden ließen.

Als der Zug vor dem Gebäude der Zeitung langsam vorüberkam, machte der Zeitungsriese in seinen kostbaren Arbeitsminuten eine Pause. –

Die Arbeiter verließen die Maschinen, die unermüdlichen riesigen Werke standen still.

Dreimal neigte sich die Flagge am Fahnenmast des Zeitungsriesen vor dem Sarge seines Zeitungsjungen, als wäre er ein Fürst.

Von dem Broadway bis zum Fährboot, das den Sarg des kleinen Charly Beckers nach Long Island hinübersetzen mußte, standen die Menschenmassen dicht gedrängt, und zum ersten Male flüsterten sie den Namen eines späteren Gewaltigen unter ihnen von Mund zu Mund:

»John Workmann.«

Wie ein Lauffeuer ging es durch die Menschenmassen, daß John Workmann es war, der das Begräbnis zustande gebracht. Tausende von Augen sahen neugierig auf das blasse Gesicht des blondlockigen zwölfjährigen Knaben, der hinter dem Sarge schritt.

Und die wirklich Sehenden konnten auf dem Antlitz John Workmanns den Adel seiner Intelligenz wie ein prophetisches Leuchten für eine große Zukunft liegen sehen.

Als der Prediger das Gebet über der Grube gesprochen, trat John Workmann an das Grab und warf als letzte Liebestat drei Hände voll Erde auf Charly Beckers' letzte Ruhestätte. –

Dann sagte er:

»Jungens! – Stünde Charly Beckers bei uns, dann könntet ihr sehen, wie sehr er sich über das schöne Begräbnis freute, das wir ihm gegeben haben. – Für Charly Beckers danke ich euch und wünsche, daß ihr einmal ein ebenso schönes Grab bekommt wie unser Charly Beckers.«

Als John Workmann am Abend still und schweigsam seine Wohnung aufsuchte, empfing ihn seine Mutter zum ersten Male mit einer scheuen Ehrfurcht, als sei es nicht ihr Junge, sondern ein Fremder.

Eine Stunde, bevor er gekommen, hatten ihr Nachbarinnen die Abendzeitungen gebracht, und an erster Stelle konnte sie den Namen ihres Jungen lesen mit großen Buchstaben, wie sie die Zeitungen nur bei Königen, Fürsten oder großen Ereignissen gebrauchen. Und darunter die Beschreibung vom Begräbnis des kleinen Charly Beckers nebst Bildern.

Wie eine Heldentat priesen die Zeitungen John Workmanns Werk.

Die Augen voll Tränen umarmte ihn seine Mutter und rief immer wieder:

»John, mein lieber guter John!«

John Workmann aber wehrte seine Mutter sanft ab und sagte:

»Weißt du, Mutter, seit drei Tagen habe ich kaum gegessen und geschlafen. Schaffe mir jetzt Abendbrot und dann will ich mich zu Bett legen.«

Als John Workmann im Bett lag, atmete er erleichtert auf.

Er dachte an den kleinen Charly Beckers, der nun doch nach seinem Tode wie ein Millionär in einem vornehmen Grabe in Long Island lag. – Nicht unter den Sanddünen draußen am Ozean, wo man die Grabstätte statt eines Namens nur mit einem Holzpfahl bezeichnet, auf dem eine Nummer geschrieben stand. Charly Beckers konnte zufrieden sein!

Auf sein Grab kam ein Stein, auf dem ein jeder lesen konnte, daß hier Charly Becker's letzte Ruhestätte war.

Als John Workmann am nächsten Tage erwachte, begab er sich, wie stets zur gewohnten Zeit, zu seinem Arbeitsplatz.

Als er an den Schalter trat, um seine Zeitungen in Empfang zu nehmen, schob ihm der alte Beamte einen Brief zu und sagte:

»Lies den, John. Ich glaube, man kann dir gratulieren!«

Erstaunt nahm John Workmann den Brief, welcher seinen Namen trug und in einem Kuvert steckte, wie es der Zeitungsriese gebrauchte.

Aber erst, nachdem er seine Morgenausgabe in den Hoch- und Untergrundbahnen verkauft, nahm er sich Zeit, den Brief zu öffnen. Mit erstaunten Augen las er:

Werter Herr!

Im Auftrage des Mister Bennett habe ich Ihnen mitzuteilen, daß Sie heute zwischen 2 und 3 Uhr sich in seinem Büro einfinden möchten.

Hochachtungsvoll
George Tyler, Sekretär.

Zweimal las John Workmann den Brief. Dann wurde er glühend rot.

Scheu steckte er das Schreiben in seine Brusttasche und benutzte zum erstenmal in seinem Leben die Straßenbahn, um schneller nach Hause zu kommen. Er wollte seinen Anzug wechseln.

Zum ersten Male auch geschah es, daß er als »Herr« angeredet wurde. –

Und derjenige, der ihn als Herr anredete, war einer der Mächtigsten der Welt, einer der ersten Millionäre: der Besitzer der ungeheuren Maschinen, der Arbeitgeber von Tausenden von Menschen, ein König in seinem Reiche.

3. Kapitel

Als John Workmann die breite Marmortreppe im Gebäude des Zeitungsriesen zu dem im ersten Stockwerk befindlichen Empfangsraum emporstieg, erschien es ihm gar nicht so außergewöhnlich, obwohl er noch nie in seinem Leben über mit roten Samtläufern belegte Marmorstufen geschritten war.

Auch der dunkel getäfelte Empfangssaal mit den mächtigen mit grünem Tuche bespannten Tischen, auf denen Zeitungen und Bücher aus aller Herren Länder zur Ansicht lagen, imponierte ihm nicht.

Als sei es etwas Selbstverständliches, nahm er in einem der bequemen, rotledernen Sessel Platz und wartete der Dinge, die nun kommen mußten.

Es dauerte nicht lange, so näherte sich ihm ein Diener, welcher die Besucher nach ihren Wünschen zu fragen hatte.

Von dem Empfangsraum gingen wohl ein Dutzend Türen nach den verschiedenen Richtungen des Zeitungspalastes und brachten die Besucher zu den verschiedenen Redaktionen.

Da war ein ewiges Kommen und Gehen.

Hunderte von Menschen kamen tagtäglich in den Saal, um mit ihren Anliegen die Redaktionen des Zeitungsriesen aufzusuchen.

Es gab kaum eine Nation in der Welt, die nicht täglich hier vertreten war: Inder mit Turban, Türken mit dem Fez, Perser mit Lammfellmützen, Chinesen mit blauseidenen Kaftanen und ebenholzschwarze Neger; Kaukasier, Franzosen, Italiener, Deutsche und Engländer. Ja, selbst die Eskimos der letzten Nordpolexpedition hatten den Raum schon betreten.

Alle Sprachen der Welt durchschwirrten den mächtigen Saal. Kein zweiter Platz der Welt konnte eine derartig interessante Gesellschaft aufweisen wie der Empfangsraum des Zeitungsriesen.

Aber nicht nur Ausländer waren hier zu treffen, sondern auch viele Mitbürger John Workmanns, um sich Rat und Auskunft oder auch Hilfe zu holen.

Und für alle wußte der gigantische Apparat des Zeitungsriesen Rat zu schaffen!

Da kamen arme Leute, welche keine Feuerung besaßen, und erhielten von ihm für den ganzen Winter das Brennmaterial. Da waren im heißen Sommer Leute, welche bei der tropischen Glut, die in New York herrschte, kein Eis hatten, und sie erhielten welches.

Da waren andere, welche um ein Freibett in einem Krankenhaus baten, um einen Rechtsanwalt in schwierigen Fällen, um ein bares Darlehen, um Schutz gegen Feinde, um einen Arbeitsplatz.

Und wie Harun al Raschid, der mächtige Herrscher aus dem Märchen von Tausendundeiner Nacht, erschien allen den Hilfesuchenden der ihnen selbst nicht zu Gesicht kommende Zeitungsriese, und die wenigsten wußten sich selbst ein Bild von ihm zu machen. Unsichtbar und mächtig war er für Tausende von Menschen.

Es gehörte auch zu den größten Seltenheiten, daß ihn irgendein Mensch zu Gesicht bekam. Selbst seine Untergebenen sahen ihn jahrelang nicht.

Nur sein Vertrauter, seine rechte Hand, sein Sekretär, George Tyler, war der Mittelsmann, dessen er sich bediente, um seine kurzen und bündigen Befehle zu erteilen.

Als der Saaldiener zu John Workmann trat, um ihn zu fragen, wen er zu sprechen wünsche, antwortete John Workmann:

»Mister Bennett.«

Der Saaldiener, welcher diese Antwort wohl hundertmal am Tage hörte, antwortete jedesmal dasselbe:

»Mister Bennett ist nicht zu sprechen. – Falls Sie mir sagen, was Sie wünschen, werde ich Sie zu seinem Vertreter senden.«

»Erlauben Sie mal«, erwiderte John Workmann und zog seinen Brief aus der Tasche, »ich glaube nicht, daß Mister Bennett zu den Leuten gehört, welche sich einen Spaß mit einem anderen erlauben. Überzeugen Sie sich, Mister Bennett hat mich um diese Zeit herbestellt.«

Der Saaldiener nahm den Brief und während er ihn las, veränderte sich sein freundlich herablassender Gesichtsausdruck zu einer respektvollen und strengen Miene:

»Entschuldigen Sie, Sir«, sagte er mit einer höflichen Verbeugung, welche sonst nicht zu seinen Gewohnheiten gehörte. »Das ändert allerdings die Sachlage.

»Sie werden verstehen können, daß ich Ihnen erst die Antwort erteilen mußte. Bei den vielen Besuchen, die hier einlaufen, würde Mr. Bennett keine Zeit zu irgendwelchem Geschäft mehr besitzen, wenn er sie alle selbst empfangen wollte. Bitte, haben Sie die Güte, mir zu folgen.«

Er schritt zu einer kleinen Ebenholztür und drückte auf einen Klingelknopf. Kaum eine Sekunde verging, so öffnete sich die Tür, ein Negerboy trat aus einem Fahrstuhl heraus, lüftete sein Käppi vor John Workmann und der Saaldiener bedeutete ihm, den Fahrstuhl zu betreten.

Er schloß hinter ihm die Tür, der Negerboy trat an das Handrad, setzte den Fahrstuhl in Bewegung und langsam und geräuschlos stieg er in die Höhe.

Fast endlos deuchte John Workmann die Zeit, welche der Fahrstuhl zum Emporsteigen brauchte. Endlich hielt er.

Der Negerboy öffnete die Tür des Fahrstuhls, zog wiederum sein Käppi respektvoll vor John Workmann und ließ ihn in ein dunkel getäfeltes Zimmer eintreten, in welchem an einer Schreibmaschine eine junge Dame saß.

Höflich fragte diese John Workmann nach seinem Begehr und ersuchte ihn dann, vorläufig Platz zu nehmen, da Mister Bennett sich noch in einer Konferenz befände.

John Workmann nahm in nächster Nähe des breiten, mächtigen Fensters Platz und blickte mit kindlichem Entzücken auf die ungeheuer weite Fernsicht über die mächtige Stadt.

Es war das höchste Geschoß, der 36. Stock des Zeitungspalastes, in welchem sich fern von allem Getöse der Großstadt der Privatraum des Zeitungsriesen befand. Nur ganz dumpf, wie ein weit entfernter Donner, tönte der Lärm aus der Tiefe empor.

Weit über die Häuser fort zum Hafen, wo die Freiheits-Statue golden aufblinkte, über die grüne Insel von States Island fort reichte der Blick zu dem blaugrün schimmernden Ozean.

Ganz deutlich konnte John Workmann soeben in der Hafeneinfahrt einen der Riesenpassagierdampfer von Deutschland erkennen, obwohl er nicht größer wirkte als eine Nußschale.

Auch die ungeheuren Brücken über den East River erschienen aus dieser Höhe fast wie das Werk von Spinnfäden.

Als kleine dunkle Punkte krochen über diese Brücken die Straßenbahnen, während die Menschen fast so lächerlich winzig wirkten, daß man sie mit bloßem Auge kaum wahrnehmen konnte.

Während John Workmann das irdische Wunder aus der Höhe mit innerer Freude genoß, wurde er plötzlich durch zwei laut und scharf klingende Männerstimmen aufgeschreckt.

Die mit dickem rotem Fries beschlagene Tür, welche zu dem Allerheiligsten des Zeitungsriesen führte, war wohl durch irgendeinen Zufall nicht fest verschlossen, so daß durch einen schmalen Spalt jedes Wort deutlich in das Vorzimmer drang.

Klar vernahm John Workmann die wie Metall klingende Stimme eines Mannes:

»Ich vermag Ihnen, General, nicht zu versprechen, daß ich nicht aggressiv werde, falls Japan sich noch einmal einen Übergriff durch die Kritisierung unserer Einwanderungsgesetze erlaubt.«

Darauf ließ sich nach einer Pause die abgehackte englische Redeweise, wie sie die Japaner gebrauchen, vernehmen und erwiderte:

»Bedenken Sie, Mister Bennett, daß Sie uns dann mit Amerika zum Kriege bringen.«

Und wieder klang es wie hartes, dröhnendes Metall:

»Herr General Joka Sumo: Amerika fürchtet keinen Krieg mit Japan. Sie werden es mir zugestehen müssen, daß ich genau beurteilen kann, was meinem Vaterlande nottut.«

Und wieder eine Pause, nach welcher der Japaner sagte:

»Wollen Sie uns nicht ein wenig entgegenkommen, damit meinen japanischen Landsleuten die Einwanderung etwas erleichtert wird?«

»Nein!« klang es kurz zurück. »Ich sehe für mein Vaterland, für Amerika, keinen Nutzen darin, daß uns Ihre Landsleute unser Wissen und unsere Kenntnisse und Erfahrungen aus dem Lande tragen.«

»Das ist Ihr letztes Wort?«

»Mein letztes Wort!«

Wenige Minuten später öffnete sich die Tür, und ein General der japanischen Armee trat aus dem Zimmer.

Das gelbliche Gesicht hoch gerötet, die sonst müde blickenden Augen blitzend vor verhaltenem Zorn.

Fast atemlos vor Spannung hatte John Workmann allem zugehört. Zum erstenmal stand er an der Schwelle zu einem Raum, in dem über die Geschichte von Völkern, von Krieg und Frieden entschieden wurde.

Und zu dem, der beides in der Hand hatte, der Tausende von Menschen in den Krieg jagen, der Hunderte von Kanonen zum Brüllen bringen, der Verzweiflung und Entsetzen aussäen konnte, zu diesem Gewaltigen der Welt schritt jetzt John Workmann mit klopfendem Herzen hinein.

Von dem Gesicht Mister Bennerts war noch nicht der Ausdruck verschwunden, welchen er bei dem Gespräch mit dem japanischen General angenommen.

Hart, wie aus Stein gemeißelt, sah das gelbliche, hagere, glattrasierte Gesicht aus, und in den Augen lag ein stählerner Glanz, welcher John Workmann befangen machte.

»Nehmen Sie Platz, Sir«, sagte Bennett und machte eine Handbewegung zu einem neben dem Schreibtisch stehenden Klubsessel.

Während sich John Workmann setzte, betrachtete Mister Bennett mit scharfen Blicken den Knaben, und der Eindruck, welchen John Workmann auf ihn machte, mußte ein sehr befriedigender sein, denn der harte Gesichtsausdruck milderte sich und in die grauen Augen des Zeitungsriesen trat ein warmes Leuchten.

»Sie leben bei Ihrer Mutter?« begann Mister Bennett und blätterte in einem kleinen Aktenstück, in dem, ohne daß es John Workmann wußte, alle seine Personalien, ja, man konnte fast sagen, der gesamte Lebenslauf bis zum heutigen Tage auf Erkundigungen von Mister Bennett eingetragen waren.

»Jawohl«, antwortete John Workmann.

»Ich habe erfahren«, sprach Mister Bennett weiter, »daß Sie Ihre Mutter, die kränklich ist und nicht erwerbsfähig, bereits seit Jahren ernähren.«

»Jawohl, das tue ich.«

»Ihr Vater starb vor vier Jahren. Er war ein Deutscher von Geburt. Und, wie ich gehört habe, ein nicht besonders praktischer Mensch. Er malte Porträts, nicht wahr?«

Wiederum bejahte John Workmann und wunderte sich im stillen, woher der Zeitungsriese das alles wußte.

Mister Bennett las noch eine Weile in dem Aktenstück, dann klappte er es zu, blickte John Workmann fest an und sagte:

»Ich glaube, Sie sind aus dem Holze geschnitzt, aus dem einmal ganze und tüchtige Männer werden. Ich liebe es, solche Männer in meinem Betriebe zu beschäftigen.

Haben Sie Lust, bei mir als Arbeiter einzutreten, so bin ich gern bereit, Ihnen den Platz, an dem Sie zu stehen wünschen, anzuweisen. Wofür interessieren Sie sich?«

»Für Maschinen.«

»Recht so«, erwiderte Mister Bennett, »die Maschinen sind die Beherrscher der gesamten Welt. In den Maschinen liegt das Höchste, was wir besitzen können; das heißt, in praktischer Beziehung.

Sie haben also demnach Lust, bei den Maschinen in meinem Betriebe als Arbeiter tätig zu sein. Haben Sie sich schon entschieden, welche von den Maschinen Ihr besonderes Interesse erregt?«

»Oh, ja«, entgegnete John Workmann, und seine Augen leuchteten, »ich bewundere immer die großen Maschinen, welche die schönen bunten Bilder hervorbringen.«

»Die Dreifarbendruckpressen, nicht wahr?«

»Ich glaube, ja«, nickte John Workmann, »ich kenne sie nicht bei Namen. Ich könnte sie Ihnen nur zeigen.«

»Schön«, sagte Bennett, während er gleichzeitig das Telefon, das ihn mit dem Maschinenraum verband, zur Hand nahm:

»Ich wünsche den Maschinenmeister der Farbenpresse«, sagte Mister Bennett und legte den Hörer auf seinen Platz zurück. –

»Sie waren wohl gut mit dem kleinen Charly Beckers befreundet, daß Sie so um ihn besorgt waren?«

»Wir waren Kameraden«, entgegnete John Workmann, »und da steht einer für den anderen ein. Falls ich krank geworden wäre, würden meine Kameraden wohl dasselbe für mich getan haben.«

»Das wundert mich eigentlich von euch Zeitungsjungen!«

»Inwiefern?« fragte John Workmann erstaunt, »wir sind einer auf den anderen angewiesen. Und außerdem müssen Sie sich doch dessen erinnern, wie es unter uns zugeht.«

»Wie meinen Sie das?«

»Nun, waren Sie nicht auch einmal Zeitungsjunge?«

»Nein«, lachte Mister Bennett. »Ich habe einen anderen Weg gemacht.«

In diesem Augenblick wurde die Tür leise geöffnet und die Sekretärin meldete den Maschinenmeister.

Scheu und mit fast zitternden Knien trat der Maschinenmeister, ein schwerer, breitschultriger Mann, in das Zimmer und blieb bescheiden an der Tür stehen.

»Treten Sie näher, Mister Johnson«, sagte Mister Bennett, »ich möchte Ihnen eine persönliche Anweisung geben. – Ich wünsche diesen Jungen bei Ihnen an der Farbenpresse beschäftigt.«

»Sehr wohl, Mister Bennett.«

»Das ist alles. Sie können wieder gehen.«

Als der Maschinenmeister den Raum verlassen, erhob sich Mister Bennett von seinem Sessel als Zeichen, daß er nun die Unterredung mit John Workmann beendet wünsche.

»Treten Sie also morgen früh bei dem Maschinenmeister an und halten Sie sich weiter so brav wie bisher. Ich werde Sie sehr im Auge behalten.«

John Workmann war gleichfalls aufgestanden, drehte seine Mütze verlegen in den Händen, und eine jähe Röte schoß plötzlich über sein Antlitz.

»Ich muß mir noch eine Frage erlauben, bevor ich gehe«, sagte er in bescheidenem, aber festem Ton. »Sie vergaßen mir zu sagen, welchen wöchentlichen Verdienst ich an der Maschine haben werde!«

Über das Gesicht von Mister Bennett huschte ein leichtes Lächeln.

»Selbstverständlich, da hast du ganz recht!« erwiderte er, plötzlich seine Anrede wechselnd. »Warte einige Sekunden dort.«

Er nahm wieder das Telefon zur Hand und sprach mit irgendeiner Betriebsstelle betreffs des Lohnes.

Als er den Hörer hinlegte, sagte er:

»Du erhältst vorläufig zwei Dollar die Woche und kannst, falls du fleißig bist und deinen Platz gut ausfüllst, in mehreren Monaten schon sechzehn Dollar verdienen.«

Da schüttelte John Workmann seinen Kopf.

»Nein, Herr«, erwiderte er, »ich muß Ihnen für Ihre Freundlichkeit, mich bei den Maschinen zu beschäftigen, danken.«

»Was mußt du?« fragte der Zeitungsriese erstaunt. »Du willst den Platz, den ich dir anbiete, nicht annehmen? Du sagtest doch noch eben, daß es dein Wunsch sei?«

»Es ist auch mein Wunsch«, entgegnete John Workmann. »Aber ich habe nicht das Recht, meinen Wünschen gemäß leben zu können. – Ich habe meine Mutter zu ernähren.«

Einige Sekunden war es ganz still in dem Raum. Man hörte nur das schwere, gleichmäßige Tick-Tack der Normaluhr, das leise Grollen der im Kellergeschoß des riesigen Gebäudes befindlichen Maschinen. –

Der Kopf des Zeitungsriesen neigte sich auf die Brust, seine Augen blickten in tiefem Sinnen auf den Teppich.

Es war, als ob etwas Heiliges plötzlich den Raum erfüllte, etwas anderes als kalte Zahlen, Maschinen und nüchterner Verstand. –

Endlich richtete sich der Zeitungsriese wieder hoch und blickte auf John Workmann, der ihn mit offenen, geraden Augen anschaute. Dann sagte er:

»Darf ich den Verdienst wissen, den du als Zeitungsjunge hast?«

»Zwölf bis fünfzehn Dollar die Woche.«

»Zwölf bis fünfzehn Dollar?« wiederholte Mister Bennett, »das ist ja ein Verdienst, wie ihn nur ein guter Arbeiter erzielt. Wie ist das möglich?«

Jetzt machte John Workmann ein verwundertes Gesicht. Er konnte sich nicht denken, daß der Zeitungsriese nicht wissen sollte, wie das zusammenhinge. – –

Da Mister Bennett aber auf eine Antwort zu warten schien, sagte er:

»Ich habe eine gute Ware zu verkaufen, wie sie die Leute wünschen. Hätte ich eine schlechte Zeitung, würde ich nicht soviel Geld verdienen. – Aber Ihre Zeitungen sind gut, Mister Bennett.«

Ein leichtes Lächeln umspielte den Mund Mister Bennetts, und indem er sich setzte, zündete er sich eine Zigarre an, wie um seine Gedanken zu sammeln.

Nachdem er einige Zeit geraucht, sagte er:

»Ich bin bereit, eine Ausnahme mit dir zu machen. Ich glaube, du kannst für mich in meinem Betriebe noch einmal eine äußerst tüchtige Stütze werden. Und deshalb bin ich bereit, dir denselben Verdienst jede Woche zu zahlen, wie du ihn bisher als Zeitungsjunge hattest.«

Und von neuem schüttelte John Workmann seinen blondlockigen Kopf.

»Es geht nicht, Herr.«

Jetzt zog Mister Bennett seine Augenbrauen unmutig zusammen. Er war es nicht gewohnt, Widerstand zu finden. Ja, es war vielleicht das erstemal, daß ein Mensch sich nicht seinem Willen fügen wollte.

Sein Gesicht wurde hart, es schien wie aus Bronze.

John Workmann aber, der jede Furcht vor dem mächtigen Mann verloren, sah ihm freimütig in die Augen und sagte:

»Es geht eben nicht, Mister Bennett. Denn ich habe bei Ihnen von morgens neun Uhr bis abends fünf Uhr zu arbeiten. Da würde ich keine Zeit übrigbehalten, um die Schule zu besuchen und hätte fernerhin keine freie Zeit, um mich zu erholen und mich um meine Mutter zu kümmern.«

»Du bist ein guter Rechner«, sagte jetzt Mister Bennett. »Ich glaube, wenn ich so wie du in meinen jungen Jahren bereits gerechnet hätte, ich würde noch mehr in der Welt zustande gebracht haben. – Was möchtest du denn einmal werden?«

»Dasselbe wie Sie, Mister Bennett.«

Jetzt verschwand der harte Gesichtsausdruck aus Mister Bennerts Gesicht, als er sagte:

»Das will ich dir nicht bestreiten. Du hast das Recht, in Kenntnis der Kräfte, die du besitzt, mir eine solche Antwort zu geben, die ich von anderen als unbescheiden und anmaßend ansehen würde. – Da ich mich nun einmal für dein Fortkommen interessiere, so will ich dir einen anderen Vorschlag machen:

Du kannst während der nächsten zwei Jahre, die du noch auf der Schule verbringen mußt, dich während deiner freien Zeit in meinen Maschinenräumen aufhalten und dich dort über alles informieren.«

»O ja, Herr«, entgegnete John Workmann. »Damit erfüllen Sie mir einen großen Wunsch. Ich möchte zu gern erforschen, wie die Maschinen gebaut sind und wie sie ihre Arbeit leisten. – Ich muß das kennenlernen, um einmal etwas zu werden.«

»Schön«, sagte Mister Bennett, »ich werde dir hier eine Karte geben, als Anweisung zu den Maschinenräumen, so daß du überall in meinem Betrieb Zutritt hast. Solltest du irgend etwas von mir wünschen, so teile es meiner Sekretärin mit. Ich werde dir dann irgendeine Zeit bestimmen, in der du mich sprechen kannst.

Nun, mein Junge, grüß deine Mutter von mir und sage ihr, daß du in deiner Liebe zu ihr das beste Gut besitzt, was wir Menschen hier auf Erden erreichen können. Es ist das höchste nach unserer Gottesfurcht.«

Er reichte John Workmann die Hand, nahm eine Visitenkarte und schrieb mit seinen geraden steilen Schriftzügen einige Zeilen auf die Karte. Dann trocknete er die Schrift und reichte die Karte John Workmann.

Jetzt klingelte er der Sekretärin und ließ durch sie John Workmann hinausgeleiten. –

Als John Workmann auf der Straße war, las er die Karte des Zeitungsriesen. Auf der einen Seite stand dessen Name, und auf der anderen Seite war zu lesen:

»Hierdurch weise ich jeden meiner Angestellten an, dem Inhaber dieser Karte, John Workmann, alle Auskunft, die er zu haben wünscht, in meinem Betriebe zu geben.

Auch kann John Workmann praktisch an den Maschinen arbeiten.«

Sinnend und nachdenkend trat John Workmann seinen Heimweg an.

Er dachte an den toten kleinen Charly Beckers, der eigentlich die Ursache war, daß er in den Besitz dieser Karte gekommen. –

Und dann dachte er an Charly Beckers' sehnlichsten Wunsch, einmal Millionär zu werden. –

Und es war ihm, als ob er – John Workmann – nun die Erbschaft des kleinen Toten anträte, um den Weg vorwärts zu gehen, den jener nicht mehr schreiten konnte, den Weg zu aller Macht dieser Welt.

4. Kapitel

Einen erstaunten Blick hatte der alte Oberfaktor auf John Workmann geworfen, als der wenige Tage nach seiner Unterredung mit Mister Bennett in den großen Maschinenraum hineinspaziert kam.

»Kannst du nicht lesen, Junge«, herrschte er ihn an und wies auf ein Schild, welches die Inschrift trug: »Entrance positively not permitted« (Eintritt durchaus nicht erlaubt).

»Ich sah das Schild, aber ich denke, ich kann trotzdem hier umhergehen«, erwiderte John Workmann und zeigte die Karte von Mister Bennett vor.

»So, so«, meinte der Oberfaktor, Mister Napp, »also du willst hier den Betrieb studieren. Verstehst du denn schon was von der Sache?«

»Einstweilen noch wenig«, sagte John Workmann. »Bis jetzt habe ich Zeitungen verkauft. Jetzt will ich sehen, wie sie gemacht werden.«

»Nanu – mußt du denn das wissen? – Das würde ja 'ne nette Wirtschaft, wenn ihr Zeitungsjungen euch in Zukunft hier ansehen wollt, wie die Zeitungen, die ihr verkauft, hergestellt werden. Ich denke, es genügt, daß sie hergestellt werden und ihr sie verkaufen könnt.«

John Workmann hörte dem Alten mit kalter Miene zu. Dann sagte er in bestimmtem Ton:

»Soll ich Ihnen noch mal wiederholen, was ich wünsche?«

Der energische Klang verfehlte seine Wirkung nicht.

Mr. Napp sah auf seine Uhr.

Bedeutend höflicher, als es sonst seine Art war, sagte er:

»Jetzt wird das Abendblatt stereotypiert, komm mit und sieh es dir an.«

»Was heißt denn das?«

»Meine Zeit langt nicht, um dir den ganzen Betrieb zu erklären. Ich werde dich später an den Maschinenmeister Gransea empfehlen, der soll dir den Betrieb von vorn bis hinten erklären, denn ohne solche Erklärung stehst du auch bei dem besten Willen wie ein Blinder vor den Maschinen und Apparaten.

Was stereotypieren ist, will ich dir kurz erzählen:

Die Zeitung steht jetzt im Satz fertig.

Das heißt, ihre einzelnen Seiten sind jetzt tafelförmig in Bleibuchstaben zusammengestellt.

Mit diesen Tafeln könnte man nur in Flachdruckpressen drucken. Für unsere Rotationspressen muß diese Bleibuchstabenseite auf runde Form gebracht werden. Man muß sie auf den Druckzylinder der Rotationsmaschine aufschrauben können.

Außerdem müssen wir dieselbe Seite in mehreren Maschinen drucken. Wir müssen also von der flachen Bleiseite mehrere bleierne Druckplatten gewinnen, und zwar Druckplatten, die rund sind, so daß sie auf den Druckzylinder in der Presse passen. Nun komm und sieh.«

Beide traten in den Stereotypiersaal und gingen an einen der Tische.

Eben schob man auf diesen eine der großen Herald-Seiten, die in Bleibuchstaben gesetzt und durch einen Stahlrahmen in richtiger Form zusammengehalten war.

Ein Mann warf sofort einen leichten, kleisterfeuchten Seidenpapierbogen über die Form.

Ein zweiter tupfte das Papier mit einer weichen Bürste fest in alle Vertiefungen der Buchstaben hinein. Im Augenblick war es geschehen, und ein zweiter Bogen wurde darübergelegt.

Wieder trat die Bürste in Tätigkeit und ein dritter Bogen folgte. So ging es wohl fünf Minuten hindurch, und schon bildeten eine große Schicht Seidenpapierbogen eine stattliche Pappe.

Jetzt rollte ein Wagen an den Tisch heran. Die Form mitsamt dem aufgeklopften Zeitungspapier wurde in eine Presse geschoben. Mit gewaltigem Druck holten mächtige Schrauben den bleiernen Satz und das aufgelegte Papier zusammen und das ganze verschwand in einer Heißluftkammer.

»Da bleibt es jetzt fünf Minuten bei einer Temperatur von 120 Grad, und da kommt gerade eine andere Form aus der Kammer«, sagte Mr. Napp. »Sehen wir, was damit geschieht.«

John Workmann sah, wie eifrige Hände die Presse öffneten und von der bleiernen Seite eine trockene harte Platte abhoben, auf deren einer Seite jede Einzelheit des Bleisatzes mikroskopisch genau abgedrückt war.

»Wie nun weiter?« fragte John.

»Wir sehen es in der Gießerei.«

In der Gießerei bogen geschickte Arbeiter jene Pappe vorsichtig auf einen Viertelkreisbogen, brachten sie in eine runde Form und spannten sie fest ein.

Aus einem Schmelzofen floß flüssiges Hartblei in eine Gießpfanne. Ein Mann schüttete den Inhalt der Pfanne in eben jene Form.

Nach kaum einer Minute löste man die Schrauben, und heraus fiel eine glänzende Metallplatte, auf die Form eines Viertelzylinders gebogen, und trug den Inhalt jener Zeitungsseite Buchstaben für Buchstaben auf ihrem glänzenden Leibe.

Schon spannte man die Pappform wieder in die Gießform ein, während eine Bohrmaschine der gegossenen Bleiseite hier und dort Löcher beibrachte. Dann trug man sie zum Maschinensaal.

»Wohin jetzt?« fragte John Workmann mit leuchtenden Augen.

»Zur Rotationsmaschine.«

Da standen sie nun vor einer Maschine, so hoch wie zwei Stockwerke und so lang wie ein Haus. Der Maschinenmeister und seine Leute kletterten zwischen den blanken Gliedern des metallenen Riesen umher.

John Workmann stand ratlos vor diesem Gewirr von Zylindern und Walzen.

»Sieh erst das Bekannte«, sagte Mister Napp und zeigte auf einen Zylinder, der etwa zwei Meter im Durchmesser hielt.

Und John Workmann sah, wie auf diesen Zylinder gerade die frisch gegossene Stereotypieplatte festgeschraubt wurde.

Und er fand einen zweiten solchen Zylinder und sah in der Nähe jener beiden großen Zylinder eine Fülle dünnerer und dickerer Walzen, die von schwarzer Farbe glänzten.

»In der Ausführung ist die Sache verwirrend. In der Theorie ist sie einfach«, erklärte Mr. Napp. »Hier siehst du eine Rolle endlosen Papiers. Gleich werden wir das Papier in die Maschine ziehen und du wirst etwas klarer sehen.«

»Einziehen!« erscholl jetzt ein scharfes Kommando, und John Workmann sah, wie zwei Männer von der riesenhaften Papiertrommel, die an einem Ende der Maschine auf einer Achse leicht drehbar gelagert war, das Papier abrollten und in die Maschine brachten.

Erst wurde es zwischen zwei kleinen Walzen hindurchgeführt. Dann unter dem einen gewaltigen Zylinder mit den Stereotypplatten hindurch, wobei eine zweite große Walze es von unten her fest dagegendrückte. Dann wieder durch mehrere Walzenpaare hindurch und dann über den zweiten großen Stereotypzylinder hinweg, so daß jetzt die andere Seite des Papiers mit den Buchstaben in Berührung kam. Und dann wieder durch Walzen, und schließlich traten die Männer aus der Maschine.

»Farbwalzen anlegen!« hieß ein neues Kommando.

Hebel wurden umgelegt und an acht Stellen senkten sich gegen jeden der großen Druckzylinder die Farbwalzen, die während des Druckes fortwährend neue Farbe über die Buchstaben verteilen sollten.

Einen Augenblick herrschte Stille an der Maschine. Der Oberfaktor warf einen Blick auf die Uhr. »4 Uhr 30«, murmelte er. »Die erste Mammutpresse des ›New York Herald‹ geht mit der Abendausgabe in Druck.«

»Langsam anfahren!« kommandierte der Maschinenmeister von neuem. Ein Hebel an der elektrischen Schalttafel wurde eingelegt, der Griff eines elektrischen Anlaßwiderstandes fuhr schnarrend über blanke Knöpfe, und im selben Moment kam Leben in die Glieder der großen Rotationspresse.

Tausend Gelenke bewegten sich.

Langsam begannen die gewaltigen Druckzylinder, die vielen Farbwalzen und Führungsrollen zu rotieren. Langsam fuhr das Papier an einem Ende in die Maschine ein.

Am anderen Ende aber ging es wunderlich zu.

Große Messer schossen wie Henkersbeile auf das Papier los.

Stäbe faßten es.

Bald war ein Blatt über dem Tisch, bald unter ihm, und ganz zuletzt fielen komplette Zeitungen sauber gefalzt und auf beiden Seiten fix und fertig gedruckt heraus.

Jede Sekunde kam eine Zeitung und schon hatten die Korrektoren sich Exemplare gelangt und fast im Augenblick konstatiert, daß alles in Ordnung war, daß keine Seite auf dem Kopf stand und jede Stelle gut Farbe bekam.

»All right«, nickte der erste Korrektor dem Maschinenmeister zu.

»Go on!« gab der das Kommando an die Schalttafel weiter.

Beinahe im gleichen Moment wurde das Schnurren und Sausen stärker. Das Spiel der Maschinenteile ging in ein einziges Schimmern und Blitzen über und aus der Maschine quollen die fertigen Zeitungen in zusammenhängendem Strome und häuften sich in Minuten zu regelrechten Stapeln.

Atemlos stand John Workmann vor diesem sinnverwirrenden Schauspiel.

»Hallo!« rief plötzlich der Maschinenmeister, »steht da nicht John Workmann vom Broadway? Willst du auch einmal sehen, wie deine Ware gebacken wird? Du hast das beste Ende erwischt. Mit der Mammut des ›New York Herald‹ kommt keine andere Presse der Welt mit.«

»Es ist John Workmann«, sagte der Oberfaktor, »und das ist Mr. Gransea, der Maschinenmeister der Mammut. An den halte dich. Er kann dir mehr als ich erzählen und kennt jeden Winkel unseres Betriebes.«

»Ich will es tun, Mister Napp, aber jetzt heißt es, das frische Brot unter die Leute bringen. Meine Abendausgabe ist fällig.«

Und mit hochgeröteten Wangen verließ John Workmann an jenem ersten Tage den Betrieb des Zeitungsriesen.

*

Als John Workmann am nächsten Tage seine Mittagszeitungen verkauft hatte, ging er wieder zum Maschinenraum.

Wo gestern abend Leben und Bewegung geherrscht hatte, da war es jetzt beinahe still. In den Mammutmaschinen kletterten einige Schlosser herum und putzten und schmierten die eisernen Glieder des Ungeheuers. Daneben saß der Maschinist Mister Gransea und rauchte behaglich seine kurze Shagpfeife.

»Hallo, Jonny«, rief er den Knaben an. »Komm hierher und laß uns ein wenig plaudern. Jetzt habe ich eine Stunde Zeit.«

»All right, Mr. Gransea«, erwiderte John und setzte sich neben ihn. »Ich habe gehört, daß Sie in allen Betrieben Bescheid wissen.«

»Das stimmt, mein Junge«, schmunzelte der Maschinenmeister. »Ich bin, was sie hier eine ›all round Hand‹ nennen, ein Kerl, der überall herumgekommen ist und überall seine Hände drin gehabt hat.«

»Das hörte ich, und ich wundere mich, daß Sie es dann nicht weitergebracht haben, daß Sie nicht etwas Ähnliches wie Mr. Bennett geworden sind.«

Ein Schatten flog über Granseas Gesicht.

»Mein Junge, du denkst dir das leichter als es ist. Ich kann dir Geschichten erzählen, aus denen du ersiehst, daß es mit dem Millionärwerden nicht so ganz einfach ist, daß man dabei bisweilen ein weites Gewissen haben muß.«

»Aber das trifft doch nicht auf Mr. Bennett zu«, rief der Kleine.

»Von ihm kann ich es nicht sagen. Er oder richtiger sein Vater kam Schritt um Schritt zu seinem Reichtum, und sie haben ihn wohl ehrlich erworben. Aber wie es die Herren sonst machen, die schnell zu Reichtum kommen wollen, dafür kann ich dir tausend Geschichten erzählen. Höre nur.

Es sind jetzt ungefähr 25 Jahre her. Ich war ein blutjunger Kerl und eben aus meiner Heimat, dem Waldstaate Michigan, nach New York gekommen. Zusammen mit meinem Kumpan Bill Jefferson, der jetzt einer der reichsten Leute in Detroit ist.

Wir kannten unsere Heimat, waren in den riesigen Waldungen, die damals noch den Norden von Michigan bedeckten, zu Hause und wollten unser Wissen und unsere Erfahrung in New York als Waldläufer verwerten.«

»Aber wie ist denn das möglich?« unterbrach ihn John Workmann unwillig. »Denken Sie, Sie können mir Märchen erzählen? Was soll denn ein Waldläufer, ein Backwoodsmann, ein Hinterwäldler in New York?«

»Beruhige dich, Jonny«, fuhr Mr. Gransea lachend fort. »Die Sache ist schon so, wie ich sie erzähle. Damals verkaufte die Regierung das Recht, Holz zu schlagen, zu billigen Preisen. Es war ein Geschäft für die reichen New Yorker Kapitalisten, über viele hundert Quadratkilometer des Michiganlandes hin das Holzungsrecht zu erwerben.

Aber sie wollten die Katze nicht im Sack kaufen, denn weite Strecken von Michigan sind auch von Sümpfen, den Swamps, bedeckt.

So sollten wir Waldläufer hinausgehen und für die Kapitalisten in Karten sauber eintragen, wo guter, schlagfähiger Hochwald stand und wo Swamp war.

Ich reiste für Mister Bennett. Jefferson ging für eine andere Gruppe nach Michigan. Was meinst du nun, wie die Dinge sich weiter entwickelten?«

»Nun, Sie haben den Auftrag Ihrer Brotgeber ausgeführt und dafür einen guten Lohn geerntet.«

»Stimmt nur halb, Jonny. Bei mir trifft es zu. Ich habe so gehandelt und darum bin ich auch heute noch ein einfacher Maschinenmeister.

Aber Jefferson machte es anders. Der nahm zwei Karten mit. Auf der einen trug er überall, wo guter Wald stand, den auch richtig ein. Und wo Sumpf war, da schrieb er ihn getreulich hin.

Aber diese Karte war nicht für unsere Auftraggeber bestimmt. Für die machte er eine ganz andere zurecht!

Auf der stand Sumpf, wo der schönste schlagwürdige Wald sich erhob. Wo aber ein Sumpf war, in dem man höchstens Moskitos und Klapperschlangen fangen konnte, da schrieb Mr. Jefferson sein good forest (guter Wald) hinein.

Die Karte brachte er seinen Auftraggebern und die kauften für ein Riesenvermögen so ziemlich alle Sümpfe von Michigan. Jefferson aber, der smarte Jefferson, fand mit Leichtigkeit einen Partner, um die Schlaggerechtigkeit in den Sümpfen seiner Karte zu erwerben, die in Wirklichkeit die Stellen des besten Hochwaldes waren.

Jefferson hat an dem Geschäft weit über 100 000 Dollar verdient, während ich meinen Waldläuferlohn von 503 Dollar einstrich.«

»Aber das ist doch Betrug und Schwindel«, rief John Workmann empört. »Da hat Jefferson das Vertrauen seiner Auftraggeber ja in schlimmster Weise getäuscht!«

»Ja, Jonny, sehr moralisch ist die Geschichte gerade nicht, und eine Zeitlang interessierten sich auch die Gerichte für Jefferson. Aber der war nicht nur ›smart‹ genug, solch Geschäft zu machen. Er war auch so schlau, danach auf ein paar Jahre nach Kanada hinüberzuwechseln, bis Gras über die Geschichte gewachsen war.«

»Dann kann man also nur ein reicher Mann werden, wenn man die anderen beschwindelt?« fragte John Workmann und schüttelte nachdenklich das Haupt.

»Das kann ich dir nicht sagen, Jonny! Da mußt du andere nach fragen. Ich weiß nur, daß viele Leute durch solchen Schwindel reich geworden sind und daß ich selber niemals betrogen habe und heute noch ein armer Teufel bin.«

»Ich will mich weiter erkundigen, ich will erfahren, wie man auf ehrliche Weise Millionär wird«, murmelte John Workmann vor sich hin.

»Da mußt du woanders fragen, Jonny, vielleicht ist das ja auch möglich. Aber ich kann dir nur solche smarte Geschichten erzählen und dann allerlei aus dem Betrieb.«

»Ja, der Betrieb! Vom Betriebe will ich hören«, rief der Kleine.

»Der Betrieb Mr. Bennerts fängt sehr weit an, mein Junge. Die Bäume, die in Kanada wachsen, gehören schon dazu und die Kohlen, die man in Minneapolis aus der Tiefe holt, ebenfalls.«

»Wird denn mit Holz und Kohlen geheizt?«

»Nein, mein Junge, das Holz ist dazu viel zu teuer geworden. Die Zeiten, da man ganze Wälder niederbrannte, um Ackerboden zu gewinnen, die sind vorbei. Das Holz wird heut in Papier verwandelt.

Wenn du mit dem Zeitungspack über den Broadway gehst, so trägst du tatsächlich Holz unter dem Arm, das noch vor wenigen Wochen in Kanada im Walde stand.«

»Und wo wird das Papier gemacht?« unterbrach ihn der Knabe.

»Teils hier und teils dort, Jonny. Ich war auch mit draußen in den kanadischen Betrieben von Mr. Bennett. Da ziehen die Kolonnen in den Wald. Aber nicht mehr mit Säge und Handaxt.

Eine fahrbare Dampfmaschine nehmen sie mit, eine Lokomobile und weiter eine Dampfsäge. Die Säge wird an den Fuß des Stammes gebracht. Zischend tritt der Dampf in die Zylinder und blitzschnell fährt das scharfe Sägeblatt durch das Holz. In wenigen Minuten ist der gewaltige Stamm abgeschnitten und zu Boden geworfen.

Sofort stürzt sich die Dampfsäge weiter auf ihn und zerschneidet ihn in Stücke, die sich bequem in die Eisenbahn verladen lassen. Eine kleine Waldbahn, roh gelegt, bringt das Holz vom Holzfällerlager bis zur Hauptbahn, und die transportiert es zur Schleifmühle.

Das ist die Hölle auf Erden. Andere Sägen packen hier das Holz und schneiden es in fußstarke Scheiben. Maschinenmesser reißen Rinde und Bast herunter und dann legt man es in die Schleifmaschinen. Grobe Sandsteine drehen sich dort mit hexenmäßiger Eile und zerreißen das kernige Holz in feinste Fasern und Fäserchen.

Ein Wasserstrom durchspült die Masse und hinter dem Sandfänger finden wir das, was eben noch ein schöner Baum war, als eine trübe, faserige Brühe wieder.

Die fließt in ein Chlorbad und weiß gebleicht verläßt sie es, von neuem gewaschen, zerfasert, verrührt, um schließlich auf einem endlosen, aus Draht gewebten Bande zu landen. Da läuft das Wasser durch das Drahttuch ab und der Faserstoff gerät zwischen Walzen, wird gepreßt, erhitzt und wieder gepreßt, und zehn Meter weiter ist aus der Brühe ein weißes Druckpapier geworden, jenes Papier, das du gestern an der Mammutmaschine sahst. Das ist ein Teil von Mr. Bennetts Betrieb.«

»Well«, sagte der Kleine, »aber nun weiter.«

»All right, ich denke, wir gehen in den Setzmaschinensaal, da sind sie jetzt in bester Tätigkeit. Da kannst du sehen, Jonny, wie jene Bleitafeln gemacht werden, von denen wir gestern die Papierform abnahmen.«

Die beiden gingen aus dem Maschinensaal in einen anderen gewaltigen Raum. Da standen Maschinen, die John Workmann an die Musikautomaten der Gastwirtschaften auf dem Broadway erinnerten. Hohe, schrankartige Dinger, durch derer Glasscheiben man allerlei Hebel und blanke Teile sah.

Und dann auch wieder ein wenig an die Schreibmaschine! Denn vor jedem Schrank war eine Tastatur, ähnlich derjenigen der Schreibmaschine. Und vor jedem Schrank saß ein Mann und tippte auf diesen Tasten, als ob es um das Leben ginge.

»Hallo, Jimmy, was ist los?« fragte Mr. Gransea den Vormann der Setzer.

»Große Sache, Joe, Wahlrede des Präsidenten. Haben schon seit zwei Stunden direkten Draht aus Milwaukee. Der Präsident spricht so schnell wie zwei Setzmaschinen. Aber wir schaffen es zur ersten Abendausgabe.«

John Workmann trat hinter einen der Setzer. Er sah, wie der ein Telegramm von 500 Zeilen abtippte. Er sah, wie hinter dem Glas Messinglettern in unaufhörlichem Strome in Röhren von oben nach unten rieselten und wieder verschwanden.

Er hörte alle zehn Sekunden ein Glockenzeichen, vernahm dann ein leichtes Zischen und Brodeln und sah, wie noch brennend heiß eine blanke, eben frisch gegossene Bleizeile zur Seite aus der Maschine herausfiel.

»Es ist wohl die sinnreichste Maschine, die wir haben«, sagte Mr. Gransea. »Schlägt der Setzer z. B. den Hebel A an, so rutscht eine Messingtype hier hinter dem Glase nach unten. Alle diese Typen werden so, wie sie der Setzer angeschlagen hat, zu einer Zeile zusammengefaßt und automatisch, sowie das Klingelzeichen die neue Zeile anzeigt, von der Maschine zusammengefaßt und in Blei abgegossen. Das alles geschieht selbsttätig. Du hast gesehen, wie die einzelnen Zeilen fertig gegossen aus der Maschine kamen.

Aber dann kommt erst das Allerschönste. Mit einem Schlage befördert die Maschine die einzelnen Messingtypen nach Buchstaben gesondert wieder in den Vorratskasten zurück. Sie legt die Lettern vollkommen selbsttätig ab.«

In diesem Augenblick ging die Depesche des Setzers zu Ende und in demselben Moment kamen auch Boten mit neuem Manuskript.

»Das scheint der Schluß zu sein«, sagte der Setzer. Da schrillte das Telefon.

»Hab's mir gedacht«, sagte der Vormann und hängte den Apparat wieder an. »Sofort Extrablatt machen und bereits eine Stunde vor der Abendausgabe die Rede des Präsidenten bringen!«

»Also alle Mann an die Gewehre!« lachte Mr. Gransea. »Um meine Mammut habe ich keine Sorge, die wird das Rennen machen.«

Und beide gingen weiter und sahen, wie der Metteur aus den Bleizeilen das große Bleiblatt zusammenstellte, sahen ferner, wie wieder stereotypiert wurde, wie die Mammut zu arbeiten begann, und dann lief John Workmann über den Broadway und rief mit gellender Stimme:

»Das neueste Extrablatt des ›New York Herald‹, die Rede des Präsidenten, die neue Plattform der Republikaner!!«

5. Kapitel

»Hallo, Jonny«, begrüßte Mr. Gransea am folgenden Tage seinen jungen Freund. »Heut ist ein unruhiger Tag. In Chikago brennt Getreide im Werte von fünf Millionen Dollar. Zwei der größten Speicher stehen in Flammen. Das erste Extrablatt hast du wohl mit verkauft. Jetzt erwarten wir Bilder aus Chikago.«

»Die kommen doch heute nicht mehr, Mister Gransea. Der Empire State Expreß, der schnellste Blitzzug von Chikago, braucht doch zweiundzwanzig Stunden nach New York.«

»Gewiß, Jonny, aber der elektrische Funke läuft schneller. Wir bekommen die fotografischen Bilder, die unser Agent in Chikago aufgenommen hat, auf dem Draht hierher.

Ich denke, heut kann uns beiden einmal die Karte von Mister Bennett nützen. Wir wollen zusammen in die Station für Bildübertragung gehen.«

Sie verließen den Maschinensaal und stiegen in einen Fahrstuhl, der sie in das zweiundzwanzigste Stockwerk des gewaltigen Gebäudes brachte. Dort traten sie in ein kleines Kabinett, und auch hier erwies die Karte von Mister Bennett ihre wunderbare Kraft, alle Türen zu öffnen und alle Riegel zu sprengen.

Es war ein kleiner und schmuckloser Raum, der sie aufnahm. In der Mitte stand ein länglicher schwerer Eichenholztisch. Darauf erglänzte eine Apparatur. Aus einer schwarzen Röhre fiel ein haarfeiner blendender Lichtstrahl in die Maschinerie hinein.

Der dort Beschäftigte schaltete an dem Apparat herum und sprach gleichzeitig in ein Telefon hinein. Die Worte »auf Synchronismus schalten!« fielen in John Workmanns Ohr.

»Was wird das, was heißt das?« fragte er erstaunt.

»Das heißt, mein Junge, daß zunächst einmal zwei Elektromotoren, einer in Chikago und der andere hier auf dem Tisch ganz genau gleich schnell laufen müssen. Diese Gleichzeitigkeit der Bewegungen wird auch bis auf Bruchteile eines Millimeters genau erreicht und aufrechterhalten.«

Wieder ergriff der Techniker das Telefon. »Synchronismus ist da, ich lege Film in Grundstellung ein.«

Er trat in eine benachbarte Dunkelkammer und holte einen schwarzen Zylinder, den er in den Apparat einschob.

»Drei Uhr zehn Minuten fünfzehn Sekunden von Grundstellung los, jetzt sechs Sekunden«, rief er wiederum ins Telefon und legte die Hand auf einen Knopf.

Leise zählte er dreizehn – vierzehn – fünfzehn! Beim letzten Worte drückte er den Knopf und man sah, wie jener Teil des Apparates, in den er vorhin den Film geschoben hatte, zu rotieren begann.

»Erste Aufnahme in Gang«, rief er wieder in das Telefon. Dann legte er es auf den Haken und setzte sich ruhig auf einen Stuhl.

»Acht Minuten dauert es«, wandte er sich zu John Workmann. »Dann haben wir das erste Speicherbild hier.«

»Erklären Sie mir, wie es gemacht wird«, sagte der Knabe.

»Mein Junge, die Sache ist nicht so einfach«, erwiderte der. »Da drüben in Chikago läuft genau so ein Zylinder wie hier und auf den ist eine Kopie des Chikagoer Bildes geklebt. Der Zylinder dreht sich und schiebt sich gleichzeitig langsam vorwärts.

Auf ihn fällt ein feiner Lichtstrahl, der dabei nacheinander jeden Bildpunkt trifft. Kommt er auf eine schwarze Stelle des Bildes, so kann er nicht durch, und das Innere des Zylinders in Chikago bleibt dunkel.

Kommt er auf eine helle Stelle, so kann er durch und fällt auf eine Selenzelle. Das ist ein Apparat aus dem wunderbaren Selenstoff, welcher in der Helligkeit den elektrischen Strom durchläßt, in der Dunkelheit den Strom aufhält. Je nachdem also in Chikago eine helle oder eine dunklere Bildstelle am Lichtstrahl vorbeigeht, bekommen wir mehr oder weniger Strom durch die Leitungen in unserem New Yorker Apparat.

Hier aber dient dieser Strom dazu, um das feine Metallplättchen mehr oder weniger in den Lichtstrahl zu stellen oder herauszunehmen. Sie können auch mit dem Auge erkennen, wie das Plättchen fortwährend hin- und hervibriert. So fällt hier genau so, wie in Chikago helle und dunkle Bildstellen auftreten, mehr oder weniger Licht auf den lichtempfindlichen Film in unserem Zylinder.

Wenn das ganze Bild von Chikago nach hier abtelegrafiert ist, wenn der ganze Zylinder dort und hier abgerollt ist, habe ich das Bild hier auf meinem Film und brauche es nur zu entwickeln.«

In diesem Augenblick schrillte das Telefon und der Fernfotograf rief nach Chikago hinüber: »Well, ich lege einen neuen Film ein.«

Fast gleichzeitig ertönte auch eine Klingel im Apparat, und der Zylinder, welcher bisher rotiert hatte, blieb von selber stehen.

Der Fernfotograf zog eine schwarze Kapsel heraus schob eine neue hinein, setzte den Apparat wieder in Betrieb und sagte:

»Folgen Sie mir in die Dunkelkammer.«

Dort legte er beim Scheine einer roten Lampe den Film in ein Bad. Und jetzt sah John Workmann, wie sich dunkle und helle Stellen auf dem Film zeigten.

Noch waren keine zwei Minuten vergangen, so erblickte er deutlich die Umrisse der gewaltigen Getreidespeicher, sah lodernde Flammen, schwere Rauchwolken und drängende Menschenmassen auf dem Film erscheinen.

Nach vier Minuten wanderte das Bild in das Fixierbad. Nach acht Minuten nahm der Fernfotograf die nächste Chikagoer Aufnahme aus dem Apparat und ging mit der zweiten Aufnahme in die Dunkelkammer.

Er entwickelte sie, während er die erste in fließendes Wasser legte, und jetzt konnte John Workmann auf dem Film die Anstrengungen der Feuerwehr betrachten.

Er sah, wie von der Wasserseite her die Feuerboote riesige Strahlen in die Glut warfen, wie Dampfpumpen mit Hunderten von Pferdestärken an der Arbeit waren, aus dem Michigan-See ganze Fluten in die Glut zu werfen.

Als das zweite Bild fertig war, warf es der Fernfotograf in das Fixierbad. Das erste aber tauchte er in eine Schale mit absolutem Alkohol, schwenkte es darin ein wenig und nahm es heraus. Bereits nach zehn Sekunden war es trocken.

Der Fernfotograf rollte es zusammen und schob es in ein Rohr. Ein Hebeldruck, und durch die Rohrpostanlage des Hauses sauste das fertige Bild in die Ätzerei.

»Was geschieht weiter?« fragte John Workmann.

»Dort fertigen sie nach dieser Fotografie die Druckstöcke für die Zeitung«, entgegnete Mister Gransea. »Wir wollen dort hingehen.«

Beide schritten über ein paar Treppen hinauf und kamen in das fotografische Atelier der Ätzerei. John Workmann sah, wie die Fernfotografie aufgespannt und ein fotografischer Apparat davorgerückt wurde.

Er sah, wie der Fotograf den Apparat genau einstellte, den Plattenkasten einschob. – Und dann flammten plötzlich Bogenlampen auf, so blendend hell und violett, daß ihm die Augen schmerzten – und dann verloschen die Lichter und eine kurze Weile vermochten seine geblendeten Augen gar nichts zu sehen.

Als er wieder um sich schauen konnte, da brachten die Fotografen die fertig entwickelte Platte bereits in die Ätzerei.

»Das ist keine gewöhnliche Platte, Jonny«, sagte der Fotograf. »Es ist eine Zinkplatte und jetzt kommt sie in die Säure. Die frißt in einer Viertelstunde alles weg, was weiß bleiben soll, und läßt nur stehen, was schwarz ist. So gibt es eine Druckplatte, die wir nachher genau so stereotypieren wie den Satz.«

Und John Workmann sah, wie die Platte in das Säurebad kam, wie der gelbe Schaum von ihr aufstieg, wie sie wieder herausgenommen wurde und zahlreiche metallisch glänzende Stellen aufwies. Er sah, wie sie in ein zweites und drittes Bad kam und wie endlich die Ätzung fertig wurde.

»Aber stereotypieren können wir sie nicht, Mister Gransea«, sagte jetzt der Ätzer. »Das geht nur bei Strichzeichnungen. Für das Extrablatt müssen wir sie im Original benutzen. Aber da ist sie nach einer Stunde in Eurer Mammutpresse bis zur Unbrauchbarkeit abgedruckt. Darum machen wir sofort eine zweite und dritte und vierte Ätzung.«

»Die erste Ätzung ist fertig. Es wird Zeit, Jonny«, sagte Mister Gransea und fuhr mit seinem Begleiter aus den obersten Stockwerken, wo die Fotografen hausen, wieder hinunter in den Maschinensaal.

Sie kamen nicht zu früh. Schon saßen die Textteile in der Maschine, und jetzt folgte eine Ätzung nach der anderen.

Genau eine Stunde, nachdem die Fernfotografien aus Chikago im New Yorker Gebäude des Zeitungsriesen angekommen waren, begann die Mammutpresse zu arbeiten, eine Stunde und fünfzig Minuten, nachdem der Agent die brennenden Speicher in Chikago fotografiert hatte.

Und zehn Minuten, nachdem die Presse angegangen war, gellten bereits die ersten Rufe der Zeitungsjungen über den Broadway:

»Neuestes Extrablatt des ›New York Herald‹! Die ersten Bilder des großen Speicherbrandes in Chikago!«

*

Als John Workmann seine Extrablätter verkauft hatte, kam er noch einmal in den Maschinensaal:

»Sagen Sie, Mister Gransea«, fragte er, »die elektrische Bildübertragung ist doch eine hervorragende Erfindung. Der sie erfunden hat, muß doch ein Millionär geworden sein.«

»Im Gegenteil. Der Erfinder, ein deutscher Professor, hat einen Teil seines Vermögens darauf verwendet und wenig Seide gesponnen. Solche Erfindungen muß man nicht machen, wenn man Millionär werden will.«

»Ja, aber was für welche, Mister Gransea?«

»Da kann ich dir verschiedene Tips geben, mein Junge«, sagte der Maschinenmeister und stopfte sich behaglich seine Shagpfeife, denn die Presse hatte bis zum Abendblatt Ruhe. »Verschiedene höchst wertvolle Tips.

Da war zum Beispiel mein Freund Josua Andrews aus Omaha. Der erfand vornehmlich Patentmedizinen. Im Jahre 1896 brachte er seine berühmten Abführpillen auf den Markt.

Wie er mir einmal in einer schwachen Stunde verriet, bestanden die Pillen aus Talg und Ziegelmehl. Sie fanden rasende Abnahme, weil Andrews sie in wunderhübsche knallrote Schachteln einpackte. Die Schachtel kostete einen Dollar. Das heißt für das Publikum.

Josua Andrews selber kosteten sie höchstens fünf Cent, denn Talg und Ziegelsteine waren damals in Omaha billig.«

»Ja aber das ist doch Betrug«, rief John Workmann ehrlich empört aus.

»Betrug ist ein häßliches Wort, Jonny. Josua Andrews meinte nur, es wäre sehr ›smart‹.

Er mußte sich freilich vor Jemmy Hinton aus Alabama verstecken. Der kam aus seiner Heimat nach Saint Louis, wo es mehr Schwarze als Weiße gibt.

Und er kannte die Schwächen der schwarzen Mitbürger ganz genau! Er wußte, daß sie keinen sehnlicheren Wunsch haben, als auch weiß zu sein.«

»Aber das ist doch ganz unmöglich«, rief John Workmann. »Wie kann denn ein Neger weiß werden?«

»Ja, Jonny, das weiß ich auch nicht, aber ich weiß, daß Jemmy Hinton ein famoses Negerwaschwasser herausbrachte. Die Flasche zu einem Dollar, sechs Flaschen für fünf Dollar!

Nach der Gebrauchsanweisung mußte man sich täglich damit einreiben, dann sollte auch der schwärzeste Neger in sechs Monaten weiß sein.«

»Ja was war denn das für Zeug, Mr. Gransea?« fragte John Workmann.

»Ich kalkuliere, in der Hauptsache rauchende Schwefelsäure, die bereits bei der dritten Waschung auch die unempfindlichste Negerhaut in Fetzen vom Leibe herunterholte.«

»Nun und dann?«

»Dann ging Jemmy Hinton nach Kanada, wo sie allenfalls einen Mörder ausliefern, aber selbst den nicht gern. – Er nahm übrigens den Verkaufspreis für anderthalb Millionen Flaschen Negerwaschwasser mit.«

»Nun und die Neger?«

»Die wuschen sich mit der Schwefelsäure, solange sie noch stehen konnten. Als dann einige daran zugrunde gingen, wurde es ihnen allmählich klar, daß die Sache Humbug war. Das famose Negerwaschwasser wurde in den Fluß gegossen und die Geschichte war bald vergessen. Die Neger haben eben schwarz zu bleiben.

Trotzdem – der Tip ist gut. – Falls du und ein Dutzend andere noch mal den Humbug machen, sie würden wieder darauf reinfallen.«

»Also eine Erfindung wie die elektrische Bildübertragung bringt dem Erfinder noch nicht einmal die Unkosten, und Schwindler heimsen Millionen ein?« rief John Workmann entrüstet aus. »Wenn es keinen anderen Weg gibt, um Millionär zu werden, dann will ich lieber darauf verzichten. Aber ich hoffe, ich werde noch einen besseren Weg finden.«

»Hallo, Jonny, du willst Millionär werden, davon hast du mir ja noch gar nichts erzählt«, lachte Mister Gransea amüsiert.

»Gewiß will ich Millionär werden, ich will dasselbe werden wie Mr. Bennett. Darum studiere ich ja seinen Betrieb.«

»So, so«, nickte Mister Gransea nachdenklich. »Ich habe alle möglichen Betriebe studiert, aber nie daran gedacht, Millionär zu werden. Wenigstens ist es mir nie in den Sinn gekommen, daß das auf ehrliche Weise möglich wäre. Wenn du einen Weg dazu findest, kannst du ihn mir mitteilen. Vielleicht ist es auch heut für mich noch nicht zu spät.«

»Ich werde den Weg suchen«, sagte John Workmann mit fester Stimme, »und ich hoffe, ich werde ihn finden. Wo ein Wille ist, da ist auch ein Weg, – das las ich in einem guten Buche und es leuchtet mir ein.«

»Möglich – daß dich der liebe Gott zum Millionär macht. Deine Wißbegierde läßt das nicht unmöglich erscheinen. Well – vergiß mich nicht, falls es dir gelingt.«

»Das werde ich nicht tun, wenn Ihr mich mal erinnert.«

Als John Workmann den Raum verließ, blickte ihm Mister Gransea nach und sagte zu sich:

»Ich glaube – er ist aus dem Holz, woraus die Millionäre wachsen.«

6. Kapitel

Fast ein Jahr war seit dem Tode des kleinen Charly Beckers verstrichen, als John Workmann eines Nachmittags nicht, wie es seine Mutter gewohnt war, zu dem Maschinensaal des Zeitungsriesen ging, um dort seine Wißbegierde zu befriedigen, sondern zur Verwunderung seiner Mutter zu Hause blieb.

Schweigsam saß der jetzt vierzehnjährige Knabe vor dem abgedeckten Tisch und zeichnete mit einem blauen Stift allerlei Kreise und Figuren auf den Rand einer vor ihm aufgeschlagenen Zeitung.

»Es ist bereits 2 Uhr, John«, sagte die Mutter, welche glaubte, daß er in seinen Gedanken versunken nicht auf die Zeit geachtet habe.

»Ich weiß, Mutter«, antwortete John Workmann.

»Willst du denn nicht zu Mister Bennett?«

»Nein, Mutter, die Sache ist erledigt für mich.«

Ein hastiger Schreck durchzuckte die Mutter. Sie fürchtete, daß John Workmann irgendwelchen Ärger und Verdruß gehabt und sich die große Chance, wie sie es ansah, verscherzt habe.

»Aber John«, begann sie in empfindlichem Ton, »was ist dir denn geschehen? Hast du dich mit dem Maschinenmeister überworfen oder sonst irgendwelchen Ärger gehabt?«

»Nein, nein, Mutter, beruhige dich, ich habe mit niemand von den Arbeitern Ärger gehabt, noch ist mir sonst irgend etwas zugestoßen.«

»Aber warum willst du denn nicht hingehen, bedenke doch einmal, welche große Zukunft dir offensteht, wenn Mister Bennett dich jetzt, wo du so vieles verstehst, beschäftigt!«

Da blickte John Workmann mit einem merkwürdig ernsten Gesicht, das so gar nicht zu seinen vierzehn Jahren paßte, seine Mutter an und es war ihr, als ob dort nicht ihr vierzehnjähriger Junge, sondern ein erfahrener erwachsener Mensch vor ihr säße.

»Sieh mal, Mutter«, sagte John Workmann, »ich habe den Zweck erreicht, genau wie ich wollte. Um das zu werden, was ich vorhabe, war es nötig, daß ich den Riesenapparat, der in solcher Zeitung steckt, in allen seinen Teilen kenne.

Das ist nun geschehen. Ich kenne den Betrieb der Druckmaschinen, weiß, wie die Setzmaschinen gehandhabt werden, kenne also ihre Vorzüge und Nachteile und habe gesehen, wie eine Maschine sparsam bedient werden kann und was sie leisten muß.

Sieh mal, Mutter, das genügt! Ich könnte morgen nun an irgendeiner dieser Maschinen als vollbezahlter Arbeiter eintreten und glaube, da ich überall an den Maschinen bereits praktisch gearbeitet, daß ich meinen Posten ganz gut ausfüllen werde. Aber –«

John Workmann machte eine Pause, blickte wieder auf die verschlungenen Linien, die er auf dem Zeitungsrand gemalt, nahm den Bleistift und zeichnete noch einige Linien mehr.

Das war ein Zeichen der in ihm steckenden Nervosität. Stets, wenn er sich über irgendeine große Sache klarwerden wollte, malte er solche krause Zeichen, die eigentlich ohne Sinn und Verstand waren.

»Nun aber«, fragte seine Mutter, »könntest du nicht dem Himmel danken, daß du als so junger Mensch, du bist kaum vierzehn Jahre, soviel verstehst wie ein gelernter Arbeiter?

Bedenk einmal, wenn dich Mister Bennett die Woche mit achtundzwanzig bis dreißig Dollar, wie sie die Arbeiter dort verdienen, anstellen würde!«

»Sogar fünfunddreißig Dollar, Mutter. Ja, welche verdienen sogar durch Überstunden das Doppelte.«

»Ja, aber Junge, weshalb greifst du denn nicht zu? Wir können ja in einigen Jahren, wenn du weiter so sparsam lebst wie jetzt, ein kleines Vermögen haben.«

Da lachte der Junge bitter auf.

»Das ist es ja eben, worüber ich mir klargeworden bin.

Man soll mit dem Pfunde, das einem der liebe Gott gegeben, für seinen besten Vorteil wuchern. Sieh mal, Mutter, wenn ich dort nun als Arbeiter eintrete, dann würde ich nur ein Viertel von dem, was ich verstehen gelernt habe, ausnutzen können. Was tue ich nun mit den anderen drei Vierteln?«

»Das verstehe ich nicht«, entgegnete die Mutter. »Ich denke, jeder Mensch hat auf dem Platz, auf dem er arbeitet, seine ganze Kraft nötig, und nicht nur ein Viertel.«

»Nein, Mutter, ich habe es draußen in der Welt anders gelernt. – Es gibt einen Unterschied, den der liebe Gott in den Menschen hineinlegt. Der eine besitzt Kraft, der andere Intelligenz.

Die Menschen, welche nur Körperkraft besitzen, vermögen allerdings auf dem Arbeitsplatz, auf dem sie stehen, nur mit allem, was sie besitzen, einzutreten, und das genügt ihnen auch.

Derjenige Mensch aber, der mit einer großen Intelligenz begabt ist, kann diese nur voll ausnützen, wenn seine Arbeit mit seiner Intelligenz im Einklang steht.

Mir sagte man dort in der Druckerei und in den Maschinenräumen nach, daß ich in meinem Kopf eine ganze Portion solcher Intelligenz hätte.

Und ich muß dir auch offen gestehen, Mutter, ich wüßte nicht, wo ich den Arbeitsplatz bei Mister Bennett fände, an dem ich meine Kräfte so ausnutzen könnte, daß ich mich zu meiner inneren Zufriedenheit voll betätigen könnte.«

Mit großen Augen blickte seine Mutter auf ihn. Zum ersten Male sprach sie mit ihrem Sohn in solcher Art. Wie ein fremder Mensch erschien ihr plötzlich der Knabe.

Sie erfuhr plötzlich den bitteren Schmerz, wie so viele andere Mütter, wenn das Kind anfängt, die Knabenschuhe auszuziehen.

Zu antworten wußte sie nichts.

Das, was John ihr sagte, war ihrem einfachen Denken zu hoch.

Sie fühlte wohl die Wahrheit der Worte, aber sie vermochte den Sinn nicht zu erfassen. Beinahe ratlos blickte sie auf John Workmann, und als er jetzt wiederum schwieg und weiter krause Zeichen auf das Papier malte, sagte sie endlich:

»Ja, aber John, was soll denn nun werden? Du kannst doch nicht dein ganzes Leben hindurch Zeitungen verkaufen?«

Mit prächtigem Glanze leuchteten plötzlich die Augen John Workmanns auf.

»Warum nicht, Mutter!« und ein feines Lächeln umspielte seinen Mund.

Die Frau schlug die Hände zusammen. »Aber John – solch Geschäft machen doch nur Jungen!«

»O nein, Mutter«, lachte John Workmann, »Mister Bennett tut das, was ich bis jetzt tat, auch. Er verkauft Zeitungen.

Nur mit einem Unterschied, er verkauft seine eigenen Zeitungen. Und sieh mal, Mutter, nachdem ich gesehen habe, wie das gemacht wird, seine eigenen Zeitungen zu verkaufen, da habe ich mir nun in den Kopf gesetzt, dasselbe zu tun wie Mister Bennett und meine eigenen Zeitungen zu verkaufen.«

»Was willst du?« rief die Mutter. »Du wirst deine eigenen Zeitungen verkaufen? – John – John – ich fürchte, du wirst ein Phantast, wie dein Vater.«

»Ich hoffe nicht. Aber ich glaube«, und er sah seine Mutter schelmisch an, »ich habe von dir so viel praktisches Blut erhalten, daß sich die Phantasie, welche ich besitze, sehr gut in praktische Bahnen lenken lassen wird.

Du sagst ja selbst, daß ich nicht träume, wie es Vater getan hat, und nicht tagelang irgendwelcher Phantasie nachhänge, – sondern –« jetzt reckte John Workmann seine Gestalt – »ich arbeite praktisch und verdiene Geld.«

»Das weiß ich, John, das weiß ich! Weshalb willst du denn aber nicht einige Zeit wie alle Arbeiter bei Mister Bennett Geld verdienen?«

»Nein, Mutter, nein, ich habe noch viel zu lernen, und Mister Bennett könnte mir die Zeit und das, was ich an Verdienst versäume, nicht bezahlen. Sei nur ohne Sorge, Mutter, gegen Hunger werde ich dich durch meine Arbeit, solange ich lebe, stets schützen. Aber du darfst auch nicht mit mir zürnen, wenn ich das zu erreichen suche, wozu ich die Kraft in mir finde.«

Er erhob sich und sah jetzt, daß seine Mutter mit tränenden Augen zu ihm blickte. All sein Ernst verschwand, der Knabe kam bei ihm plötzlich wiederum zum Durchbruch.

Er stürzte zu ihr hin, umarmte sie, küßte ihr das Gesicht und rief:

»Sieh mal, Mütterchen, du mußt nicht traurig deshalb sein. Es ist ja doch das Beste, was ich will.«

»Ich weiß, John, ich weiß und will ja auch ganz zufrieden sein mit allem dem, was du tust. Denn schlecht kann mein Sohn niemals sein.«

Während er noch seinen Arm um ihren Nacken schlang, klopfte es an die Tür, und da sie beide nicht darauf achteten, wurde die Tür geöffnet und Fred Barney, ein zehnjähriger Zeitungsjunge, trat in das Zimmer.

»Hallo, Fred!« rief John erstaunt aus, ließ seine Mutter los und schritt zu dem Jungen – »was willst du bei mir?«

Jetzt sah John, daß in den Augen von Fred Barney dicke Tränen standen.

»Was ist, Fred?« rief John Workmann von neuem, »was ist dir geschehen? Ich sehe, daß du weinst!«

»Ja, John«, erwiderte der Junge mit erstickter Stimme, »mir ist etwas Schlimmes passiert. Ich weiß mir nicht zu helfen. Die Polizei hat meinen Bruder Robert verhaftet.«

»Robert ist verhaftet? – – Ich kenne doch Robert als einen braven Jungen, der keinem Menschen etwas zuleide tut. Was hat er denn getan?«

»Gar nichts«, weinte Fred Barney.

»Hör mal, Fred«, sagte John Workmann, »setze dich hier an den Tisch, wische deine Tränen ab und erzähle mir so gut du es kannst, was da geschehen ist. Denn sonst kann ich dir nicht helfen.

Und dann, Mutter, laß uns bitte allein. Vielleicht schämt er sich, vor dir zu sprechen.«.

Ohne etwas zu erwidern, begab sich die Mutter in die Küche, und als sie die Tür hinter sich geschlossen, sagte John Workmann:

»Jetzt höre mit dem Geflenne auf, Fred, Du bist doch kein altes Weib!«

»Nein, das bin ich nicht«, heulte Fred Barney noch weiter, »aber denke dir einmal an:

Ich gehe mit meinem Bruder den Broadway hinunter, wir hatten noch einige Zeitungen zu verkaufen, da bleibt mein Bruder, während ich einem Herrn die Zeitung verkaufe, an einem Schaufenster stehen. An demselben Fenster standen noch eine Dame und zwei andere Jungens.

Plötzlich höre ich, wie die Dame nach einem Polizisten ruft, meinen Bruder an den Schultern packt und festhält und schreit:

»Du Bengel, du hast mir meine Handtasche gestohlen!«

Im nächsten Augenblick trat ein Detektiv auf meinen Bruder zu, alle Leute blieben stehen und – denk dir einmal an, John, aus dem Zeitungspaket, das mein Bruder unter dem Arm trägt, zieht der Detektiv eine kleine goldene Handtasche, deren Kette durchgerissen oder durchgeschnitten war.

Obwohl mein Bruder allen Leuten beschwor, daß er die Tasche nicht gestohlen, nahm ihn der Detektiv mit zur Polizei.

Ach, John, – wenn du ihm nun nicht hilfst, ist er verloren!«

John Workmann hatte die Arme über die Brust gekreuzt und seine Augenbrauen ernst zusammengezogen.

»Das ist eine schlimme Geschichte, Fred«, sagte er nach einigem Nachdenken. »Ich glaube, da wird deinem Bruder nichts helfen können.«

»Aber du weißt doch, John, daß mein Bruder noch niemals irgendeinem Menschen etwas gestohlen hat.«

»Aber wie wollen wir das beweisen?«

»Ach, John«, sagte Fred Barney, »du kannst alles. Du mußt ihm helfen! Auch die anderen Jungen gaben mir den Rat, sofort zu dir zu gehen. Du bist der einzige Mensch, der hier helfen kann.«

»Ich werde versuchen, alles zu tun, was in meinen Kräften steht. Komm einmal jetzt mit mir, wir wollen zu dem Rechtsanwalt Mister Bennetts gehen. Ich glaube, der wird uns Rat geben können.«

Eine halbe Stunde später befand sich John Workmann im Büro dieses Rechtsanwalts, Mister Frank, und sandte ihm die Karte Mister Bennetts, welche ihm bis jetzt von so großem Nutzen gewesen, hinein. Sofort ließ der Rechtsanwalt John Workmann und Fred Barney zu sich kommen.

Aufmerksam hörte er von John Workmann den Fall von Robert Barney und sagte dann:

»Ich vermag Ihnen nicht viel Hoffnung zu machen, John Workmann, nach unserem Gesetz ist das beinahe unmöglich!

Der gestohlene Gegenstand ist im Besitz von Robert Barney gefunden worden, und die Dame, welche behauptet, daß Robert Barney ihr die Tasche gestohlen, wird dieses auch wieder vor Gericht unter ihrem Eide aussagen. Da nutzen alle Unschuldsbeteuerungen nichts. Ich glaube, Robert Barney wird auf die Insel oder ins Gefängnis geschickt werden.

Ich will mich aber für den Fall interessieren und die Verteidigung von Robert Barney übernehmen.

Das ist alles, was ich euch versprechen kann.«

Als John Workmann durch den Palast des Zeitungsriesen mit dem weinenden Fred Barney schritt, überlegte er scharf einige Sekunden, was er jetzt wohl tun könne.

In einer halben Stunde war die erste Abendausgabe fällig. Es hatte keinen Zweck mehr für ihn, nach Hause zu gehen.

Fred Barney aber schaute mit hoffnungsvollen Augen auf John Workmann, und dies Vertrauen des Jungen spornte John Workmann zu schärferem überlegen an.

Dem Robert Barney mußte geholfen werden.

Plötzlich stieß John Workmann einen scharfen Pfiff aus.

»Ich hab's, Fred«, rief er. »Ich sehe jetzt in der ganzen Sache klar. Die Hauptsache ist, daß du die beiden Jungens, die auch noch bei der Dame gestanden haben, wiedererkennst und sie uns so bezeichnest, daß wir sie auch zu erkennen vermögen.

Wirst du das können?«

»Ja, das kann ich. Ich kenne sogar den einen von ihnen. Er heißt Bill Smith und wohnt in Brooklyn. Wir waren eine Zeitlang auf der Schule zusammen. Er war immer ein Bengel, der nie in die Schule ging und oftmals deswegen bestraft wurde.

Nach der Schule hat er mit anderen Jungens zusammen Streifzüge in die Stadt unternommen und, wo sie etwas zu stehlen fanden, genommen.«

»Das wird der Dieb sein, und jetzt wollen wir nach Brooklyn fahren und sehen, ob wir ihn fangen können.

Wir werden heute einmal keine Abendausgabe verkaufen können. Roberts Rettung ist das Wichtigste.«

»Was willst du denn mit Bill Smith?« fragte Fred Barney.

»Das wirst du sehen, Fred. Die Hauptsache ist, daß wir ihn überhaupt finden werden! Hat er denn Eltern?«

»Jawohl! Sein Vater hat eine Branntweinschenke.«

Stundenlang suchten John Workmann und Fred in Brooklyn nach der Wohnung Bill Smiths, aber die Nachtzeit kam und sie hatten nichts erreicht.

Weinend schritt Fred Barney an der Seite John Workmanns gegen Mitternacht nach Hause. Und auch John Workmann war ziemlich niedergeschlagener Stimmung und vertröstete den Kleinen auf den anderen Tag.

»Morgen ist es zu spät!« heulte Fred Barney, »denn morgen wird mein Bruder vor den Richter geführt und erhält seine Strafe.«

In dieser Nacht vermochte John Workmann kein Auge zu schließen. Er starrte in das Dunkel seines Zimmers und suchte nach einem Weg, der den nach seiner reinsten Überzeugung unschuldigen Robert Barney erretten mußte.

*

Am nächsten Morgen gab John Workmann seinen Kameraden bei der Zeitungsausgabe den Wunsch kund, sich, bevor sie zur Schule gingen, noch einmal vor dem Zeitungspalast zu versammeln, er hätte ihnen eine wichtige Mitteilung zu machen.

Als nach zwei Stunden die Jungen wieder vollzählig vor dem Zeitungspalast standen, sagte John Workmann:

»Jungens, ihr wißt, daß Robert Barney gestern verhaftet worden ist. Haltet ihr ihn für schuldig?«

In den Augen der Knaben blitzte ehrlicher Zorn auf.

»Nein«, riefen sie, »Robert Barney ist ein ehrlicher Junge! Das können wir bezeugen.«

»Das kann ihm nichts nützen«, entgegnete John Workmann. »Aber vielleicht können wir ihm in anderer Weise behilflich sein. Kennt jemand von euch Bill Smith aus Brooklyn?«

»Jawohl! Wir«, riefen zwei Knaben. »Wir gehen mit ihm in dieselbe Schule. Er ist ein Halunke!«

»Das weiß ich!« sagte John Workmann. »Ich habe mich gestern bemüht, den Jungen aufzufinden, was mir aber nicht gelungen ist.«

»Ich sah ihn vor fünf Minuten den Broadway hinunterschlendern. Bei ihm waren noch mehrere fremde Jungens, Schuljungens«, rief einer der Knaben.

»Wo saht ihr ihn?« fragte John Workmann.

»An der 32. Straße. Dort treibt er sich immer herum.«

»Dann haben wir keine Zeit zu verlieren, Jungens! Es ist jetzt ½8 Uhr, und um 10 Uhr wird Robert Barney vor den Richter geführt, der darüber zu bestimmen hat, ob er schuldig ist oder nicht. Bis dahin müssen wir Bill Smith gefunden haben. Wir wollen jetzt versuchen, und alle Jungen können uns helfen, den Bill Smith festzunehmen, da ich mit ihm ein ernstes Wort zu sprechen habe.

Es gilt die Unschuld von Robert Barney festzustellen. Bill Smith gehört statt Robert Barney ins Gefängnis. Damit er uns nicht entgehen kann, wollen wir uns in zwei Parteien teilen, deren jede auf einer Seite des Bürgersteiges den Broadway bis zur 32. Straße hinuntergeht. Wer ihn von uns trifft, hält ihn sofort fest.«

Alle erklärten sich mit dem Plane einverstanden. Und wie auf einer regulären Streife schritten sie den Broadway jetzt hinab bis zur 32. Straße.

Sie brauchten nicht lange zu suchen.

Vor einem Laden, worin es Zigaretten und Süßigkeiten zu kaufen gab, stand Bill Smith mit vier Jungens und verteilte unter sie Zigaretten, als John Workmann auf ihn zutrat, ihm die Hand auf die Schultern legte und sagte:

»Well, Bill Smith, es freut mich, dich zu sehen. Ich habe mit dir etwas zu sprechen.«

Bill Smith war ein kräftig entwickelter Junge. Er war fast einen halben Kopf größer als John Workmann.

»Was bist du für ein Affe!« antwortete Bill Smith und schaute John Workmann verächtlich an.

»Darüber wollen wir uns woanders unterhalten«, sagte John Workmann ruhig.

In diesem Moment bemerkte Bill Smith und seine Kameraden die ihn in dichtem Kreis umringenden Zeitungsjungen.

»Was wollt ihr«, rief er, anscheinend die Gefahr witternd, und steckte zugleich seine rechte Hand in die Hosentasche.

Keiner der Jungen antwortete, alle warteten, was John Workmann sagen würde.

»Läßt du mich los«, schrie jetzt Bill Smith und stieß John Workmann zurück, »und ihr macht jetzt Platz oder es passiert etwas«, rief er den anderen drohend zu.

»Du bist ein nettes Früchtchen, aber du irrst dich«, sagte John Workmann, noch immer ruhig bleibend, »wenn du glaubst, daß wir hierhergekommen sind, um dir Platz zu machen. Wir haben die Absicht, dich und deine Kameraden mit uns zu nehmen. Wir haben eine Abrechnung mit dir bei der Polizei für Robert Barney!«

Das Gesicht Bill Smiths verfärbte sich, und John Workmann, welcher ihn scharf beobachtete, erkannte daran deutlich das Zeichen der Schuld.

Ein höhnisches Lachen stieß der Bengel aus.

»Pah!« rief er, »was habe ich mit Robert Barney zu tun? Ich habe ihm nicht die Tasche zwischen die Zeitungen gepackt.«

»So!« rief John Workmann. »Wer war es denn? Wohl dein Kamerad, was!?«

»Das ist nicht wahr!« rief einer der Begleiter Bill Smiths. »Wenn er das sagt, hat er gelogen!«

»Ihr habt es gehört!« rief John Workmann seinen Kameraden zu. »Er hat sich selbst verraten. Und jetzt, Bill Smith, wirst du mir zur Polizei folgen.«

»Der Teufel hol dich!« schrie Bill Smith und seine Augen funkelten bösartig auf John Workmann.

»Faßt ihn«, befahl John Workmann seinen Kameraden, und jetzt, wie Bill Smith die Anzahl von Fäusten sah, die sich ihm entgegenstreckten, sprang er wie ein echter Räuber aus dem Westen in die Tür des Ladens, zog seine rechte Hand aus der Hosentasche und hielt einen Revolver den erschrockenen Zeitungsjungen entgegen.

Bevor noch irgendeiner Deckung suchen konnte schoß Bill Smith blindlings seinen Revolver auf die Knaben ab, und mit einem Aufschrei stürzten mehrere von ihnen zu Boden.

Auch John Workmann verspürte einen heftigen Schmerz, als ob er von einem Peitschenhieb getroffen wäre, am linken Oberarm.

Für einige Sekunden lähmte die Tat von Bill Smith die Knaben mit schreckensvollem Entsetzen. Dann aber packte John Workmann ehrlicher Zorn.

Wie eine Katze sprang er auf Bill Smith, ergriff den ungleich Stärkeren an den Armen und rang ihn zu Boden.

Aber er würde mit dem gewandten und stärkeren Bill Smith, der im Raufen und Schlagen Schulung besaß und jetzt aus der Tasche ein Messer zog, nicht fertig geworden sein, wenn nicht Dutzende der Zeitungsjungen den wild um sich Schlagenden bei den Armen gepackt und ihn festgehalten hätten.

Durch die Schüsse war ein Polizist alarmiert und eilte hinzu.

Vier Jungen waren von den Kugeln Bill Smiths verwundet worden und mußten in einem Krankenwagen von der Polizei ins Hospital gebracht werden.

John Workmann, den einer der Polizisten fragte, ob er auch verwundet sei, und der seine linke Hand vom Blute abtrocknete, verneinte dies und sagte, er hätte sich wahrscheinlich beim Kampfe mit Bill Smith geritzt.

In dasselbe Revier, in das Robert Barney geführt wurde, brachte der Polizist auf John Workmanns Veranlassung auch den festgenommenen Bill Smith und dessen Kameraden.

Mit Wohlwollen betrachtete der Vorsteher John Workmann und dessen Zeitungsjungen, als sie ihm den Zweck ihrer Streife auf Bill Smith erzählten.

Und jetzt, vor den gestrengen Fragen dieses Mannes, vermochte der verschlagene Bill Smith nicht mit seinen Lügen durchzukommen.

Nach kurzem Verhör kam die Wahrheit zutage:

Bill Smith hatte der Dame mit einer Schere die Kette der Tasche durchschnitten und für den Fall seiner Entdeckung sie vorläufig zwischen die Zeitungen des dicht neben ihm stehenden Robert Barney gesteckt.

Ein Polizist hatte vorher dem Festgenommenen die Taschen durchsucht und daraus allerlei gefährliches Diebeshandwerkszeug zutage gefördert.

Besonders dieser letzte Umstand war es, der die Frechheit Bill Smiths brach und der Polizei bewies, daß er tatsächlich ein gefährlicher jugendlicher Verbrecher war.

Robert Barney wurde sofort aus der Haft entlassen, und der Vorsteher sagte zu ihm:

»Du kannst deine Freiheit dem kleinen Sherlock Holmes dort verdanken! Er hat seine Sache gut gemacht!«

Aller Augen richteten sich auf John Workmann, der vor dem Tisch des Vorstehers stand und jetzt plötzlich trotz der größten Anstrengung sich nicht mehr aufrecht halten konnte. Mit bleichem Gesicht sank er zu Boden.

Die Polizisten, welche sich um den Ohnmächtigen bemühten, entdeckten, daß er von einer der Kugeln Bill Smiths am Oberarm verwundet war. Der Blutverlust hatte ihn geschwächt.

Zum Glück waren weder er noch seine Kameraden gefährlich verletzt. Nachdem sie verbunden waren, vermochten sie den Nachhauseweg anzutreten.

An Arbeit freilich war für sie alle vorläufig nicht zu denken. Und da war es Robert Barney, welcher mit den übrigen Jungen sich zusammentat und ausmachte, daß sie ihren Verdienst für John Workmann und für die anderen Kameraden während der Dauer ihrer Arbeitsunfähigkeit zu teilen hätten. –

Wiederum stand John Workmanns Name in den Blättern des Zeitungsriesen an erster Stelle, und wiederum kam ein Brief von Mister Bennett zu John Workmann, in dem er ihn zu seiner Tat beglückwünschte und ihn gleichzeitig ersuchte, ihn in der nächsten Zeit aufzusuchen.

Während John Workmann untätig zu Hause liegen mußte, machte es ihm die größte Freude, den kameradschaftlichen Geist zu sehen, der sich unter den Zeitungsjungen betätigte. Und je mehr er darüber nachdachte, um so mehr reifte in ihm ein Plan, von dessen Ausführung und Gelingen er sich den größten Segen und Nutzen für seine Kameraden versprach.

7. Kapitel

Wochen waren vergangen, als John Workmann, von seiner Verletzung genesen, sein Lager und seine Wohnung verlassen konnte.

Wie vordem nahm er seinen Weg wieder zum Palast des Zeitungsriesen, um seine Ausgaben auf dem Broadway zu verkaufen und in den freien Stunden in den Betrieben umherzugehen und zu lernen.

Heute hatte ihn sein Gang in das gewaltige Papierlager zu dem alten Papiermeister Mister Miller geführt. Der war ein guter Sachse, hatte früher einmal auf den Namen Müller gehört, war aber als zwanzigjähriger junger Mann nach den Vereinigten Staaten gekommen und hatte als gelernter Papiermacher in den Bennettschen Betrieben Aufnahme gefunden.

Er war unter den Arbeitern seiner Abteilung wegen seines etwas barschen Wesens nicht sonderlich beliebt, aber eine herzensgute Natur.

Als John Workmann mit dem Anliegen, etwas über Papierfabrikation zu erfahren, zu ihm kam, brummelte er in seinen grauen Bart über naseweise Jugend und Topfguckerei. John Workmann blickte ihn ernst an und sagte:

»Sie sind der Meister hier, und ich wende mich deshalb zuerst an Sie, um etwas zu lernen. – Falls es Ihnen nicht paßt, werde ich mich an Ihre Arbeiter wenden. – Außerdem bin ich weder naseweiß noch topfguckerisch, aber Sie sind unhöflich.«

»Was bin ich?« – Mit offenem Munde starrte der Alte den Jungen an, solche Sprache war er nicht gewohnt. – Dann überzog ein Lächeln sein Gesicht, er reichte John Workmann die Hand und sagte:

»Du gefällst mir, Junge. – Hast Courage. – Und damit nichts für ungut. – Ich werde dir die Papiergeheimnisse erklären, und als erste Weisheit merke dir: Stehlen mußt du, was das Zeug hält. Stehlen mußt du, soviel du nur irgend erwischen kannst. Das sagte mir schon mein alter Lehrmeister in Deutschland.«

»Aber, Mister Miller«, rief John Workmann erstaunt. »Das ist doch unehrlich. Das darf man doch nicht.«

»Beileibe nicht«, schmunzelte Mister Miller – »aber trotzdem – stehlen, sagte mein alter Lehrmeister, aber nicht mit den Fingern, sondern nur mit den Augen. So ist die Sache zu verstehen, Jonny. Wenn du vorwärtskommen willst, mußt du mit sehenden Augen durch die Welt gehen und auf alles achten, alles zu begreifen versuchen.«

»Ist das der Weg, Millionär zu werden?« fragte John Workmann.

»Ich glaube wohl, John. Nur wer alle Dinge um sich mit offenen Augen betrachtet, wer alle Möglichkeiten erwägt und begreift, hat Aussichten, es zu etwas zu bringen. Darum riet ich dir, mit den Augen zu stehlen. Doch jetzt laß dir vom Papier, von seiner Herstellung erzählen.«

Und nun begann der alte Miller zu erzählen. Er kramte seine Erinnerungen aus und sprach von längstvergangenen Zeiten, da er für Mister Bennett noch in den südamerikanischen Urwäldern gewesen war, wo sie die Bäume nicht mit der Säge fällen, sondern durch Dynamitpatronen sprengen. Er erzählte ihm von dem romantischen Leben im Lager der Holzfäller und von dem sinnbetörenden Jagen und Hasten in den Betrieben der Schleifmühlen und Papierfabriken. Er schilderte endlich, wie aus dem grünen Baum das Papier hergestellt wird.

Obwohl John Workmann bereits das meiste wußte, hatte er doch mit leuchtenden Augen der Erzählung des Papiermeisters zugehört und saß jetzt nachsinnend mehrere Minuten still.

»Ist dir vielleicht etwas noch nicht klargeworden, mein Junge?« fragte der Papiermeister.

»Oh, ja«, entgegnete John Workmann, »nun ist mir alles klar. Aber ich überlege soeben, daß diese mächtigen Wälder doch im Grunde nur deshalb zu Papier verarbeitet werden, weil man das Papier bedrucken will.«

»Da hast du recht«, erwiderte der Papiermeister. »Wenn das Papier nicht bedruckt werden sollte, wäre es wirklich zwecklos. Aber über das, was auf das Papier gedruckt wird, darüber kann ich dir keine Auskunft geben. Da mußt du schon zu unserem Redaktionsstab gehen, dort kannst du genau erfahren, woher die Nachrichten stammen.«

»Das werde ich tun«, erwiderte John Workmann, »denn ich glaube, daß die Redaktion der Hauptfaktor des ganzen Zeitungsbetriebes ist.«

»Das will ich nicht entscheiden«, meinte der Papiermeister, »geh nur zu den Herren selbst, ich habe dort einen guten Freund. Das ist Mister Charley Berns, der wird dir gern Bescheid sagen.«

»Ich werde ihn aufsuchen«, sagte John Workmann, »und Euch danke ich, daß Ihr mir so gute Auskunft gegeben.«

Er drückte die harte Arbeitshand des Papiermeisters und verließ den Raum.

Am nächsten Tage begab er sich zur Redaktion, um dort Mister Charley Berns aufzusuchen.

Mit Interesse betrachtete der noch junge Redakteur den eintretenden John Workmann, von dem jeder im Betrieb des Zeitungsriesen wußte, daß er unter der besonderen Protektion von Mister Bennett stand.

Charley Berns reichte John Workmann freundlich die Hand und wies ihm einen Stuhl neben dem Schreibtisch an.

»Was führt dich zu mir?« fragte er, während John Workmann mit erstaunten Augen das einfache, fast kahl eingerichtete Zimmer betrachtete.

Einen Redakteur hatte er sich ganz anders vorgestellt.

In seinen Gedanken mußte das ein Mann sein, der in einem großen saalartigen Zimmer saß, dessen Wände von oben bis unten mit Büchern vollgestellt waren. Der Redakteur selbst mußte seiner Meinung nach ein ziemlich alter Mann sein, womöglich mit einem mächtigen weißen Bart.

Nun war nichts von seinen Vermutungen eingetroffen! Vor sich sah er einen jungen, höchstens dreißig Jahre alten Mann mit glattrasiertem Gesicht, der ihn mit lustig blinkenden Augen anschaute, eine Zigarette rauchte und statt der dicken Bücher auf dem Schreibtisch nur Tinte, Feder und lose weiße Blätter liegen hatte.

»Ich möchte gern von Ihnen wissen«, begann John Workmann, »woher Sie alle die Nachrichten nehmen, die Sie in die Zeitungen drucken lassen.«

»Da irrst du dich«, lachte der Redakteur, »ich allein bin nicht fähig, alle diese Nachrichten und Artikel zu schreiben, mit welchen die Zeitung gefüllt wird. Dazu sind mehr Köpfe als ein einziger erforderlich, das kannst du mir glauben.«

»Ich habe mir das ja auch bereits gedacht«, erwiderte John Workmann. »Sie haben meine Frage wohl nicht richtig verstanden. Ich möchte ja nur wissen, woher Sie persönlich Ihre Nachrichten nehmen!«

»Weshalb interessierst du dich dafür?«

»Weshalb?« fragte John Workmann erstaunt und überlegte mehrere Minuten. Schließlich begann er:

»Ich kann es Ihnen ja ruhig sagen. Ich habe die Absicht, einmal dasselbe zu werden wie Mister Bennett.«

»Alle Achtung«, lachte der junge Redakteur. »Da hast du dir ja keine kleine Lebensaufgabe gestellt. Ich wünsche dir viel Glück dazu.

Bist du dir denn auch schon klar, wie du das anstellen willst?«

»Selbstverständlich«, erwiderte John Workmann. »Aus dem Grunde bin ich ja zu Ihnen gekommen, um mich von Ihnen belehren zu lassen. Ich möchte bei Ihnen lernen, was ein Redakteur zu arbeiten hat.«

Aha, ich verstehe«, erwiderte der Redakteur, der an der Art und Weise John Workmanns Gefallen fand. »Aber ich glaube, daß es dir nicht viel nützen wird, wenn ich dir die Wege zeige, auf denen ich tagtäglich meine Nachrichten sammele. – Zu lernen geht das nicht, lieber Junge, das muß man im Gefühl haben, denn« – er machte eine Pause und sah auf die vor ihm liegenden Blätter – »sieh einmal! Hier habe ich einige Dutzend Notizen liegen. Nur diejenige Notiz, von der ich annehmen muß, daß sie die Allgemeinheit interessiert, gebe ich zum Druck. Erst aber muß ich sie überarbeiten und ihr die richtige Form und dem Text den richtigen Stil geben.«

»Wenn ich Sie recht verstehe«, unterbrach ihn John Workmann, »so erhalten Sie diese Notizen von Ihren Berichterstattern.«

»Jawohl, mein Junge.«

»Was sind denn das für Leute?«

»Da sind allerlei Arten von Leuten. Du selbst zum Beispiel wärest für mich ein Berichterstatter, falls du zu mir kämest und mir irgendeine Neuigkeit erzähltest, ein Verbrechen oder einen Unglücksfall oder sonst irgend etwas, was sich in der Stadt zugetragen hat.

Erschiene mir nun deine Nachricht wert, gedruckt zu werden, so würde ich sie, falls du es nicht könntest, zu Papier bringen, und du würdest für deine Berichterstattung von mir ein Honorar angewiesen bekommen, das Mister Bennett für jede Zeile zahlt.«

»Das habe ich noch gar nicht gewußt, da kann man viel Geld verdienen.«

»Gewiß«, erwiderte der Redakteur, »wenn du viel interessante und neue Sachen bringst, bevor ich sie noch von anderer Stelle höre, so kannst du ganz gutes Geld dabei verdienen.«

In diesem Augenblick trat einer der kleinen Boys, welche die Anmeldungen von Besuchen bei den verschiedenen Redaktionen zu vermitteln haben ein und meldete:

»Mister Willy Runge.«

»Ich lasse bitten«, sagte der Redakteur und wandte sich wieder an John Workmann. – –

»Siehst du, jetzt kannst du gleich einen meiner Berichterstatter kennenlernen. Er arbeitet bereits seit zwei Jahren für unsere Zeitung und bringt mir fast den größten Teil meiner Nachrichten.«

Ein etwa fünfundzwanzigjähriger junger Mann, elegant gekleidet, trat ein und begrüßte den Redakteur mit vertraulicher Freundschaft.

»Was gibt es Neues?« fragte ihn der Redakteur.

»Oh, eine ganze Menge!« erwiderte der Berichterstatter. »Ich komme soeben von Hoboken und habe dort mit dem Chef der italienischen Polizeiabteilung, mit Petrosino, einen Verbrecherwinkel der schlimmsten Art ausgehoben.

Ich spürte den Burschen schon seit mehreren Wochen nach und gestern abend gelang es mir endlich, ihre Wohnung ausfindig zu machen. Nun benachrichtigte ich schleunigst Mister Petrosino und fuhr mit ihm und seinen Detektiven heute morgen nach Hoboken.

Wir nahmen auch glücklich die gesamte Verbrechergesellschaft fest, fünfzehn Personen, alles Italiener.

Diese Italiener gehören zu der gefürchteten ›Schwarzen Hand‹ und haben vor vierzehn Tagen den Sohn des italienischen Weinhändlers Tomaselli geraubt, um von dem Vater ein Lösegeld zu erpressen.

Ich denke, die Sache gibt einen Hauptartikel für unsere Abendausgabe.«

»Unbedingt«, stimmte ihm der Redakteur bei, »ich werde Ihnen gleich ein Zimmer anweisen lassen, in dem Sie den Artikel niederschreiben können. – Haben Sie übrigens Bilder von der Affäre gemacht?«

»Jawohl«, erwiderte der Berichterstatter. »Ich hoffe, daß ich mit meinem Kodak einige ganz gute Aufnahmen sowohl von der Verbrecherhöhle als auch von der Kampfszene zwischen den Detektiven und den Verbrechern gemacht habe.

Ich werde meinen Apparat sofort in das fotografische Laboratorium schicken, und die Herren können, während ich den Artikel schreibe, die Bilder entwickeln.«

Der Redakteur drückte auf einen elektrischen Knopf auf seinem Schreibtisch, ein Boy erschien und ihm gab er den Auftrag, Mister Runge in eines der für die Berichterstatter stets bereitstehenden Arbeitszimmer zu führen, die mit Schreibtisch und Telefon ausgestattet waren.

Sobald der Berichterstatter das Redaktionszimmer verlassen hatte, sagte der Redakteur zu John Workmann:

»Du hast eine praktische Lehre bekommen, wie ein Berichterstatter für seine Zeitung zu arbeiten hat.

Er darf nicht nur darauf warten, was ihm der Zufall in den Weg führt, sondern er muß, wie ein Detektiv, dem Zufall auf die Beine helfen. Er muß sich, wie man sagt, ›seine Nachrichten selbst arbeiten‹.«

Mister Berns hatte kaum ausgesprochen, als wieder ein Boy erschien und ihm ein Telegramm auf den Schreibtisch legte.

Hastig riß es der Redakteur auf und überflog es. Dann sah er mit einem schnellen Blick zu der an der Wand befindlichen großen Normalzeituhr und öffnete im Schreibtisch eine für John Workmann bis jetzt verborgen gebliebene Platte, nahm ein Blechkästchen und steckte es in die Klappe des Schreibtisches. Dann drückte er auf einen Hebel, ein kurzes surrendes Geräusch wurde hörbar, und jetzt nahm der Redakteur das auf dem Schreibtisch stehende Telefon zur Hand und John Workmann hörte, wie er sprach:

»Satzmeister! Beifolgendes wichtige Telegramm muß noch in die Mittagsausgabe.

Sie sind schon fertig mit der Zurichtung? Schadet nichts! Nehmen Sie die Nachricht über den Brand in Pittsburg heraus und schieben Sie an dieser Stelle das Telegramm ein.«

Er legte den Hörer wieder hin und wandte sich an John Workmann:

»Siehst du, mein Junge, das war eine andere Art von Berichterstattung, ein Kabeltelegramm aus London.

Hätte ich es eine Minute später erhalten, dann wäre es nicht mehr möglich gewesen, es in die Mittagsausgabe zu bringen. –

Oftmals hängt an einer Minute ungeheures Unglück oder großes Glück. Falls z. B. diese Notiz erst in dem Abendblatt veröffentlicht werden könnte, so wären für unsere Industrie möglicherweise große Vermögen verloren gewesen.

Dieses Telegramm gehört ja eigentlich sonst nicht auf meinen Schreibtisch, sondern mein Kollege Mister Buttler hätte es bearbeiten müssen, er hat die Börsenredaktion. Da er aber seit zwei Tagen erkrankt ist, vertrete ich ihn.«

»Darf ich wissen, was das für ein Telegramm war?« fragte John Workmann.

»Warum nicht«, antwortete der Redakteur. »Obwohl ich nicht glaube, daß du es verstehen wirst. Das Telegramm lautet kurz:

›Pierpont Morgan ist erkrankt‹.«

»Ich verstehe allerdings nicht«, bemerkte John Workmann, »warum durch eine Erkrankung Pierpont Morgans, wie Sie sagten, hier in Amerika große Vermögen verlorengehen sollten.«

»Ich will dir auch das erklären, mein Junge. Sieh mal, ein Mann besitzt ein ungeheures Vermögen und dieses Vermögen besteht zum größten Teil aus Unternehmungen, wie Kohlenbergwerken, Eisenbahnen, großen Maschinenfabriken und dergleichen, wofür viele Hunderte von Menschen diesem Manne Tausende von Dollar geliehen haben. Für diese Tausende von Menschen kommt eine Gefahr, ihr in den Unternehmungen des Milliardärs angelegtes Vermögen, falls derselbe erkrankt, zu verlieren, denn es fragt sich, ob irgendein anderer die Kraft und das Können besitzt, diese Unternehmungen im Sinne der Geldgeber weiterzuführen.

Deshalb ist es für die Mitbeteiligten des Pierpont Morgan, und dazu gehören hier in Amerika wohl 20-30 000 Menschen, von größter Wichtigkeit zu erfahren, ob Pierpont Morgan gesund oder krank ist. Im Augenblick, wo er erkrankt, fallen die von ihm ausgegebenen Aktien oder, für dich verständlicher gesagt, Schuldverschreibungen auf seine Unternehmungen ganz bedeutend im Werte.

Denke dir einmal, du hättest eine Aktie auf ein Morgansches Unternehmen für 100 Dollar gekauft und diese Aktie bringt dir später einen Gewinn von zehn, ja vielleicht sogar zwanzig bis dreißig Prozent, so hat diese Aktie, falls du sie besitzest, für dich einen viel höheren Wert als hundert Dollar.

Du wirst das Papier an der Börse vielleicht für das Doppelte oder mindestens aber für eine gehörige Anzahl Dollar höher verkaufen können, weil die Gewinnerträge dieser Aktie sie um soundsoviel wertvoller machten.

Sollte nun der Fall eintreten, daß der Gewinn sich durch irgendwelche Umstände verringert oder überhaupt in Frage gestellt wird, so erhältst du für deine hundert Dollar nicht mehr den vollen Wert, sondern bedeutend weniger.

Ich hoffe, daß dir diese einfachen Grundzüge der Spekulation mit einem Börsenpapier klargeworden sind.«

»Mir ist es noch nicht ganz klar«, erwiderte John Workmann. »Ich habe immer bis jetzt geglaubt, daß ein Milliardär wie Pierpont Morgan nur mit seinem eigenen Gelde arbeitet. Sie sagten mir aber soeben, daß er sich von fremden Leuten Geld geliehen hat und daß dieses Geld sein Vermögen bildet.«

»Das stimmt nicht ganz, ich sehe, ich muß es dir noch klarermachen. Denke dir einmal folgendes:

Du fändest irgendwo im Westen durch Zufall eine Petroleumquelle. Du hast gerade soviel Geld, diese Petroleumquelle von dem bisherigen Eigentümer, der nicht weiß, welchen Wert er besitzt – es kann sogar der Staat selbst sein – zu kaufen.

Nachdem du das Stück Land mit dieser Petroleumquelle gekauft hast, stehst du ohne jeden Pfennig Geld auf deinem Grund und Boden.

Nun tritt an dich als Besitzer die Frage heran, wie kann ich die Petroleumquelle verwerten, oder besser gesagt, wie vermag ich aus meiner Petroleumquelle Geld zu schöpfen.

Da du nun selber kein Geld mehr hast, um die Petroleumquelle zu verwerten, und allerlei Maschinenanlagen und sonstige technische Hilfseinrichtungen bauen mußt, so wendest du dich in der Zeitung durch Anzeigen an Leute, welche gewillt sind, dir zwecks Verwertung deiner Petroleumquelle Geld zu leihen.

Für dieses Geld versprichst du ihnen eine angemessene Gewinnbeteiligung. Solltest du im Laufe der Jahre mit dem Gewinn, der auf dich fällt, soviel verdienen, daß du fremdes Geld nicht mehr nötig hast, so kaufst du einfach von deinen Gläubigern die in ihren Händen befindlichen Schuldverschreibungen oder Aktien deiner Petroleumquelle zu dem Preise, wie sie an der Börse gehandelt werden.

Dann erst bist du wieder dein eigener Herr und besitzest tatsächlich die Nutznießung des Vermögens, das die Petroleumquelle darstellt.«

»Das ist ja großartig«, rief John Workmann. »Ich verdanke Ihnen eine große Lehre. Man hat also eigentlich nur nötig, irgendwo eine Petroleumquelle oder Kohlenmine zu entdecken und man ist ein reicher Mann.«

Der Redakteur lächelte. »Es braucht nicht eine Petroleumquelle oder eine Kohlenmine zu sein, obwohl das die beste Sache wäre, welche du finden könntest. Du kannst auch aus eigener Kraft irgendeine Erfindung machen oder ein Unternehmen gründen, und genau in derselben Weise von deinen Mitmenschen die zum Betrieb nötigen Gelder erhalten.

All die großen Vermögen, welche wir hier in Amerika und überhaupt in der Welt besitzen, sind nur eine Folge von günstigen Spekulationen.

Arbeit, in dem Sinne, wie der geistige oder technische Arbeiter sie ausführt, vermag niemals ein Millionenvermögen zu gewinnen, und selten nur geschieht es, daß solche Geistesarbeiter auch nur annähernd imstande sind, sich durch die Zinsen ihres Arbeitsertrages zu ernähren.«

In John Workmann arbeiteten seine Gedanken mit dem neuen Problem, das der Redakteur ihm gegeben, so mächtig, daß er mit starren Augen auf den Erzähler blickte, kein Wort sagte und nur tief Atem schöpfte.

Ihm erschien plötzlich die gesamte Weltordnung in einem anderen Lichte. Da war ihm nun endlich das Problem, wie man ein reicher Mann wird, gelöst. Was bisher nur dumpf sich in ihm geregt hatte, die Erkenntnis, daß auch die angestrengteste technische oder geistige Arbeit nicht imstande sei, ein Millionenvermögen anzuhäufen, das war ihm jetzt klargeworden.

»Darf ich mir noch eine Frage erlauben«, sagte er zu dem Redakteur. »Wissen Sie, wie Mister Bennett in den Besitz dieses großen Unternehmens seiner Zeitung gekommen ist?«

»Gewiß, mein Junge, das kann ich dir genau sagen:

Der Vater von Mister Bennett besaß draußen im Westen eine größere Waldfarm. Nachdem er die Stämme niedergeschlagen hatte, sah er ein, daß ihm der Transport von seiner Farm nach New York oder Boston so teuer käme, daß ihm kein Mensch das Holz bezahlen könnte.

Da kam ihm der Gedanke, aus dem Holz Papier zu machen. Papierballen konnte er von seiner Farm aus überall in Amerika verschicken und er erhielt dafür einen Preis, bei dem er beträchtlich gewann. Was er also mit dem rohen Holz nicht fertig bekam, das schaffte das verarbeitete Holz.

Allmählich sah Mister Bennett, daß er noch mehr verdienen würde, wenn er nicht das Papier verkaufte, sondern es selbst verwendete, und zwar zu einer Zeitung. So gründete er mit geringem Kapital hier in New York seine Zeitung. Und da ihn das Papier weniger kostete als die Konkurrenz, konnte er bessere Mitarbeiter bezahlen und gewann dadurch für seine Zeitung einen größeren Zuspruch.

Daraus kannst du ersehen, daß es auch möglich ist, ohne fremdes Kapital größere Unternehmungen zu gründen und zu führen.«

In diesem Moment erscholl ein kleines Klingelzeichen im Schreibtisch, worauf der Redakteur wieder die geheimnisvolle Klappe öffnete und ein Blechkästchen aus der Öffnung nahm.

In dem Blechkästchen war der Text des Telegramms auf ein Stück Papier abgedruckt, welches der Redakteur einer schnellen Korrektur unterwarf, einen Fehler verbesserte, es wiederum in das Blechkästchen legte und es auf einen Hebeldruck verschwinden ließ.

»Darf ich wissen«, fragte John Workmann, »was das für ein seltsames Kästchen ist, das Sie in den Schreibtisch einschließen?«

»Einschließen tue ich das Kästchen nicht, mein Junge. Das ist eine Rohrpost, welche mich mit dem Setzersaal verbindet. Da dieser Setzersaal im 18. Stockwerk liegt, so würde es viel Zeit beanspruchen, die Korrekturen jedesmal durch Boten hin und her befördern zu lassen.

Schau her. Von diesem Schreibtisch gehen mehrere Röhren aus dem Zimmer. Eine davon führt in einen besonderen Raum des Hauses, die Rohrpostzentrale. Andere Rohre führen zu denjenigen Arbeitsstätten, mit denen ich besonders zu tun habe, also zum Setzersaal, zum Chefredakteur und einigen anderen Plätzen. Ich habe nun die Depesche vorhin in ein kleines Kästchen gelegt, dieses verschlossen und den Holzdeckel wieder darübergeklappt. Wenn du genauer hingesehen hättest, würdest du bemerkt haben, daß das Kästchen nicht viereckig, sondern rund war. Es paßt in das Rohr wie ein Kolben in einen Zylinder. Durch einen Hebeldruck schaltete ich dann Druckluft ein und diese jagte den Kasten mit der Depesche in ein paar Sekunden in die Setzerei. Dort löste der ankommende Kasten ein Klingelzeichen aus. Der Setzer öffnete, nahm die Depesche heraus, setzte sie ab und ließ von dem Bleisatz auf Papier einen Abzug machen. Den legte er wieder in den Kasten und schickte ihn mit Preßluft zu mir zurück.«

»Das ist ja eine feine Sache«, unterbrach ihn John Workmann.

»Die Geschichte geht noch weiter, Jonny. Was ich dir eben schilderte, ist eine direkte Rohrpostleitung von Büro zu Büro. Davon habe ich hier nur drei. Trotzdem kann ich in jedes Zimmer des Hauses Rohrpostsendungen schicken. Dann benutze ich diese Leitung zur Rohrpostzentrale und befestige die Adresse auf dem Kasten. Er fällt in das Sammelbecken der Zentrale und meldet seine Ankunft durch ein Klingelzeichen. Der dort Beschäftigte nimmt ihn heraus, legt ihn in die entsprechende Leitung, gibt Druckluft hinterher und mit einer Verzögerung von nur wenigen Sekunden gelangt das Schriftstück an sein Ziel.«

»Man kann hier bei Ihnen viel lernen«, sagte John Workmann nachdenklich, als der Redakteur seine Erklärungen beendete. »Was ist nun aber eigentlich eine Korrektur?«

»Sehr einfach«, erwiderte der Redakteur, »wenn ich jetzt einen Artikel zu den Setzern sende, so passiert es den Herren dort oftmals, daß sie den Artikel nicht richtig lesen und ein falsches Wort setzen. Da wird nun der Artikel, sobald er gesetzt ist, abgedruckt und mir zugesandt.

Ich verbessere die falsch gesetzten Worte, sende ihn zurück und erhalte nochmals einen Abdruck, der meine Verbesserung enthält. Erst nachdem der Artikel vollkommen richtig gedruckt ist, gestatte ich, daß er in die Zeitung hineinkommt.«

Noch während er sprach, trat ein Boy in das Büro mit einer Mappe in der Hand und legte sie auf den Schreibtisch, während er in der Tür stehenblieb.

Der Redakteur öffnete die Mappe und John Workmann sah, daß sie eine Reihe von Bildern enthielt.

Aufmerksam betrachtete der Redakteur die Bilder, riß dieses und jenes mitten durch und klebte die übrigen auf ein großes Stück Papier.

Er klebte in sehr eigentümlicher Weise auf dieses Stück Papier. Eins der Bilder kam oben in die Ecke, eins in die Mitte, eins unten hin. Und dazwischen ließ er große Flächen Papier frei.

Als er damit fertig war, nahm er ein Telefon zur Hand und John Workmann hörte:

»Sind Sie fertig, Mister Runge?«

»All right, ich warte.«

»Kommen Sie sofort.«

»Weshalb kleben Sie die Bilder so eigentümlich auf den Bogen Papier?« fragte John Workmann.

»Das wirst du gleich sehen, sobald Mister Runge hier ist. Den Artikel, den er schreibt, lasse ich nämlich zwischen die Bilder drucken. Dann kommt hier oben eine Überschrift, für die einer unserer Zeichner irgendeine Verzierung zeichnen muß –«

Ein Klopfen an der Tür unterbrach seine Worte und ließ ihn aufsehen. Und nachdem er »come in« gerufen, trat Mister Runge ein.

Kaum hatte er am Schreibtisch Platz genommen, so begann er schon, dem Redakteur den Artikel vorzulesen.

Hier und da warf der Redakteur eine Bemerkung betreffs einer Änderung ein und schließlich, nachdem der Berichterstatter geendet, erklärte der Redakteur:

»Mir gefällt die Überschrift noch nicht, sie besagt nicht genug.«

Wohl mehrere Dutzend Überschriften wurden entworfen, endlich entschied er sich für eine und schrieb diese mit Blaustift oben an die Spitze des mit den Bildern beklebten Bogens.

Dann versah er den Text gleichfalls mit Zahlen, welche den Setzern anzeigen sollten, in welcher Reihenfolge der Text gesetzt werden müsse, und übergab dem Boy die Mappe. Hastig verschwand dieser aus dem Zimmer, während der Berichterstatter sich eine Zigarette anzündete. Er mußte auf die Korrekturen warten.

»Es wird Sie vielleicht interessieren«, begann der Redakteur, sich an ihn wendend, »zu erfahren, wer hier bei mir am Schreibtisch sitzt.«

Mister Runge lachte:

»Ich müßte ein schlechter Berichterstatter sein, wenn ich nicht wüßte, daß es John Workmann ist.«

»Sie kennen mich?« fragte John Workmann erstaunt.

»Aber natürlich, mein Junge! Du bist für uns Berichterstatter in New York bereits eine bekannte Persönlichkeit. Ich habe damals an dem Artikel über dich, als du den kleinen Charly Beckers begraben hast, ein gutes Stück Geld verdient.

Falls du wieder einmal solche Sache hast, kannst du mir einen Tip geben, bevor mir noch ein anderer Kollege die Arbeit wegschnappt. Dann machen wir Halbpart.

Schade, daß ich neulich bei der Revolverschießerei, als du Sherlock Holmes warst, nicht dabeigewesen bin. Das wäre ein großartiger Artikel für mich geworden. Aber man kann eben nicht überall sein.«

»Ich hätte Lust, mich auch einmal als Berichterstatter zu versuchen«, sagte John Workmann. »Und ich glaube, daß ich so viel schreiben kann, daß Sie mit einigen Änderungen einen Artikel von mir gebrauchen können.«

»Das wäre ja etwas ganz Neues«, lachte der Redakteur. »Dann wärst du der jüngste Mitarbeiter, den wir in unseren Redaktionen hätten. Kennst du irgendwelche interessante Sachen?«

»Eine ganze Menge«, erwiderte John Workmann. »Fast täglich stoße ich auf der Straße auf so viele Dinge, daß es sich oftmals lohnen würde, sie in die Zeitung zu bringen.«

»Das glaube ich gern«, sagte der Redakteur. »Vielleicht kannst du mir mal kurz einige solcher Geschichten erzählen.«

»Entschuldigen Sie«, sagte John Workmann, und seine Augen blickten zwinkernd zu dem zigarettenrauchenden Berichterstatter »Sie sehen ja, wir sind nicht allein.«

Da lachte der Redakteur hellauf.

»Bravo, mein Junge, ich sehe, du kennst deine Konkurrenz. Großartig, Junge, du gefällst mir. Darauf hätte ich, weiß Gott, nicht geachtet.«

»Ein Teufelskerl!« rief der Berichterstatter. »Ich war schon gespannt, ob ich nicht einen guten Tip von ihm für meine nächste Arbeit erhalten könnte.«

»Das könnte Ihnen so passen«, sagte John Workmann. »Ich verdiene selbst auch ganz gerne Geld.«

In diesem Moment trafen bereits die ersten Korrekturen ein. Sofort machten sich der Redakteur und Mister Runge an die Arbeit.

In fieberhafter Hast lasen sie die Korrekturen durch, und kaum hatten sie die schmalen langen sogenannten Fahnen, wie der technische Ausdruck für diese Papierstreifen lautet, fortgesandt, als bereits durch die Rohrpost weitere Korrekturen eintrafen.

In derselben Zeit waren in der Ätzerei nach den Bildern die druckfertigen Platten hergestellt und die ersten Abzüge kamen gleichfalls jetzt zum Redakteur.

Mit wachsendem Interesse betrachtete John Workmann die Entwicklung des Artikels. Und es war knapp eine Stunde verflossen, als auf dem Schreibtisch des Redakteurs der zugerichtete Druck mit Bildern, Satz und Zeichnung zur letzten Korrektur lag.

Noch einmal prüfte der Redakteur die künstlerische Wirkung der Seite, die technische Ausführung der Platten, die Einteilung des Satzes und gab schließlich seine Genehmigung zum Druck.

»Ich möchte jetzt«, sagte John Workmann, »in die Ätzerei gehen, um dort zu sehen, wie die Platten nach den Bildern hergestellt werden. Und morgen komme ich zu Ihnen und bringe Ihnen den ersten Artikel.«

»Recht so, mein Junge, vielleicht machst du deinen älteren Herren Mitarbeitern noch einmal die größte Konkurrenz. Ich glaube, du siehst und erfährst manches, was erwachsenen Leuten nie in den Weg kommen kann.«

Dann wandte er sich an Mister Runge und sagte: »Was schreiben Sie denn eigentlich da? Sie haben doch nicht etwa schon wieder einen Artikel?«

»Einen Augenblick noch«, erwiderte Mister Runge, über seine Schreiberei gebeugt, »ich habe sogar einen famosen Artikel. – So, jetzt bin ich fertig, hören Sie zu:

»Der jüngste amerikanische Berichterstatter

Die Leser unserer Zeitung wird es interessieren, von morgen ab Artikel aus der Feder unseres jüngsten Mitarbeiters, des vierzehnjährigen John Workmann, zu lesen. Wir werden die Artikel mit all der Naivität und der kindlich kritischen Auffassung eines Knabengehirnes wiedergeben und werden damit eine ganz neue Art der Berichterstattung einführen.

Wohl die meisten Leser unserer Zeitung kennen bereits den Namen John Workmann. Er war es, der vor Jahresfrist als Zeitungsjunge mit seinen Kameraden den kleinen Kollegen Charly Beckers so pompös begraben ließ.

Ferner wird jeder Leser sich erinnern, daß John Workmann kürzlich als jüngster Sherlock Holmes eine Bande jugendlicher Verbrecher am Broadway festnahm und dadurch seinen Kameraden Robert Barney, den man unschuldigerweise verhaftet hatte, von dem Verdacht des Taschendiebstahls befreite.

John Workmann ist von seiner Verwundung, die ihm der Anführer der Bande, ein gewisser Bill Smith, durch eine Revolverkugel zugefügt hatte, wieder genesen und wird jetzt als Berichterstatter für unsere Zeitung tätig sein. Wir glauben, daß er auch auf diesem Gebiet Außergewöhnliches leisten wird und werden seine Artikel unter seinem vollen Namen erscheinen lassen.«

»Sie sind tatsächlich auf dem Posten, Mister Runge«, sagte der Redakteur anerkennend.

»Selbstverständlich«, erwiderte der Berichterstatter, »man muß jede Gelegenheit sofort ausnutzen. Wollen Sie den Artikel annehmen?«

»Aber gewiß«, erwiderte der Redakteur.

»All right«, sagte Mister Runge, »der Artikel wird 29 Zeilen, mit Überschrift 32 Zeilen machen, pro Zeile erhalte ich 25 Cent, das macht 8 Dollar.

Da ich diese 8 Dollar nun hier durch meinen kleinen Kollegen John Workmann verdient habe, lade ich ihn ein, mit mir zusammen am Broadway ein gutes Diner einzunehmen.«

Er reichte John Workmann die Hand, welche dieser kräftig schüttelte. Beide verabschiedeten sich von dem Redakteur und gingen zu einem in der Nähe des Zeitungspalastes gelegenen Restaurant, wo sie das Honorar des Artikels in Form eines vorzüglichen Diners verzehrten.

Als sie sich trennten, verabredeten sie, sich für den nächsten Morgen, einen Sonnabend, in der Redaktion bei Mister Berns zu treffen, um gemeinschaftlich eine Berichterstattertour durch New York zu machen. –

Als John Workmann an diesem Abend zu Bette ging, hatte er die Empfindung, daß er an dem einen Tage mehr gelernt hatte, als in dem ganzen Jahre in den Betriebswerkstätten der Zeitung.

Immer wieder wie eine eherne Wahrheit hatte sich ihm der Satz, den Mister Berns gebraucht, ins Gehirn geprägt: Große Vermögen erringt man nur als Arbeitgeber für Tausende von Menschen oder als glückbegünstigter Börsenspekulant.

In dieser Nacht träumte er von einem großen Petroleumsee, den er entdeckt hatte. Und als er noch soeben das Bewußtsein hatte, jetzt ein reicher Mann zu sein, kam ein Gewitter, ein Blitzstrahl flog in den See, eine riesige Lohe –, eine Flammenbrunst, die bis zum Himmel schlug, und von dem ganzen Petroleumsee blieb nichts übrig als ein ungeheures, schwarz ausgebranntes Loch. –

Dieses Traumes sollte sich John Workmann nach langen Jahren einmal erinnern.

8. Kapitel

Es war am nächsten Morgen, kurz nach 8 Uhr, als John Workmann, nachdem er seine Zeitungen verkauft, in die Redaktion zu Mister Berns ging.

Das Büro lag in einem endlos langen Gang, auf dem wohl an hundert Türen mündeten. An jeder Tür war ein kleines weißes Schild mit einem Namen angebracht, und darüber eine auffallend leuchtende Nummer. Falls sie dunkel war, so besagte es, daß niemand in dem Zimmer anwesend sei.

Hinter jeder der Türen saß in einem ähnlichen Raum wie Mister Berns ihn hatte, einer der Dutzende von Unterredakteuren der Riesenzeitung, während eine Treppe höher sich die Hauptredaktion befand.

John Workmann wußte bereits, daß die vielen Redakteure nötig waren, um täglich die umfangreiche Ausgabe der Zeitung zusammenzustellen.

Da hatte jeder sein bestimmtes Arbeitsfeld. Erst das Zusammenwirken all der Redakteure und die noch weitere Arbeit von mehreren hundert festangestellten Mitarbeitern in der ganzen Welt brachten es fertig, das moderne Meisterwerk einer mehrmals täglich erscheinenden Riesenzeitung zu schaffen.

Mit einer Kolossalpyramide der alten Zeit, die aus Millionen von beschriebenen Tonziegeln gebildet, ist eine jede Ausgabe die Riesenzeitung zu vergleichen.

Wie in alten Zeiten auf jedem Tonziegel einer Pyramide die Taten eines Herrschers aus seinem Leben eingegraben, so waren in der Zeitungspyramide die Nachrichten aus der ganzen Welt enthalten.

Das war der große Unterschied zwischen den Tonziegeln der Pyramide des Altertums und der modernen Zeitungspyramide, daß jene in ihrem Riesenbau nur die Begebenheiten aus dem Leben eines einzigen Herrschers der Nachwelt überlieferte, während die moderne Zeitungspyramide das Leben der Welt aus einem gewissen täglichen Bruchteil von noch nicht 500 Minuten mitteilte.

In den 1440 Minuten des Tages ruhte der mächtige Betrieb auch nicht eine Sekunde. Unaufhörlich, wie ein endloser Riesenstrom, kamen aus allen Teilen der Welt Nachrichten, Notizen, Aufsätze und Geschichten und wollten und mußten veröffentlicht werden.

Keine Armee der Welt besaß eine strengere Pünktlichkeit in Arbeits- und Diensteinteilung als der Betrieb im Reiche des Zeitungsriesen. –

John Workmann wollte soeben an die Tür des Büros von Mister Berns klopfen, als ein Boy im Laufschritt zu ihm eilte und ihn respektvoll anredete:

»Entschuldigen Sie, Sir, Ihr Name ist John Workmann?« –

»Jawohl, das ist mein Name. Was wünschst du von mir?«

»Ich habe eine eilige Bestellung von Mister Bennett an Sie. Er hat den Auftrag gegeben, Sie gleich zu benachrichtigen, wenn Sie das Gebäude betreten und Sie sofort zu ihm zu bitten.«

John Workmann war eigentlich ungehalten darüber, daß ihm Mister Bennett einen Strich durch sein Vorhaben machte. Und damit Mister Runge wenigstens nicht vergebens auf ihn wartete, wollte er dem Redakteur über sein Ausbleiben Bescheid sagen.

Der Boy sah, wie John Workmann an die Tür der Redaktion klopfen wollte.

»Lassen Sie das, Sir«, bat der Boy. »Mister Bennett weiß, daß Sie im Hause sind, und es könnte mir Unannehmlichkeiten machen, falls Sie länger ausbleiben, als Mister Bennetts Zeit es erlaubt. Sie können –«

Der Boy blickte schnell auf die Tür und prägte sich den Namen des Schildes ein.

»Sie können Mister Berns telefonisch über den Grund Ihres Ausbleibens benachrichtigen. Ich werde es sofort selbst besorgen.«

John Workmann sah die Richtigkeit der Worte ein und folgte dem Boy in den Empfangssaal.

Er erstaunte, mit welcher absoluten Sicherheit hier jeder im Hause über die Wünsche Mister Bennetts Bescheid wußte.

In wenigen Sekunden war er im Vorraum von Mister Bennett.

Mit freundlichem »Guten Morgen« begrüßte ihn die Sekretärin und meldete ihn sofort an.

»Guten Morgen, John«, rief Mister Bennett und reichte John Workmann seine Hand. »Das muß ich sagen, du machst dich rarer für mich als für meine Freunde! Hast du meinen Brief nicht bekommen?«

»Jawohl«, erwiderte John Workmann, »ich habe Ihren Brief bekommen. Aber da ich keine Zeit hatte, weil es sehr viel für mich zu tun gab, so verschob ich den Besuch bei Ihnen.«

»Erlaube mal«, entgegnete Mister Bennett, »wenn ich dir einen Brief schreibe, daß du mich aufsuchen sollst, so muß dir das sagen, daß mir die Angelegenheit sehr wichtig ist.«

»Das mag sein«, erwiderte gleichmütig John Workmann, »aber ich denke, daß in diesem Fall derjenige, der über die Wichtigkeit zu bestimmen hat, ich bin.«

Mister Bennett war vielleicht zum erstenmal in seinem Leben verblüfft. Er konnte nicht entscheiden, war das Klugheit oder knabenhafter Übermut, der ihm solche Antwort erteilte. – Was es aber auch war, die Antwort imponierte ihm.

»Well, du magst recht haben, und ich schätze deine Ansicht, sowohl über den Wert deiner Zeit als auch über deine Beurteilung. –

Ich las nun heute morgen eine Notiz, daß du dich von jetzt ab als Berichterstatter, als Mitarbeiter für meine Zeitung betätigen willst.«

»Jawohl«, nickte John Workmann; »Mister Runge hat die Notiz in Ihre Zeitung gebracht. Er hörte bei Ihrem Redakteur, Mister Berns, daß ich von heute ab als Berichterstatter arbeiten will.«

»Ich halte das für eine gute Idee von dir und glaube, daß du eine wertvolle Kraft meiner Zeitung bilden wirst.

Ich sehe daraus, daß dir ein Arbeitsplatz in meinem Maschinenbetrieb nicht zusagt.«

»Nein, Herr«, erwiderte John Workmann sehr energisch, »ich glaube, ein Mensch, der zwei Dollar besitzt, wird nicht um fünf Cent verlegen sein.«

»Das verstehe ich nicht, wie meinst du das?«

»Sehr einfach«, erklärte John Workmann, »ich habe meiner Meinung nach mehr Verstand in meinem Kopfe, als nötig ist, um eine Maschine zu bedienen.«

John Workmann hörte nicht das leise Bravo, das Mister Bennett zu sich selbst sagte.

Bevor er antworten konnte, ertönte eine große Metallglocke auf dem Schreibtisch des Zeitungsriesen dreimal. – Es war ein so eigentümlich mahnender gewaltiger Klang, daß John Workmann erschauerte.

Sofort drückte Mister Bennett auf mehrere Knöpfe von elektrischen Klingelleitungen.

Wie auf ein geheimnisvolles, furchterregendes Etwas, so schaute John Workmann auf die große Metallglocke.

Mister Bennett beobachtete den Blick und sagte:

»Wenn diese Glocke ertönt, so bedeutet es, daß ein außergewöhnlich großes Unglück geschehen ist. Ich lasse deshalb sofort meine Hauptredakteure zu mir kommen, um zu hören, was es gibt, und mit ihnen die nötigen Maßregeln zu treffen. Zu gleicher Zeit, wo die Alarmglocke bei mir anschlägt, setzt sie ähnliche Alarmglocken in den Büros meiner Chefredakteure in Bewegung, so daß für die nächsten Minuten jeder darauf zu warten hat, welcher Befehl von mir aus gegeben wird.«

Er hatte kaum die letzten Worte gesprochen, als fünf Herren ohne jede Anmeldung in das Zimmer traten und der eine von ihnen, ein hagerer schlanker Fünfziger, mit dem echten Typus eines Yankees ein kleines Stück Papier vor Mister Bennett auf den Schreibtisch legte.

Mister Bennett nahm das Stück Papier und las. Nach kurzen Sekunden sagte er:

»Meine Herren, hier ist ein Funkspruch. Er lautet:

C. Q. D.

»Republic gerammt durch unbekanntes Schiff und sinkend vierzig Meilen von Nantucket.«

John Workmann sah, daß die Gesichter der Männer ihre frischen Farben verloren und ein Bann lähmender Furcht ihre Körper niederdrückte.

C. Q. D. – die Funkzeichen bedeuten: Wir sind in größter Not – Helft! –

Jeder wußte, daß die »Republic« ein großer Ozeandampfer von der White Star-Linie war und am Tage vorher aus New York abgegangen, um viele Hunderte angesehener und bekannter Amerikaner nach den Häfen des Mittelländischen Meeres zu bringen.

Die veröffentlichte Passagierliste umfaßte über fünfhundert Namen. Angehörige der besten Familien Amerikas, welche die kalte Jahreszeit im Süden Italiens oder in Ägypten ihrer Gesundheit wegen verleben wollten.

Auch Mister Bennetts Familie – Frau und Kinder – befand sich auf dem gerammten Dampfer. – Seine Hände zitterten, als er nochmals den winzigen Papierstreifen vor die Augen führte und ihn Wort für Wort las. –

Aber unverändert blieb die furchtbare Nachricht.

Ein harter, entschlossener Ausdruck trat in die Augen Mister Bennetts, er hatte wieder volle Gewalt über sich gewonnen. Seine schlanke Gestalt reckte sich auf, er dachte nicht mehr an Frau und Kinder, die vielleicht in dieser Stunde um ihr Leben auf dem Ozean kämpften.

Er stand als Fürst der Zeitungsmacht und hatte zu handeln. –

Klar und ruhig sagte er:

»Benachrichtigen Sie die Redaktionen.«

Vier der Herren liefen zu den in einer Ecke des Raumes befindlichen Apparaten, und es verging kaum ein halbe Minute, so kannten die Redaktionen den Inhalt der Depesche.

Und fünfundzwanzig Minuten später tönten auf dem Broadway die gellenden Rufe der Zeitungsjungen mit den Extrablättern:

»Die ›Republic‹ durch unbekanntes Schiff gerammt, sinkend mit fünfhundert Passagieren an Bord vierzig Meilen von Nantucket.

Jede Hilfe fast aussichtslos infolge dichten Nebels.«

Eine halbe Stunde später, die New Yorker hatten sich noch nicht von ihrem Entsetzen erholt, flog aus dem Hause des Zeitungsriesen eine neue Nachricht in Tausenden von Exemplaren in das Publikum.

Tausende und aber Tausende von Händen griffen nach den Zeitungsblättern. Aller Verkehr stockte, alles las:

»Die Herald Office sendet sofort Hilfsexpeditionen, um dem gerammten Dampfer Hilfe zu bringen.«

Ununterbrochen – – alle fünf Minuten brachte der Funkapparat in der Herald Office immer wieder die drei inhaltsschweren Buchstaben: C. Q. D., und mit starren Augen schauten die Empfänger Bennett und sein Stab auf den geheimnisvollen furchtbaren Notruf, den ihnen das sinkende Schiff aus den Schrecken des Ozeans sandte – immer wieder – unablässig – vielleicht das letzte, letzte Zeichen von Hunderten von Menschen, die einem grausigen Tod entgegensahen. –

Wie mochten sie in die tobenden Elemente starren – nach Hilfe auf den Notschrei, den ihr braver Funker von dem sinkenden Schiff an Land sandte. –

Und die Helfer regten sich mit tausend Händen und bemühten sich, das lähmende Entsetzen abzuschütteln, um mit aller Kraft Hilfe zu bringen.

Am äußersten Platze New Yorks, der sogenannten Batterie, dort, wo vor Hunderten von Jahren holländische Kanonen den Neuankömmling begrüßten, wo der »Half Moon«, das erste holländische Schiff an Land gekommen, steht ein kleines einstöckiges Haus, an dessen Dach ein hoher eiserner Mast in die Lüfte ragt. An seiner Spitze hängt ein seltsames Gewirr von Kupferdrähten, die durch das Dach in das Innere des kleinen Hauses führen.

Draußen an der Tür steht mit großen goldenen Buchstaben zu lesen:

New York Herald

Dieses Haus ist die drahtlose Empfangsstation des »New York Herald« für alle Nachrichten von See. In New York und im »New York Herald« selbst nennt man das kleine Haus mit dem kurzen lakonischen Namen: Ship News, das heißt auf Deutsch: Schiffsneuigkeiten.

Die New Yorker gebrauchen die Bezeichnung einfach als Eigennamen.

Und vor den Ship News hatten sich Tausende von Menschen versammelt und warteten mit erregten Gesichtern auf neue Nachrichten. – Autos und Wagen kamen im Eiltempo zu den Ship News, Männer sprangen heraus und eilten zu der kleinen Office in angstvoller Erwartung. New Yorker, deren Frauen und Kinder draußen auf See in dem gerammten Dampfer auf Leben und Tod kämpften. –

Und unweit von Ship News lag im Wasser die »Owlet«, das Depeschenboot des »New York Herald«, ausgestattet mit Funkstation, und, wie die New Yorker von dem Boote sagten: ein Auge, das nie schläft.

Und in der Tat, dieses Depeschenboot des »New York Herald« machte wie ein ruheloser Seevogel in den 1440 Minuten des Tages keine Sekunde eine Ruhepause, sondern unentwegt, bevor die ankommenden Dampfer noch den Hafen erreichen, waren bereits die Berichterstatter des »Herald« an Bord der Dampfer abgesetzt, um von etwa eintreffenden hervorragenden Persönlichkeiten Informationen für die Zeitungen zu erreichen.

Dieses Depeschenboot weiß alles, was im Hafen von New York oder bis weit draußen zum Leuchtschiff von Sandy Hook oder noch weiter bis zu den Sandbänken von Nantucket vor sich geht.

Heute allerdings war das kleine Boot gezwungen, an seinem Ankerplatz an der Batterie zu liegen, da im Hafen und nach dem Ozean zu ein Seenebel lag, der, wie die Schiffsleute sich ausdrücken, so dick wie zehn wollene Bettücher übereinander war. –

Trotzdem die »Owlet« vielleicht nur fünfzehn Meter von Ship News verankert lag, waren doch ihre Umrisse nur ganz schwach zu erkennen.

Jetzt trat aus Ship News ein Trupp Männer heraus, alle in Ölzeug gehüllt, und unter ihnen fiel den draußen Stehenden eine Gestalt wegen ihres knabenhaften Aussehens auf. Es war John Workmann. Mister Bennett hatte ihm gestattet, die Hilfsexpedition zu begleiten.

Aus dem Nebeldunkel ertönte jetzt das langgezogene Heulen einer Sirene. Langsam zog sich durch die grauen Wolken der schwarze Schatten eines kleinen Ozeandampfers, wie ihn Polizei- oder Zollbehörden zu benutzen pflegten, dicht an Land vorbei.

Ihm folgten drei sogenannte Tugboote, kleine Schleppdampfer, welche die Ozeanriesen in den Hafen bugsieren.

Sie waren mit Decken, Lebensmitteln, Korkmatten, Seilen und sonstigen Dingen, welche zur Rettung oder Unterbringung von Schiffbrüchigen dienten, beladen.

An Bord dieses Dampfers begaben sich jetzt die Korrespondenten des »Herald« in Begleitung mehrerer Ärzte und John Workmann.

Unter lautem Heulen der Sirenen und Schrillen der Glocken setzten sich jetzt die Dampfer und das Depeschenboot in Bewegung und waren nach wenigen Metern für die schärfsten Augen an Land in dem dicken Nebel verschwunden.

Tappend und tastend, mehr kriechend als fahrend, nur nach dem Kompaß sich richtend, suchten die Dampfer und das Depeschenboot ihren Weg durch den Hafen und gelangten nach vierstündiger Arbeit zu dem Ausgang des Hafens zwischen Staten Island und Coney Island in den Ozean.

Jede Sekunde befanden sie sich in Gefahr, gegen irgendeinen der vor Anker liegenden Passagierdampfer oder Frachtschiffe anzurennen, und mehr als einmal tauchte vor ihrem Bug wie eine riesige schwarze Wand der eiserne Leib eines Ozeandampfers auf, der infolge des Nebels mitten auf der Fahrstraße hatte Anker werfen müssen.

Alles Bellen und Heulen von Schiffssirenen, Lärmen und Schreien von Glocken, Rufen von Megafonen, Signalschüsse hatten in dieser grauen Höllenatmosphäre keinen Zweck. Man wußte nicht, da der Nebel keine Leitung gab, von welcher Seite de Töne der Warnungssignale kamen.

Es war wirklich so, wie die Seeleute sagen: zehn wollene Decken übereinandergelegt.

9. Kapitel

Langsam, als arbeiteten sie sich durch einen unergründlichen, flüssigen Sumpf, krochen die Tugboote und Dampfer dicht beieinander vorwärts. Mit angestrengten Sinnen schaute an Bord der Dampfer jeder nach allen Seiten und lauschte, ob aus der grauen Nacht sich irgendein Unheil nahe. Zu sehen war nichts. Je mehr sie auf den Ozean kamen, um so dichter wurde der Nebel. Auch zu hören war kaum etwas.

Dann und wann nur schollen wie aus weiter Ferne gedämpfte Stimmen von Menschen, und sie wußten, daß die Stimmen von Bord eines haushohen Passagierdampfers kamen, der irgendwo in ihrer nächsten Nähe lag, ohne daß sie ihn sahen.

Ab und zu hörten sie das Klucksen und Schluchzen von Wasser, wenn es aus dem Schiffsinnern gepumpt wird, hörten das monotone Stampfen einer unter Dampf stillstehenden Schiffsmaschine. Dann wieder ertönte dicht vor ihnen gleich einem entsetzlichen Lärmsignal der Hölle das ohrenzerreißende Heulen einer Sirene vom Bord eines Frachtdampfers.

Und nun kam wie der gespenstische Schatten eines großen ungeheuerlichen Seevogels der Urzeit ein schweres Lotsenboot in Sicht und aus der grauen Finsternis scholl mit dumpfem Klang durch ein Megafon:

»Wer seid ihr? – Warum seid ihr in Fahrt?«

Und durch das vier Fuß lange Megafon des Herald-Depeschenbootes brüllte es zurück:

»Hier ›Owlet‹ New York Herald. Auf der Suche nach ›Republic‹. Habt ihr etwas erfahren?«

»Wir wissen von nichts!« scholl es zurück. »Was ist mit Schiff?«

Die nächste Antwort, welche der »Owlet« gab, verschlang der Nebel.

Spurlos war das Lotsenboot in der grauen Nacht versunken, und auch das schärfste Auge hätte nicht mehr entdeckt, wo es sich jetzt befand.

Plötzlich klangen die Glocken der Signalstation für drahtlose Telegrafie auf dem Depeschenboot des Herald.

Sofort stoppten die Maschinen der Dampfer, und wenige Sekunden später wurde die empfangene Nachricht für alle hörbar durch das Megafon gebrüllt:

»Die ›Baltic‹ ist 17 Meilen von New York von ihrem Kurse abgewichen, um der ›Republic‹ zu Hilfe zu kommen.«

Wenige Minuten später kam ein zweites Telegramm, welches besagte, daß die »Lucania« von der Cunard-Linie gleichfalls zur Hilfe abgegangen wäre.

Kurze Zeit darauf empfing der Funker eine Nachricht von Ship News:

»An Bord der ›Republic‹ befindet sich Mister J. B. Conolly, sendet ihm Telegramm, daß er über den Schiffbruch für Herald schreibt.«

Mister Conolly war ein Freund des Präsidenten Roosevelt und an Bord der »Republic« nach Gibraltar, um dort die von ihrer Weltreise zurückkehrende amerikanische Flotte abzuwarten und mit ihr heimzukehren. Conolly galt in Amerika als der beste Erzähler von Seegeschichten.

Der Herald funkte in der Richtung nach Nantucket mehrmals den Namen Conolly. Nach einer Viertelstunde antwortete der Apparat:

»Hier Conolly!«

Ein erleichtertes Aufatmen ging aus der Brust des Funkers.

Er funkte zurück:

»Wo befinden Sie sich?«

»An Bord der ›Baltic‹«, antwortete die Funkstation.

Darauf funkte der »Owlet«:

»Auftrag von Mister Bennett. Schreiben Sie über Rammung der ›Republic‹. Wir sind auf dem Wege zu Ihnen!«

Ein kurzes lakonisches »Ja«, dann schwieg der Apparat.

Nach den Seezeichen, welche sie jetzt im Wasser entdeckten, erkannten sie, daß sie sich bei Sandy Hook in dem schmalen Fahrwasser des Gedney-Kanals befanden. Die Durchfahrt ohne

Lotsen durch dieses schmale Fahrwasser zwischen den Sandbänken des Ozeans war zur Zeit sehr gefährlich, da seit einigen Tagen das große Wrack des Dampfers »Finance« in demselben lag. Jede Sekunde konnten die Dampfer, trotz der langsamen Fahrt, auf das Wrack stoßen.

Für die nächsten Minuten war jedes Auge an Bord auf dem Ausguck.

Bei allen gab es ein erleichtertes Aufatmen, als sie endlich die nur wenige Meter aus dem Wasser hervorschauenden Mastspitzen des gesunkenen Dampfers entdeckten. Endlich war die Gefahr vorüber, und jetzt strengten sie ihre Ohren an, um die Glocke oder Sirene von der Sandy Hook-Station, dem äußersten vorgeschobenen Ozeanposten der New Yorker Lotsen, zu hören.

Hier in der Nähe von Sandy Hook passierten die Dampfer auf Dampfer, welche in langen Linien in der schmalen Fahrrinne zwischen den Sandbänken des Ozeans vor Anker lagen.

Endlich tauchten durch den Nebel die zuckenden Scheinwerfer von der Leuchtstation Sandy Hook auf. Es war 15 Minuten nach 5 Uhr, als sie die Lotsenstation erreichten.

Einsam wie Robinsons Insel lag die Station auf den Sandbänken des Ozeans vor der amerikanischen Küste.

In Sandy Hook wußten weder die Lotsen noch Funker, wo sich die ›Baltic‹ mit den geretteten Passagieren befinden konnte.

Dagegen lag ein anderer Funkspruch bei ihnen vor. Der »New York Herald« hatte seiner ersten Hilfsexpedition eine zweite folgen lassen.

Und wieder tappten sich die Heralddampfer in das graue Nebelmeer.

Dunkler und dunkler wurde es, und die graue Farbe des Nebels veränderte sich in die schwarze der Nacht.

Unaufhörlich bellten die Sirenen ihre schauerlichen Töne in das Dunkel, unaufhörlich gellten die Glocken, während der Herald-Funker alle zehn Minuten in das Dunkel hinein die lakonischen Worte funkte:

»Wo ist Baltic?«

Und nach dreistündiger Fahrt gab der Apparat die erste Antwort:

»Hier ist Baltic!«

Der Herald-Funker gab zurück:

»Könnt ihr Ort bestimmen?«

»Unmöglich! Wer seid ihr?«

»Herald-Depeschenboot ›Owlet‹!«

»All right, wir erwarten euch!«

Es war merkwürdig, an Bord der suchenden Dampfer zu beobachten, wie der entsetzliche Nebel fast eine ähnliche Wirkung wie ein schweres Narkotikum ausübte. Fast taumelnd bewegten sich Leute und Reporter.

Und John Workmann saß am Bug des Dampfers, den Kopf in die Hände gestützt. Es war ihm zumute, als befände er sich in einem bodenlosen Chaos, aus dem er nie wieder herauskommen würde. Solange es Tag gewesen, hatten die vor seinen Augen schwebenden dicken grauen Nebelschatten in ihrer flatternden, tanzenden, gleitenden Bewegung einen förmlichen Schwindel bei ihm ausgelöst.

Jetzt, bei Nacht, war es ihm, als sei er selbst mit der Finsternis, die sich um ihn gelegt hatte, ausgefüllt, und er vermochte nichts anderes mehr zu denken, als: es ist dunkel.

Plötzlich wurde der Nebel licht. Alle Augen blickten nach oben und nahmen wahr, daß das Mondlicht durch die Nebelmassen drang und dieser selbst dünner wurde.

Aber nur für wenige Minuten belebte sie diese Hoffnung, daß sie aus der Nebelschicht herauskämen. Dann senkte sich von neuem ägyptische Finsternis über den Ozean. Wieder verging eine halbe Stunde, als sie plötzlich aufschreckten, da deutlich und klar das Heulen mächtiger Dampfsirenen zu ihnen drang. Sofort riefen die vom Bord des Depeschenbootes durch das Megafon:

»Wer dort?«

»Hier Baltic«, kam es zurück.

Wie elektrisiert brachte diese Antwort alle auf die Beine, dann klang es durch den Nebel:

»Wer seid ihr?«

»Depeschenboot Owlet!«

Nun begann ein Suchen der kleinen Dampfer nach dem großen Passagierschiff, und es währte fast eine Stunde, bis die Heraldboote sich an die riesigen Seitenwände des langsam fahrenden Dampfers manövriert hatten.

Jetzt erkannten sie, daß sie die ganze Zeit nur einige Meter Längen voneinander entfernt gewesen waren.

In dem Licht der Scheinwerfer konnte John Workmann oben an der Reling des haushohen Dampfers die geretteten Passagiere der ›Republic‹ sehen, die dort dicht gedrängt, Schulter an Schulter, standen, und auf die seltsamen Besucher auf hoher See herniederschauten.

Mister Thomson, der Führer der Journalisten, nahm das Megafon und rief:

»Ist Mister Conolly an Bord?«

»Ja, Sir, hier bin ich.«

»Haben Sie den Artikel geschrieben?«

»Ja, Sir.«

»Nehmen Sie einen Blechkasten, schließen Sie ihn hinein und werfen Sie ihn zu uns herunter.«

Dann wandte sich Mister Thomson an John Workmann:

»Junge, ich glaube, du kannst schwimmen! Ich werde dir ein Seil um den Leib geben, und sollte der Blechkasten in das Wasser fallen, so mußt du versuchen, ihn aufzufischen.«

Endlich erhielt John Workmann etwas zu tun. Er mußte im stillen die Vorsicht Mister Thomsons bewundern, denn das, was er gefürchtet, trat ein.

In dem unsicheren Licht war die herniedergeworfene Blechbüchse tatsächlich in das Wasser gefallen.

Kaum hörte John Workmann das Aufklatschen, als er mit einem mutigen Sprung in das kalte Wasser tauchte und die nur wenige Meter von ihm entfernt schwimmende Blechbüchse glücklich auffischte.

Unter dem Hurra der Heraldleute brachte er sie an Bord, und naß wie eine Katze beförderte man ihn mit der geretteten Erzählung über das Unglück der »Republic« in die Kapitänskajüte, hüllte ihn dort in warme Decken und brachte ihn zu Bett.

»Das hast du gut gemacht«, sagte Mister Thomson zu ihm, indem er den Kasten aufbrach.

Inzwischen hatten die übrigen Reporter die Passagiere an Bord der »Baltic« interviewt und von ihnen erfahren, daß der italienische Dampfer »Florida« die »Republic« gerammt habe und daß sie es gewesen, welche zuerst die Passagiere von Bord des sinkenden Dampfers gerettet hatte.

Die meisten hatten nur Zeit gehabt, ihre notwendigsten Kleidungsstücke zusammenzuraffen.

Was aus der »Republic« geworden war, wußte keiner. – Kapitän, Offiziere und Mannschaft waren an Bord geblieben. Die »Florida« aber selbst war auch bei dem Zusammenstoß leck geworden, und so hatte sie den ihr begegnenden Passagierdampfer »Baltic« um Hilfe angerufen und auf hoher See die Passagiere übergebootet.

Jetzt gab Mister Thomson seine weiteren Befehle:

Der kleine Dampfer, welcher die »Owlet« begleitete, sollte sofort nach Sandy Hook zurück und von dort aus durch einen bestellten Draht an die Herald Office den Bericht Conollys über das Unglück telegrafieren.

Während die »Owlet« sich weiter auf den Weg nach Nantucket begab, um, ohne Rücksicht auf Gefahr, Nachrichten über die sinkende »Republic« zu erhalten, nahm der kleine Dampfer seinen Weg nach Sandy Hook und gelangte trotz des Nebels morgens 6 Uhr dort an.

In der Zwischenzeit hatte die »Owlet« durch Funk sich mit Sandy Hook verbunden und einen Draht für die Nachrichten zum »New York Herald« freigemacht.

Es war 5 Minuten nach 6 Uhr, als der Telegraf die Geschichte Conollys zum Herald depeschierte, die dort sofort mit fieberhafter Tätigkeit bearbeitet wurde.

Es war 9 Uhr morgens, als der Herald als erste Zeitung Amerikas den ausführlichen Bericht Conollys über das Unglück veröffentlichte.

Damit hatte der Herald wieder den Rekord geschlagen.

Zu derselben Zeit hatte sich die »Owlet«, an deren Bord sich John Workmann befand, weiter durch das Nebelmeer gearbeitet. Und endlich – – 10 Uhr vormittags lichtete sich der Nebel, und wie durch einen Zauberschlag lag die grüne, schimmernde, weitlaufende Dünung des sonnenbeglänzten Ozeans vor ihnen.

Es war gegen Mittag, 1 Uhr, als sie auf den Sandbänken von Nantucket schwarze mächtige Punkte, welche wie riesige Seevögel aussahen, mit dem bloßen Auge entdeckten und dann durch ihre Ferngläser wahrnahmen, daß diese Punkte das Wrack der »Republic« waren, bei welcher bereits von der Küste Rettungsboote und andere Schiffe zur Hilfeleistung lagen.

Bald hatten sie die »Republic«, welche auf die Seite gekehrt, auf einer Sandbank lag, erreicht und sahen, daß sich die Matrosen damit abgaben, die Passagiergüter der »Republic« auf die zu Hilfe geeilten Frachtdampfer zu laden.

Besonderes Interesse aber zollten sie dem tapferen Funker der »Republic«.

Ihm war es zu verdanken, daß sofort nach dem Zusammenstoß die Küstenstation von Nantucket und die in der nächsten Nähe befindlichen Dampfer, wie die »Baltic«, den C. Q. D. erhielten, ein Zeichen, das in der Funksprache besagt: Schiff in Not.

Er war der einzige gewesen, der bei der eintretenden Panik nicht den Kopf verloren, sondern pflichtgetreu seinen Posten ausfüllte. Er war bis zum letzten Augenblick an seinem Apparat geblieben, und erst als das Wasser ihn davon verdrängte, mußte er flüchten.

Mit ihm an Bord kehrte die »Owlet« nach New York zurück, wo das Schiff am nächsten Tage in den Hafen einlief.

Die New Yorker standen in dichten Massen an der Batterie, um die tapferen Journalisten und den Helden der »Republic« zu empfangen.

Im Triumphzug wurden sie den Broadway hinauf zum Palast des Zeitungsriesen geführt. – Die Damen warfen ihnen Blumen zu, und besonders John Workmann, von dem es bereits im Herald veröffentlicht war, daß er durch einen Sprung in den Ozean den Bericht Conollys aufgefischt hatte, erregte die allgemeine Aufmerksamkeit.

Er war nächst dem Funker der »Republic« die am meisten bewunderte Persönlichkeit.

Mister Bennett aber ließ ihm für seine Arbeitstätigkeit auf dem Journalistenschiff fünfzig Dollar anweisen, und diese fünfzig Dollar waren es, die in John Workmann den Entschluß zu einer großen Tat reifen ließen.

10. Kapitel

»Weißt du, Mutter«, sagte John Workmann am nächsten Tage, »ich habe eine große Sache vor, bei welcher du mir helfen mußt. Ich glaube, sie wird mich in die Lage setzen, für deine ganze Lebenszeit eine gute Unterkunft zu schaffen.«

Seine Mutter, die ihm gegenüber am Abendbrottisch saß, legte erschrocken ihr Messer auf den Teller. Sie kannte ihren John, und so hörte sie aus seinen Worten mehr heraus, als sie anscheinend besagten.

»Was willst du?« fragte sie in langsamem Tone. »Du willst mir für Lebenszeit ein Unterkommen schaffen? Das klingt ja gerade, als ob du dich von mir trennen willst!«

John Workmann vermochte nicht gleich zu antworten.

Er wußte, daß er seiner Mutter einen großen Schmerz bereitete, wenn er ihr das sagte, was er vorhatte.

Trotzdem war es nicht seine Art, auf Umwegen vorwärts zu gehen, und nachdem er einige Male tief Atem geschöpft, blickte er ihr fest in die Augen, ergriff ihre auf dem Tische liegende Hand, streichelte sie und sagte:

»Sieh mal, Mutter, du siehst wohl zu schwarz.«

»Nein, nein«, antwortete sie. »Das, was du jetzt sagst, hat dein Vater auch immer gesagt. Und ich sah niemals zu schwarz, sondern leider stets zu rosig.«

»Wirklich«, versuchte John Workmann sie zu beruhigen, »du mußt nichts Böses von mir denken.

Sieh mal, Mutter, du weißt, daß ich seit Vaters Tode nur immer darüber nachsinne, wie ich für dich Geld verdiene. Und ich danke dem lieben Gott, daß er es mir ermöglicht, für dich zu verdienen. Ich bin nun in den Jahren und werde von vielen Menschen schon mit ›Sir‹ angeredet. Ich kann doch nicht immer auf dem Broadway stehen und Zeitungen verkaufen.«

»Du hast ganz recht, lieber John, aber soviel ich verstehe, hast du gar nicht nötig, weiter Zeitungen zu verkaufen. Du kannst doch, falls du Mister Bennett nur ein einziges Wort sagst, sofort gegen guten Wochenlohn bei ihm im Betriebe als Arbeiter eingestellt werden.

Tausende schätzten sich glücklich, wenn sie solche Stellung erhielten bei Mister Bennett!«

Ein ernster und herber Ausdruck legte sich um John Workmanns Lippen, als er antwortete:

»Verzeih mir, Mutter, aber was du da sagst, klingt für Tausende von Menschen verständlich, aber nicht für mich.

Sieh mal, ich könnte ja morgen eine Stellung mit zwanzig Dollar oder mehr bei Mister Bennett antreten, aber dann wäre ich, soviel ich schon vom Leben gesehen habe, ein für allemal fertig.

Ich würde tagtäglich von morgens bis abends meine stets wiederholte Arbeit vollenden und, glaube mir, wenn man dann müde von seinem Arbeitsplatz nach Hause kommt, hat man kein Interesse mehr für irgend etwas anderes als für ein behagliches Zimmer, ein gutes Essen und ein gutes Bett.«

Die Mutter schlug die Hände zusammen:

»John, John, du versündigst dich. Ist das nicht etwa genug, was du da sagst. Beten nicht Tausende von Menschen zum lieben Gott, daß er ihnen ein behagliches Heim, ein warmes Bett und ein gutes Essen gibt?

Du kennst doch die hungernden Männer, welche sich um die Küchenwagen Mister Bennetts jede Nacht drängen. Was glaubst du, wie glücklich die sein würden, wenn sie das hätten, was du eben sagtest.«

»Gewiß«, antwortete John Workmann, »aber du mußt nicht vergessen, daß es Unterschiede unter uns Menschen gibt. Ich kann doch nicht deswegen, weil sich Tausende nach einem warmen Essen und behaglichen Heim sehnen und es nicht haben, mich nun glücklich schätzen, daß ich es besitze.

Es kommt immer darauf an, Mutter, was man als das höchste Glück in der Welt ansieht. Für mich ist ein behagliches Heim zur Zeit nicht das Höchste, sondern nur für dich!

Und das nur aus dem Grunde, damit ich den Weg vorwärtsgehen kann, den ich mir vorgeschrieben habe.

Ich eigne mich nicht zum einfachen Arbeiter. Ich kann es nicht, stundenlang an einer Maschine stehen und im Laufe eines Tages, einer Woche oder eines Monats dieselbe Tätigkeit tausendmal wiederholen.

Solche Beschäftigung können nur Leute ausüben, welche kein weiteres Interesse in sich fühlen. Und diese Leute, diese einfachem Arbeiter, sind in ihrer Art mit ihrer Beschäftigung vollkommen zufrieden in dem Leben, weil sie eben auf ihrem Arbeitsplatz den höchsten Grad ihres Könnens erreicht haben.

Verstehst du mich, Mutter, was ich damit meinte?«

Die Frau nickte.

»Ja, ja, das verstehe ich schon, John, aber was willst du denn werden?«

Da lächelte John Workmann mit knabenhaftem und doch siegesbewußtem Lächeln seine Mutter an und sagte:

»Das, was Mister Bennett ist.« –

Mehrere Minuten erwiderte die Mutter gar nichts.

Endlich atmete sie tief auf, so, als ob sie nicht genügend Luft bekäme, als ob eine schwere Last ihre Brust bedrücke und sie am freien Atmen hindere.

»John, ich sehe keinen guten Weg für dich. Ich glaube, du bist zu sehr wie dein Vater und wirst in deinen Phantasien ein unglücklicher Mensch werden.«

»Nun, Mutter«, sagte John Workmann, »dann habe ich es mit mir selbst auszumachen. Ich denke aber, es wäre besser, wenn du dich mit mir über meine Zukunftspläne freutest.«

»Wie kann ich das, John? Wenn du mir ein Ziel nennst, das du vorhast und welches so hoch über dir steht, daß ich deinen Wunsch nicht verstehen kann.«

»Bin ich etwa der erste Zeitungsjunge, der es in Amerika zu einem großen Manne gebracht hätte?«

»Das nicht, das nicht, John.«

»Also dann widersprich nicht eher meinen Absichten, als du sie von mir unausgeführt erkennst.

Nun höre einmal zu, Mutter. Ich glaube, ich habe einen Plan, der für dich von größtem Werte wäre.

Sieh mal, ich habe von Mister Bennett fünfzig Dollar bekommen. Ich kann fast sagen, es ist unverdientes Geld. Denn daß ich mit den Berichterstattern die Seefahrt zu dem Wrack der ›Republic‹ gemacht habe, das war für mich keine Arbeit, sondern eine Lehre.

Ich erkannte daraus einen Teil des Wohlwollens von Mister Bennett, und er ist mir für meine Zukunft, falls ich ihn einmal brauchen sollte, nicht fremd.«

»Ja, ja«, sagte die Mutter, »warum willst du denn nicht als Berichterstatter bei Mister Bennett dein Brot verdienen?«

John Workmann lächelte. »Glaubst du wirklich, ein Berichterstatter könnte seine Arbeit ebenso tun wie irgendein gelernter Arbeiter?

Nein, Mutter, ein Berichterstatter muß ungeheuer viel wissen und reisen, und je mehr er die Welt kennenlernt, um so besser erfüllt er seinen Beruf als Journalist.

Sieh mal, Mutter, zu einem solchen habe ich allerdings die Absicht, mich auszubilden. Aber da nutzt mir nicht New York. Da kann mir nur die weite Welt helfen.«

»Aber, Junge«, erwiderte die Mutter, »so lies doch nur die Zeitung. Die Hälfte der Zeitung ist doch nur ausgefüllt von dem, was in New York passiert.«

»Da hast du recht, Mutter, aber für diese Hälfte, die da mit Berichten aus New York ausgefüllt ist, sind auch schon an hundert Berichterstatter für Mister Bennett tätig und –« er machte eine nachdenkliche Pause, bevor er weitersprach:

»Sieh mal, Mutter, diese Berichterstatter, welche die Nachrichten für New York in die Zeitungen bringen, heißen Reporter und werden am schlechtesten bezahlt. Sie verdienen oftmals viel weniger als ein Arbeiter in dem Maschinensaal.

Nein, Mutter, ich will kein Reporter werden, sondern ein tatsächlicher Berichterstatter, oder besser gesagt, ein Journalist.«

»Was ist denn ein Journalist? Ich habe das noch nie gehört.«

»Das glaube ich, Mutter. Ich werde es dir erklären.

Ein Journalist ist derjenige Mitarbeiter einer Zeitung, welcher aus fremden Ländern Berichte schreibt über Politik, Kunst, Wirtschaft oder bedeutsame Ereignisse. Ein Journalist, Mutter, muß fähig sein, bei schwierigen Verbrechen das, was die Polizei nicht finden kann, zu erfahren.

Ein Journalist, Mutter, wie mir Mister Bennett es erklärte, muß stets für das Beste und für das Recht in der Welt kämpfen. Und um zu verstehen, was das Beste und Richtige ist, muß er reisen.

Nur dort in der Ferne, in fremden Ländern, unter Menschen, vermag er das zu lernen, was er für seinen Beruf nötig hat.«

»Das ist mir alles zu hoch«, erwiderte seine Mutter. »Ich erkenne nur aus deinen Worten, daß du nicht mehr bei mir bleiben, sondern fortwillst. –

Denkst du denn auch daran, daß du, wenn du nicht mehr bei mir bist, niemand hast, der dir deine Strümpfe und Hemden wäscht und deine Anzüge in Ordnung hält?«

»Ja, ja, Mutter, das habe ich schon bedacht. Aber da muß ich eben lernen, mir selbst zu helfen. Oder glaubst du, ich könnte nicht meine Strümpfe auswaschen?«

»John, aber – aber – es will mir gar nicht in den Kopf, daß wir uns trennen. Sieh mal, John, dann habe ich niemand mehr in der Welt.«

»Aber, Mütterchen!« John Workmann streichelte wieder die schmale Hand seiner Mutter. »Du siehst wirklich zu schwarz! Du kannst mir ja Briefe senden und ich werde auch viel an dich schreiben und, falls ich gut verdiene, werde ich dir Geld schicken. Und sollte dir irgend etwas geschehen, so komme ich mit dem nächsten Zug oder mit dem nächsten Dampfer zu dir.«

»Und was soll ich in der ganzen Zeit machen, bis du einmal wiederkommst?«

Ein leuchtender Glanz trat in John Workmanns Augen.

»Wenn ich wiederkomme, Mutter, dann komme ich mit einem Auto, und alle Leute werden zusammenlaufen, wenn ich vor deinem Hause anhalte. – – Und auf den Banken wird viel Geld von mir liegen, und alle Menschen werden wissen, daß ich John Workmann bin.«

»Junge, Junge!«

»Ja, Mutter, paß auf. Ich habe das Gefühl, daß ich das kann. Meine größte Sorge war nur, wo ich dich unterbringe. Und das, glaube ich, wird durch meinen neuen Plan so gelingen, wie ich es mir nur wünschen kann.

Mit den fünfzig Dollar, die ich von Mister Bennett erhielt, werde ich mir eine große Wohnung mieten und in der Wohnung wirst du dein behagliches Zimmer und deine Küche haben und hast dich um nichts zu kümmern, als nur, daß Ordnung und Ruhe in der Wohnung herrscht.«

Die Frau schüttelte ihren Kopf, sie verstand ihren Sohn nicht mehr.

»Was soll ich denn mit einer großen Wohnung! Und warum soll ich darin nur ein Zimmer bewohnen? Und wer soll denn die Miete für den zweiten Monat bezahlen? Die fünfzig Dollar von Mister Bennett reichen nicht weit.«

Da lachte John Workmann wieder sein siegesgewisses Lachen.

»Mütterchen, fünfzig Dollar für eine geschickte Sache angelegt, können ein Vermögen bedeuten. Und, glaube mir, was ich vorhabe mit den fünfzig Dollar, das wird für dich eine Existenz für das ganze Leben. Und für Hunderte meiner Kameraden ein großer Segen.«

Immer verwunderter wurde die Mutter.

»Für deine Kameraden? – – Ja, was haben denn die Zeitungsjungen, deine Kameraden, mit den fünfzig Dollar und der Wohnung und meiner Existenz zu tun?«

»Das wirst du schon sehen, Mutter. Morgen abend bereits werde ich dir alles mitteilen können, was ich unternommen habe. Und du wirst sehen, daß ich mich nicht getäuscht habe, daß mir mein inneres Gefühl den richtigen Weg gezeigt. Der Plan ist gut, den ich vorhabe.«

Vergebens bemühte sich die Mutter, mit John Workmann an diesem Abend noch ein weiteres Gespräch über seinen seltsamen Plan zu führen. – –

Er hatte Papier, Tinte und Feder vorgenommen, und seine Mutter sah nur, daß er allerlei Berechnungen aufstellte.

Als sie zu Bette ging, saß er immer noch und rechnete.

Sie wagte es nicht, wie sonst es ihre Art war, ihm gute Nacht zu sagen. Und er achtete auch nicht darauf, daß seine Mutter kopfschüttelnd und mit traurigem Gesicht das Zimmer verließ.

Als sie in ihrem Zimmer war, faltete sie die Hände und betete:

»Lieber Gott, laß meinen Jungen nicht untergehen. Führe ihn den Weg, den du für richtig erachtet hast.«

Und das kurze Gebet gab ihr endlich etwas Frieden. Aber das wehe Gefühl, das in ihrem Herzen aufgewacht war, wurde sie nicht los.

Das war ihr Junge nicht mehr – ihr Knabe – nein! Der hatte plötzlich die Knabenschuhe ausgezogen und stand als ein Fremder vor ihr.

Am nächsten Morgen beeilte sich John Workmann, seine Zeitungen möglichst schnell loszuwerden. Danach begab er sich auf die East-Seite von New York und blieb vor jedem Hause stehen, an dem ein Mietszettel zu sehen war.

Ab und zu betrat er ein Haus und sah die Wohnungen an, aber immer wieder hatte er diese oder jene Bedenken.

Endlich, es war bereits gegen Mittag, fand er ein kleines einstöckiges Haus mit sechs Zimmern, das in der Nähe des Hafens lag und dessen Besitzer vor kurzem gestorben war.

Es gelang ihm, mit dem Verwalter des Hauses über den Mietpreis einig zu werden. Und da nach amerikanischem Gesetz der Dollar der bindende Mietvertrag ist, so bezahlte er dem Verwalter für einen Monat die Miete und legte ihm 35 Dollar auf den Tisch.

Jetzt bekam er die Schlüssel eingehändigt, und als er nun zum erstenmal allein als berechtigter Mieter das Haus durchschritt, kam er sich wie ein König in einem kleinen Reiche vor. Fast traute er sich nicht, laut aufzutreten. –

Jeden Winkel besah er. Jede Kammer auf dem Boden und im Keller.

Als er in den Hof trat und in den kleinen verwilderten Garten, stieß er einen lauten Freudenruf aus, als er eine Schaukel entdeckte. Er vergaß seine vierzehn Jahre und wie ein echter Junge kletterte er auf die Schaukel und setzte sie in Bewegung.

Heidi, wie das flog, wie ihm das wohltat.

In seinen Jungenjahren war eine Schaukel immer sein unerfüllter Wunsch gewesen. –

In den Mietshäusern der Armen gab es keine Schaukel und auch keinen Garten. –

Mit leuchtendem Frohsinn in den Augen blickte er von seiner Schaukel in den Garten.

Lustig sang er ein Lied, und plötzlich brach er es ab, sprang mit einem Satz auf den Boden und bückte sich.

Unter dem Schnee hatten seine scharfen Augen einige noch grüne Blätter von Sommerpflanzen entdeckt. –

Als seien es köstliche Blumen, betrachtete er sie, und dann sah er prüfend weiter um sich.

»Dahinten am Zaun«, sprach er leise, – »würde ich für Kaninchen einen Stall bauen und daneben einen Hühnerhof einrichten. – Da hätte das Muttchen immer schöne frische Eier, die ihr der Doktor verordnet. – Und hier vorne müßte die Hundehütte sein. Tauben könnte ich mir oben auf dem Dach halten. – Lieber Gott, wird sich das Muttchen freuen!«

Von neuem sprang er auf die Schaukel, sauste durch die Luft und sah im Geiste all seine gewünschten Herrlichkeiten aufgebaut. –

Auf dem grünen Rasen spielten Kaninchen und liefen Hühner.

Unter dem Flieder saß das Muttchen hinter einem weißgedeckten Tisch mit einem goldbraunen Napfkuchen und einer großen Kaffeekanne.

Und er – ihr Einziger – hatte das alles für sie verdient und konnte der Guten all ihre Liebe danken.

Heidi – wie die Schaukel flog. –

Ob sie wohl schon einmal solchen glücklichen Jungen getragen? – Jungens, die eine Schaukel haben, müssen glücklich sein. – Aber so glücklich wie er – – nein, das gab es nicht ein zweites Mal.

Und jetzt dachte er plötzlich an Charly Beckers. Er wußte selbst nicht, warum. –

Vielleicht, weil der ihm einmal erzählt hatte, daß er sich einen Garten kaufen wollte, in welchem ein Teich mit Goldfischen wäre. – Unsinn! Kaninchen und Hühner waren besser – beide kann man braten, und dann die guten, feinen Eier. – Lieber Gott! Wie wird sich das Muttchen freuen. – Am liebsten hätte er gewünscht, morgen wäre ihr Geburtstag. – Doch jetzt hörte er mit Schaukeln auf.

Die Zeit brauchte noch an dem Tag viel von ihm. –

»Auf Wiedersehen, du schöner Garten«, rief er mit liebevollem Blick, als er ins Haus trat.

Und nochmals trat er an ein Fenster und schaute auf die kleine Gartenwildnis. Nicht mit dem größten Park eines Millionärs hätte er ihn vertauscht. –

Dann schritt er nochmals durch die Zimmer. –

Im oberen Stockwerk blieb er in dem größten und hellsten stehen und sagte: »Das erhält das Muttchen. Da sieht sie den Garten und hat viel Sonne.« –

Und plötzlich war all seine frohe Stimmung fort. –

Was nutzte ihm all das Schöne – das Haus, der Garten, die Schaukel und die Hühner –

Er war ja nicht hier. –

Er mußte fort – –

Weit fort –

Vor seine Augen legte sich ein trüber Schleier, er achtete nicht, daß ihm Tränen über die Backen liefen. –

Stumm – seine Tränen verbergend, lehnte er an dem Kamin.

All seine Freude war vergeblich gewesen –

Sein prächtiger Traum in Nichts zerflogen.

Da gab er sich einen Ruck. –

»Flenne nicht, John«, sagte er laut – »mit Heulen besserst du nichts.«

Und als ob es ein anderer war, der vor ihm stand, setzte er ihm auseinander, warum er nicht heulen, sondern sich freuen sollte.

Fast eine Viertelstunde dauerte es, bis er wieder mit seinem frohen, lieben Gesicht durch das Haus zur Türe ging, um das Muttchen zu holen.

»Hier sind die Schlüssel zu unserem Haus«, so begrüßte er sie. »Es liegt in der 14. Straße an der zweiten Avenue Nr. 216.

Und nun will ich dich bitten, Mutter, daß du deine alte Reinemachefrau mit Eimer, Besen und Handwerkszeug in das Haus schickst. Sie kann sogar noch eine Hilfe mitnehmen, damit das Haus in wenigen Stunden in Ordnung kommt.

In zwei Stunden werde ich da sein und die Frauen für ihre Arbeit bezahlen.«

Während die Mutter den ihr unerklärlichen Wunsch ihres Jungen erfüllte und sich mit den beiden Frauen persönlich zu dem Hause hinbegab, da war sie doch überrascht. Ihre Mienen glätteten sich, als sie das wirklich hübsche, in einem kleinen Garten liegende Haus erblickte.

John Workmann aber ging inzwischen mit wichtigster Miene zu dem ihm bekannten Möbelhändler und trug ihm sein Anliegen vor:

»Mister Jonas, ich komme heute geschäftlich zu Ihnen. Ich habe eine große Sache vor.«

»All right«, erwiderte der Möbelhändler. »Ich bin gern bereit, mit dir ein Geschäft zu machen. Um was handelt es sich denn?«

»Ich brauche Möbel!« erwiderte John Workmann.

Der Möbelhändler machte erstaunte Augen.

»Nanu, willst du heiraten?«

John Workmann lachte.

»Nein, Mister Jonas. Das überlasse ich anderen Jungen.«

»Ja, aber wozu brauchst du denn in aller Welt Möbel?«

»Das will ich Euch erklären«, erwiderte John Workmann. »Ich habe ein Haus gemietet. Wie Ihr hier sehen könnt, habe ich 35 Dollar Miete dafür bezahlt. Ich denke, das wird Euch genügen, daß Ihr mir, wie Ihr es bei allen Euren Kunden macht, einen Kredit eröffnet.«

»Selbstverständlich«, entgegnete der Möbelhändler. »Wenn du Kredit von mir wünschst, so bist du mir jederzeit ein angenehmer Kunde. Ich würde dir auch Möbel kreditieren, ohne daß du mir die Quittung über deine Hausmiete zeigtest.

Was brauchst du denn für Möbel?«

»Das will ich Ihnen sagen«, begann John Workmann. »Ich werde Ihnen zehn Dollar Anzahlung geben. Können Sie mir dafür bei monatlich zehn Dollar Abzahlung zehn einfache Feldbetten mit Kissen und Decken und Bettwäsche, sowie einige Waschtoiletten, einige Tische und mehrere Dutzend Stühle geben?«

»Das ist die merkwürdigste Bestellung, die ich je von einem Kunden gehört habe. Willst du etwa ein Hospital eröffnen?«

»Etwas Ähnliches«, sagte John Workmann und ein feines Lächeln umspielte seinen Mund. »Ihr werdet schon sehen, was ich vorhabe! Vor allen Dingen muß ich von Euch wissen, ob Ihr mir diese Sachen noch heute nachmittag in mein Haus senden könnt. Es wäre mir auch angenehm, wenn Ihr mir einige Gardinen und Handtücher mitgeben würdet.«

»Das will ich alles machen«, erwiderte der Möbelhändler, »damit ich aber nichts vergesse, wollen wir eine Liste aufstellen von dem, was du wünschest.«

Er nahm John Workmann in sein Büro und stellte nach dessen Angaben die gewünschte Liste auf.

Dann zahlte ihm John Workmann zehn Dollar und nachdem er nochmals das Versprechen erhalten, daß die Sachen bereits in den nächsten Stunden geliefert würden, verabschiedete er sich und begab sich auf den Weg nach seinem neuen Hause.

Kopfschüttelnd sah ihm der Möbelhändler nach und sprach zu sich selbst:

»Ich möchte doch wissen, was John Workmann eigentlich vorhat. Ein Hospital kann er nicht eröffnen. Er ist kein Arzt. Ich verstehe das Ganze nicht.«

Es genügte aber, daß John Workmann wußte, was er wollte.

Er war inzwischen zu dem Haus gekommen und sah, wie die Frauen, die seine Mutter beaufsichtigte, bereits weit mit der Arbeit vorgeschritten waren. Die Fenster blitzten, die Fußböden waren sauber, nur grimmig kalt war es im ganzen Hause. Aber John Workmann wußte Rat.

Sofort ging er zu einem Kohlenhändler und ließ für einen Dollar Heizmaterial bringen, worauf er sich selbst daran machte, sämtliche im Hause vorhandene Öfen einzuheizen.

Bald war es gemütlich warm. Immer wieder fragte ihn seine Mutter:

»Junge, was hast du bloß vor?«

Statt einer Antwort aber sagte John Workmann:

»Du wirst im oberen Stock das große helle Zimmer, das nach Süden liegt und die meiste Sonne hat, nebst Kammer und Küche nehmen. Das übrige werde ich für mich gebrauchen. Wir haben ja morgen bereits den Monatsersten und da kannst du, ohne daß wir dem Wirt etwas schuldig bleiben, gleich morgen im Laufe des Tages mit unseren Sachen hier einziehen.«

Während die Mutter noch mit ihm sprach, fuhr der Wagen des Möbelhändlers vor, und die Leute begannen die Bettstellen, Tische, Kommoden, Spiegel und einen großen Korb mit Bettdecken und der bestellten Wäsche abzuladen.

Auf John Workmanns Weisung stellten die Leute gleich sämtliche Bettstellen und Möbel auf und schon nach kurzer Zeit verließen sie das Haus, nachdem John Workmann ihnen ein Trinkgeld eingehändigt hatte.

Die Mutter hatte stillschweigend alles beobachtet.

»John, John«, sagte sie jetzt, »mir ist geradeso, als drehe sich alles im Kopfe herum, was willst du nur mit den vielen Betten.«

»Du wirst schon sehen, Mutter«, sagte John Workmann mit geheimnisvoller Miene. »Hab nur noch etwas Geduld. Und jetzt kannst du mir helfen, die Gardinen anzumachen. Und dann sollen die Frauen die Betten beziehen.«

»Ja, ja, aber für wen sind denn nur die Betten bestimmt?«

»Geduld, Geduld! Du wirst schon sehen«, mahnte John Workmann mit derselben geheimnisvollen Miene. »Tu nur, um was ich dich bitte, und dann wollen wir nach Hause gehen. Deine Arbeitsfrauen sollen mir helfen, allerlei Sachen von Hause mit hierher bringen.«

Eine halbe Stunde später waren die Fenster mit den Gardinen geschmückt, die Betten bezogen und die Zimmer machten einen freundlichen und behaglichen Eindruck.

»Das sieht so nett und freundlich aus«, sagte die eine Reinemachefrau, »daß man gleich wohnen bleiben möchte.«

»Das wird alles noch viel netter aussehen, jetzt wollen wir aber eilen«, sagte John Workmann.

Nach zwei Stunden kehrte er mit den Frauen wieder in das neue Haus zurück. Die Mutter war jetzt zu Hause geblieben. Alle drei waren schwer beladen. Sie trugen Körbe mit Geschirr und sonstigem Hausrat, während John Workmann ein großes Bündel unter dem Arm hatte.

Er schickte die Frauen sofort in die Küche, damit sie dort die Gläser, Tassen, Töpfe und Kochgeschirre ausräumten. Er selbst machte sich daran, in dem großen Zimmer, das vom Flur als das erste lag, und in dessen Mitte ein großer runder Tisch mit zwölf Eichenstühlen stand, allerlei Bilder an die Wände zu nageln. Es waren Farbendrucke, die er aus der Sonntagszeitung des »New York Herald« geschnitten und gesammelt hatte.

In der Mitte aber befestigte er das geerbte Bild von Charly Beckers und schrieb darunter:

»Zur Erinnerung an unsern Charly Beckers!«

Dann befestigte er an der Decke eine Gaskrone, legte über den Tisch eine große rote Decke und stellte eine Vase darauf. Schließlich legte er allerlei Bücher, Robinson Crusoe und andere Jugenderzählungen, auf den Tisch und schickte dann eine Frau zur nächsten Office der Gasanstalt, damit er sofort, wie es in New York üblich, den Gashahn im Hause geöffnet bekam.

Er selbst begab sich zu einem Blumenhändler, wo er trotz des Winters einen großen Strauß frischer Blumen erstand.

Diese Blumen fanden ihren Platz in der Vase auf dem großen runden Tisch.

Nun begab sich John Workmann in die Küche, ließ Tee, Zucker, Brot und Butter holen, und als alles fertig war, sagte er vergnügt: »Jetzt können meine Gäste kommen.«

Mit vor Freude gerötetem Antlitz blickte er auf sein Tagewerk.

Es war kurz vor 6 Uhr, als er zur Abendausgabe des »New York Herald« noch in letzter Minute eintraf. Seine Kameraden begrüßten ihn mit lautem Hallo, und als er sie um sich versammelt, sagte er:

»Jungens, ich habe eine große Überraschung für euch. Ihr habt mir einmal, als ich durch eine Kugel von Bill Smith verwundet war, eine große Freude gemacht, daß ihr mit mir euern Verdienst geteilt habt.

Ich will mich dafür erkenntlich zeigen. Hört einmal zu:

Ich habe die Absicht, mit euch zusammen einen Klub der Zeitungsjungen vom Broadway zu gründen. Genau so einen Klub, wie ihn die Kaufleute und die Reichen in der Stadt besitzen.

Ich habe deshalb eine Wohnung gemietet, und jeder von euch, der einen kleinen Beitrag für die Wohnung zahlt, kann dort wohnen, essen und trinken, soweit es der Platz erlaubt. Was haltet ihr von meinem Plan?«

Zuerst waren die Jungens fast verblüfft, dann aber brachen sie in ein lautes Hurra aus.

Nachdem sich der Jubel gelegt hatte, sagte John Workmann:

»Ich mache euch einen Vorschlag. Wir wollen heute abend unsere erste Sitzung in unserem Klub abhalten und alles weitere beraten.

Versammelt euch um 8 Uhr in der 14. Straße Nr. 216, dort werde ich euch erwarten.«

Wo sich an dem Abend nur zwei Zeitungsjungen zusammenfanden, unterhielten sie sich lebhaft über den von John Workmann geplanten Klub. Und ihre Augen blitzten in hellem Eifer und Stolz über das neue Unternehmen, dem sie nun angehören sollten.

11. Kapitel

Das war das große Geheimnis, der große Plan, den John Workmann sich ausgedacht und den er nun verwirklicht hatte.

Er wollte für alle die armen Zeitungsjungen in der Riesenstadt, welche eltern- und heimatlos sich durch das Leben schlugen, ein Heim gründen.

Er kannte ihre erbärmlichen Unterkunftsstätten, für die sie teures Geld bezahlen mußten. Wenn sie das nicht wollten, mußten sie unter Hochbahnbögen oder auf Hausfluren hausen.

Er wußte aus eigener Anschauung, welch ein erbärmliches Leben die kleinen Burschen in der Riesenstadt führen mußten. – Und es waren durchweg anständige Jungen!

Keiner von ihnen konnte faul oder schlecht genannt werden. Die meisten waren aus Not aus dem Elternhause geflüchtet.

Andere waren von den harten Eltern einfach auf die Straße gesetzt und wieder andere kannten weder Vater noch Mutter und waren irgendwo bei fremden Leuten im grausamsten Elend aufgewachsen.

In allen aber steckte die Sehnsucht nach besseren Zeiten und der eiserne Wille, möglichst viel und schnell Geld zu verdienen.

Für diese Jungen wollte John Workmann ein gutes Werk tun.

Als es Abend war, machte die Wohnung einen festlichen Eindruck. Das Licht war angezündet, zwei Tische weiß gedeckt, in der Küche brodelte Wasser für den Tee, und Brot und Butter standen auf dem Küchentisch.

Zaghaft kamen die ersten Jungen in die Wohnung. Mit ehrfürchtiger Scheu blickten sie auf John Workmann, der in seinem Sonntagsanzug mitten im Versammlungszimmer stand, und endlich, als vierzig Jungens anwesend waren, folgendes sagte:

»Ich habe euch hierher eingeladen, damit ihr von eurem Eigentum Besitz ergreift. Keiner von euch braucht mehr auf der Straße zu liegen, sondern kann für wenig Geld hier in der Wohnung schlafen, essen und trinken. Wir wollen uns jetzt hinsetzen und alles genau besprechen und festlegen, wie wir unseren Zufluchtsort halten und womöglich fördern können. Nehmt jetzt Platz und hört weiter zu.«

Alle Jungen nahmen, soweit es ging, Platz, während die übrigen sich auf den Boden hockten.

»Seht einmal, Jungens, es ist ein erbärmliches Leben, das die meisten von uns auf der Straße führen müssen. Die ohne Eltern können für 10 Cent nur ein unsauberes Nachtquartier bei allerlei Gesindel bekommen, oder sind gezwungen, auf der Straße zu hausen. Und mehr vermag keiner von uns auszugeben. Mit dem Essen ist es gleichfalls schlecht bestellt. Viele von uns haben selten ein warmes Mittagmahl. Das alles kann sich ändern wenn wir zusammenstehen. Ich habe ein Geheimnis der Millionäre entdeckt. – Das lautet: Viel Wenige machen ein Viel. – Und so wollen wir handeln. Wir alle zusammen können das leisten, was der einzelne nicht kann. Ich glaube, daß euch das klar ist. – Die Miete für dieses Haus beträgt im Monat 35 Dollar, dazu kommen 10 Dollar für Abzahlung der Betten, welche bereits hier stehen, das sind 45 Dollar. Und Licht und Feuerung will ich gleichfalls auf 10 Dollar schätzen, so macht das 55 Dollar. Wir sind im ganzen 40 – 50 Broadwayjungen bei Mister Bennett.

Und ich mache euch folgenden Vorschlag:

Falls jeder von uns pro Tag 5 Cent an die Klubkasse zahlt, so macht das pro Tag von uns 40 Jungen 2 Dollar. Das sind im Monat 60 Dollar. 5 Cent kann aber jeder unter uns entbehren. Diejenigen, welche die 5 Cent zahlen, gelten als Mitglieder unseres Klubs. Sie dürfen sich dafür in unserem Klublokal aufhalten, können des Abends mit uns gute Bücher lesen oder irgendwelche Spiele mit anderen treiben. Jedes Mitglied aber erhält in unserem Klub ein Nachtlager für 5 Cent. Auch Tee und Abendbrot kann er für 5 Cent erhalten.

Ich weiß, daß der Platz im Anfang nicht für alle ausreichen wird, aber ich denke, es ist immer noch besser, mit einem Kameraden zusammen in einem warmen Zimmer, in einem sauberen Bett zu schlafen, als draußen in dem kalten Park oder irgendwo in einem Winkel.

Diese 5 Cent für ein Klublokal sind gut angelegtes Geld. Denn ihr könnt, falls ihr auf der Straße leben müßt, euch schwere Krankheiten zuziehen. Ich erinnere nur an das Schicksal des kleinen Charly Beckers. Ich glaube sicher, er würde heute noch leben, wenn er nicht in so entsetzlichem Elend hätte wohnen müssen. Den Überschuß, den wir in der Kasse haben, werden wir zu neuen Betten, Wäsche, Mobiliar und anderen praktischen Dingen verwenden. Auch Bücher und Spiele wollen wir anschaffen.

Jungens, ihr habt bei Charly Beckers und, als meine Kameraden und ich durch die Kugeln des Bill Smith verwundet waren, bewiesen, daß ihr im kameradschaftlichen Sinne zueinander steht. Jetzt könnt ihr euch ein Heim gründen, für das ich euch den Grund gelegt habe.« –

John Workmann hatte seine Rede beendigt und die Jungen saßen mehrere Sekunden schweigend vor Erstaunen da.

Atemlos waren sie seinen Worten gefolgt. Jetzt aber brach ein grenzenloser Jubel aus. Sie stürzten auf John Workmann zu, drückten ihm die Hände, ja, einige umarmten und küßten ihn.

Als endlich wieder Ruhe eingetreten war, schlug John Workmann die erste Sammlung vor. Und keiner der Jungens blieb zurück.

Jeder zog sofort aus der Hosentasche die für den ersten Monat nötigen Dollars und legte sie auf den Tisch. Und es war keiner, der sich ausschloß. Ja, einige von ihnen waren so begeistert von der Idee, daß sie sofort zur Anzahlung fehlender Sachen, wie Gardinen, Bilder und sonst dergleichen, 2 und 3 Dollar John Workmann übergaben.

Dann wurde eine Zählung veranstaltet, wer von ihnen keine feste Wohnung besaß. Es waren 18 Jungen, die eltern- und obdachlos waren. Je zu zweien wurden ihnen die Betten zugeteilt, und Stolz leuchtete aus den Augen der kleinen Enterbten, als wären sie bereits im Besitz der von ihnen allen erhofften zukünftigen Millionen.

Dann reichte Mutter Workmann den in der Küche fertiggestellten Tee nebst Brot und Butter, und keinem Fürsten hätte es besser gemundet als den Jungen. –

Doch nun kam für John Workmann etwas Wichtiges.

In erwartungsvoller Stille begann er:

»Jungens, ich weiß nicht, wer von euch noch eine Mutter besitzt. Und wer sie besitzt, der liebt sie auch von ganzem Herzen.

Nun habe ich für meine Mutter eine Bitte an euch. – Hier in unser Klubhaus gehört eine Frau, die uns das Heim in Ordnung hält und die Küche besorgt. Dazu haben wir keine Zeit. Wir wollen Geld verdienen. Nicht wahr?«

»Jawohl, John«, scholl es zurück – »recht viel.«

»Seht mal, deshalb bitte ich euch, daß wir meiner Mutter in unserem Klubhaus freie Wohnung, Essen, Heizung und ein gewisses Entgelt geben, wofür sie das Haus in Ordnung hält, das Essen kocht und überhaupt für uns sorgt. Seid ihr damit einverstanden?«

Wie ein Mann sprangen die Jungen von ihren Stühlen und stimmten John Workmann zu. –

»Ich danke euch, Jungens«, sagte John Workmann. »Ihr habt mir damit eine große Sorge abgenommen, da ich für meine Mutter einzustehen habe. – Und nun wollen wir zur Unterstützung meiner Mutter einen Klubpräsidenten und zwei Jungen zur Aufsicht wählen, welche mit meiner Mutter alle Ausgaben und Einnahmen ordnen.«

Fast einstimmig fiel die Wahl der Jungen auf John Workmann als den ersten Präsidenten ihres Klubs.

Dann wurden Robert Barney und Harry Konison zu Kassenverwaltern erwählt. Hierauf begann John Workmann mit den Jungens die Hausordnung aufzustellen, wie sie ähnlich in den Arbeitsräumen des Zeitungsriesen war.

Die lautete folgendermaßen:

1. Jede laute Unterhaltung, Singen und Pfeifen ist nach 10 Uhr zu unterlassen. Zuwiderhandlungen werden mit einer Geldstrafe von 10 Cent belegt. Im Wiederholungsfalle wird der Betreffende aus dem Klub ausgeschlossen.

2. Rauchen ist nur in dem zu dem Zweck bestimmten Zimmer gestattet. Kranken und schwächlichen Jungen hat es der Hauswart zu verbieten.

3. Jeder Junge hat nach Anordnung des Hauswarts allmorgendlich bei Reinigung der Schlafräume, des Versammlungsraumes und der Küche zu helfen.

4. Frühstück wird nur an sauber gewaschene und gekämmte Jungen verabreicht.

5. Derjenige, welcher ein Nachtquartier haben will, hat vorher 5 Cent an den Hauswart zu zahlen.

6. Punkt 10 Uhr wird das Licht in sämtlichen Räumen gelöscht.

7. Nichtmitglieder des Klubs, Jungen aus anderen Distrikten, können durch Zahlung von 10 Cent ein Nachtlager, soweit es vorhanden, erhalten.

8. Den Anordnungen des Hauswarts und der Hausmutter ist unbedingt Folge zu leisten. Nichtordentliches Betragen, unsauberes und schmutziges Aussehen schließt von der Mitgliedschaft aus.

Damit gingen sie zu dem geschäftlichen Teil über und beschlossen folgendes:

Der Betrag von zwei Dollar ist von jedem Klubmitglied so lange zu zahlen, bis die Abzahlungskosten getilgt sind. Der weitere spätere Mitgliedsbeitrag richtet sich im Verhältnis nach den Ausgaben.

Ein etwaiger Überschuß soll auf eine Bank gelegt werden und hiervon in Krankheit verfallenen oder sonstwie unterstützungsbedürftigen Kameraden nach allgemeiner Abstimmung ein Darlehen gewährt werden.

Die Kassenführer haben jedem Klubmitglied auf Verlangen die Einsicht in die Rechnungsbücher zu gestatten. –

Nachdem sie jetzt mit den technischen Beratungen ihres Betriebes fertig waren, unterhielten sie sich noch eine halbe Stunde und dann sagte John Workmann zum ersten Male als Präsident des Klubs:

»Jungens, es ist in 15 Minuten 10 Uhr! Geht jetzt in eure Schlafräume und zieht euch aus.

Die Stiefel werden in die Küche gestellt, und morgen früh um 5¼ Uhr, wo wir wegen der Zeitung aufstehen müssen, werden Henry Rocks, Richard Abel und Charley Brand die Stiefel bürsten und die Wohnung ausfegen.

Sein Bett hat jeder in Ordnung zu bringen, darauf sich zu waschen, die Kleider zu bürsten und um 6 Uhr gibt es Frühstück.

Nun ersuche ich die Kameraden, die nicht hier schlafen, nach Hause zu gehen. Wer arbeitet, muß sich durch Schlaf dafür stärken.«

Aber damit drang er heute nicht durch.

Alle wollten sehen, wie ihre Kameraden sich zum erstenmal in die Klubbetten legten, und standen mit strahlenden Augen in den Schlafzimmern und sahen zu, wie unter fröhlichem Scherzen die ersten Klubmitglieder die neuen Klubbetten einweihten. –

Mit köstlichem Wohlbehagen dehnten und reckten sich die kleinen Straßenzigeuner in den weichen, sauberen Betten.

»Hallo, Al«, rief John Workmann einem kleinen, braunhäutigen Italiener zu, »es liegt sich besser hier, als auf einer Parkbank mit Zeitungen zugedeckt.«

Mit glücklichem Lächeln nickte der Kleine und flüsterte, vor Müdigkeit halb schlafend:

»Grazie, grazie, signor.«

»Jungens«, rief einer, »besser schlafen die Millionäre auch nicht.«

»Es ist, als ob Weihnachten wäre«, sagte ein anderer.

Und damit hatte er ihrer aller Stimmung getroffen.

Es war wirklich so, als sei Weihnachten. Nur daß der alte weißbärtige Weihnachtsmann die Gestalt John Workmanns angenommen hatte.

Mit glückleuchtendem Antlitz stand er vor den Betten und schaute auf die müden Schläfer.

Ganz leise verließ er als letzter die Schlafräume, löschte das Licht und ging auch zur Ruhe.

12. Kapitel

»Guten Morgen, Mister Berns«, sagte John Workmann am nächsten Tage zu dem Redakteur, als er in dessen Büro trat.

Freundlich begrüßte ihn Mister Berns und bot ihm einen Stuhl an.

Dann fragte er, was John Workmann von ihm wünsche.

»Ich bringe Ihnen einen guten Artikel, Mister Berns, und wollte Sie bitten, einige Fotografien dazu machen zu lassen Ich möchte nämlich, daß es ein recht langer Artikel wird, da ich das Geld für meinen Klub brauche.«

Mister Berns lächelte:

»Für deinen Klub? Bist du zur Börse oder zum Theater gegangen?«

»Beides nicht, Mister Berns, aber ich bin der Präsident des Klubs der New Yorker Zeitungsjungen.«

»Alle Wetter – das ist ja großartig. – Seit wann habt ihr denn den Klub – ich hörte noch nichts von ihm.«

»Seit gestern abend.«

»Also ein ganz neuer.«

»Funkelnagelneu.«

»Und du bist der Präsident?«

John Workmann nickte.

»Habt ihr denn auch ein Klublokal?«

»Ein ganzes Haus.«

»Wie?« – Der Redakteur glaubte nicht recht gehört zu haben.

»Ein ganzes Haus«, wiederholte John Workmann mit ernster Miene.

»Ja – aber – wer gab euch das Geld?«

»Zum Teil ich – zum Teil die Jungen.«

Mister Berns nahm ein Blatt Papier und begann das Gespräch, welches sich ganz von selbst zu einem Interview gestaltete, zu stenografieren. –

»Darf ich fragen, zu welchem Zweck?«

»Well – wir brauchen doch endlich ein Dach über dem Kopf. Auf den Parkbänken schläft es sich nicht besonders gut. Man kann sich da leicht eine Krankheit holen, und man muß gesund sein, um Geld zu verdienen.«

»Das muß man allerdings. Aber habt ihr auch Betten?«

»Erstklassig, wie die Millionäre – und eine Küche haben wir auch.«

»Wer kocht denn von euch?«

»Niemand. – Das besorgt meine Mutter.«

»Und was habt ihr zu zahlen?«

»Das will ich Ihnen vorrechnen. – Jeder Junge zahlt pro Tag 5 Cent, und wer schlafen will, zahlt 5 Cent extra. – Dadurch erhalten wir im Monat so viel Dollars, daß wir die nötigsten Ausgaben vorläufig bezahlen können. – Aber uns fehlt noch viel und deshalb komme ich mit dem Artikel über unseren Klub zu Ihnen, um das Honorar in die Klubkasse zu geben.«

»Du bist ein famoser Junge. – Alle Wetter! Während unsere Millionäre nicht wissen, was sie alles für unsinnige Wohltätigkeitssachen gründen sollen, machst du ihnen mit geringen Geldmitteln die schärfste Konkurrenz und beschämst sie. – John, meine größte Hochachtung.«

»Es freut mich, daß Ihnen mein Plan gefällt. Jetzt haben die armen Jungens doch ein Heim und liegen nicht auf der Straße in Wind und Wetter. – Sie müßten mal sehen, wie elend die meisten leben, weil sie nicht die teuren Preise für ein anständiges Nachtlager ausgeben können.«

»Ich weiß es, John. – Vielleicht weißt du aber gar nicht, welche segensvolle Tat du ausgeführt hast. Junge, ich laß' dich oben im Atelier sofort fotografieren. – Die Menschen müssen dich kennenlernen. – Und einen Artikel will ich dir schreiben, daß die Leute staunen sollen.« –

»Ja – aber – ich möchte doch gerne das Geld für den Klub haben. Wenn Sie nun schreiben, dann –«

»Beruhige dich, John«, unterbrach ihn Mister Berns, »ich erhebe keinen Anspruch auf das Honorar und will meinen Anteil gern an dich für den Klub abtreten. – Und jetzt gehe zu unserem Fotografen, er soll sich fertigmachen, um mit mir zu deinem Klub zu gehen und dort Bilder aufzunehmen.« –

Nach knappen zehn Minuten jagten sie in einem Auto zum Klubhaus. – Mister Berns wollte den Artikel noch in die Mittagsausgabe bringen.

Es traf sich gut, daß eine Anzahl Jungen im Klub anwesend waren. –

Mister Berns staunte, als er die sauberen, freundlichen, hübsch eingerichteten Zimmer sah.

Das übertraf bei weitem alle seine Erwartungen.

Er ließ die anwesenden Jungen in den verschiedenen Räumen fotografieren, schrieb die Hausregeln ab, prüfte das hergestellte Mittagmahl. –

Als letztes betrachtete er den bunten Farbendruck des toten Eisenbahnkönigs Harriman über dem Kamin und las die Unterschrift:

»Zur Erinnerung an unseren toten
Charly Beckers!«

Und Mister Berns verstand, was weder John Workmann noch die anderen Jungens wegen ihrer Jugend verstehen konnten. –

Das Bild des Toten auf dem Ehrenplatz über dem Kamin war dort zu Recht angebracht.

Der kleine Charly Beckers hatte sterben müssen, um durch seinen Tod ein Segen für viele seiner Kameraden zu werden.

Er war der stille Urheber und ihm gebührte der Ehrenplatz.

»Ich werde euch für das Bild einen schönen Rahmen schenken«, sagte Mister Berns, als er das Klubhaus verlassen wollte, und legte fünf Dollar auf den Klubtisch. –

Dann eilte er zur Redaktion zurück und begann fieberhaft zu arbeiten.

Als die große Mittagsausgabe erschien, war die volle erste Seite mit einem Artikel und Bildern über den Klub der Zeitungsjungen gefüllt, und mit hellem Jubel riefen die Jungen die Zeitungen mit der Überschrift des Artikels aus:

»John Workmann, der Präsident des Klubs der Zeitungsjungen!« –

John Workmann aber war mit dem ersten Blatt nach Hause geeilt.

Mit Glückstränen betrachtete die Mutter bald das Blatt, bald ihren Jungen. –

Aber er hatte nicht viel Zeit. – Er rief ein fröhliches »auf Wiedersehen!« und lief, seine Zeitungen zu verkaufen.

An diesem Tage war es wie in einem Märchen.

Männer und Frauen, welche er noch nie gesehen, hielten ihn an, drückten ihm die Hände oder streichelten seine Locken. –

Wohl unzähligemal hörte er seinen Namen und Rufe, wie »braver Junge«.

In die Taschen steckte man ihm Geld und Süßigkeiten.

Er besaß nicht soviel Zeitungen, wie man von ihm kaufen wollte. –

Immer wieder aber holte er neue Stöße von der Office und im Nu waren sie verkauft. –

Das Schönste aber geschah ihm in einem Hochbahnzug.

Da saß eine vornehme Dame mit einem kleinen sechsjährigen herzigen Mädchen, und als er durch den Wagen zurückging, um ihn zu verlassen, trat das kleine Mädchen auf ihn zu und sagte:

»Du, hier schenkt dir Mama einen Scheck für die armen Jungens und ich soll dir als Belohnung einen Kuß geben.« –

Unter dem lauten Jubel der Passagiere schlang das kleine Mädchen die Arme um John Workmanns Hals und küßte ihn, daß er purpurrot wurde. –

Als er in das Klubhaus zurückkehrte, hielten vor der Tür eine lange Reihe von Wagen und Autos. – Hunderte von Menschen umdrängten es, und John Workmann hatte Mühe, in das Haus zu gelangen. –

Die Mutter stand von einer dichten Schar von fremden Besuchern umgeben und wußte nicht, was sie auf all die vielen Fragen antworten sollte. – Und in einem fort kamen Boten mit allerlei Geschenken – es war, als ob ein unerschöpfliches Füllhorn über John Workmann ausgeschüttet würde.

Nützliche und überflüssige Dinge füllten jeden Platz an. – Da standen Möbel und Kisten, Betten, Teppiche, Decken, Bücher, Kleidungsstücke – ja selbst zwei Klaviere, und soeben kamen Arbeiter und wünschten ein Billard aufzustellen. Eine Wagenladung von Briefen und Blumen war auf dem großen Klubtisch, und um ihn drängten sich Kopf an Kopf die Besucher, wie bei einem Empfang des Präsidenten in Washington.

Fast verzweifelt und gleichsam kopflos stand die Mutter in dem Strudel der Ereignisse. –

Sie wußte nicht mehr, was sie beginnen sollte. Alle die fremden Leute sagten ihr Lobpreisungen auf ihren John und wollten ihn durchaus sehen. –

Endlich entdeckten ihn ihre Augen, und wie eine Hilfesuchende rief sie laut und ängstlich:

»John – John – komm zu mir –!«

Jeder machte ihm sofort Platz, und durch ein dichtes Spalier vermochte er sie endlich zu erreichen. –

Sie schmiegte sich an ihren Jungen, und in tiefem Schweigen verharrten die Anwesenden, als er seine Mutter küßte.

Dann aber klang seine helle und doch so warme Stimme:

»Hier sieht es ja wie in einem Warenhaus aus. Was soll das alles bedeuten?«

Da trat ein älterer Herr, der dicht bei ihm stand, nach amerikanischer Sitte vor und antwortete John Workmann.

»Sir«, begann er, »oder besser gesagt, Präsident des Klubs der Zeitungsjungen, Mister Workmann. Sie sehen uns hier versammelt, um Ihnen unsere Hochachtung für Ihre bewundernswerte Tat auszusprechen und Sie in Ihrem Wohlwollen mit Tat und Kraft praktisch zu unterstützen. Tausende unserer Mitbürger sind auf demselben Kampfplatz, auf dem Sie und Ihre Kameraden heute stehen, groß geworden, und wenn mich nicht alles täuscht, sind es diese ehemaligen Zeitungsjungen, die Ihnen Geschenke aller Art zusenden. –

»Ich selbst – heute Besitzer eines bekannten Eisenwerkes – war einst ein Zeitungsjunge und kenne die grausam harten Entbehrungen, unter denen wir zu leiden hatten.

Das hat sich nun geändert. –

Ihnen war es vorbehalten, das durchzuführen, wonach wir uns stets sehnten und was wir nicht zu erreichen wußten:

Ein Heim für die armen, elternlosen Zeitungsjungen, einen Schutz gegen Hunger und Kälte, einen Hort gegen das Laster. –

Und nun wende ich mich an die verehrten edlen ersten Gäste dieser Burg und bitte Sie, mit mir in drei Hochs für den ersten Präsidenten des Klubs der Zeitungsjungen, für den hochehrenhaften John Workmann einzustimmen.«

Brausende Cheers klangen durch den Raum, und wohin auch John Workmann blickte, überall strahlten ihm leuchtende, frohe Menschenaugen entgegen.

Und diese glückfreuenden Augen gaben ihm jetzt erst die Erkenntnis, daß er tatsächlich etwas Außergewöhnliches getan hatte.

Dutzende von Händen streckten sich ihm entgegen und keine Hand war leer. Schecks und Banknoten, Gold und Silber legte man in seine Hand, und da er nicht wußte, wo er damit bleiben sollte, so mußte die Mutter ihre Hausschürze aufhalten und er warf es alles hinein.

Endlich hatte ihm der letzte Besucher die Hand gereicht, und nun hob der alte Herr, der die Rede gehalten, ihn auf einen Stuhl, zum Zeichen, daß er ihnen einige Worte sagen solle.

John Workmann verstand den Hinweis; einige Sekunden blickte er sinnend auf die fremden Menschen, kein Laut war hörbar, jedes Gespräch verstummte, als John Workmann seine Dankesrede begann und sagte:

»Ladys und Gentlemen!

Sie sind in unseren Klub gekommen, um mir zu danken.

Ich glaube aber, daß der Dank einem toten Kameraden gebührt. So stand es heute in meiner Zeitung, die ich verkaufe, und der Mann, der das schrieb, hat recht.

Als ich den kleinen Charly Beckers in seiner schlechten Stallwohnung sterben sah, da mußte ich darüber nachdenken, ob in Zukunft so etwas zu ändern wäre.

Der brachte mich auf die Idee, und die Liebe zu meiner Mutter, für welche ich zu sorgen habe, gab mir Kraft zur Ausführung.

Ich danke Ihnen, daß Sie mir dabei helfen, und auch die Jungen, welche nicht alle hier sind, danken Ihnen. –

Und nun –« er wandte sich an die hinter ihm stehenden Jungen – »gebt unseren Gästen ein dreimaliges Hurra.«

Wie auf Kommando schmetterte ein frisches Hurra aus den Kehlen der Jungen, nicht drei-, sondern wohl ein dutzendmal. –

Sie mußten der in ihnen zurückgehaltenen Freude einen jubelnden Ausdruck geben, und plötzlich – John Workmann wußte nicht, woher und von wem – hielt er eine große aufgerollte amerikanische Flagge in den Händen und irgend jemand stimmte die Nationalhymne an.

Hell fielen die Knabenstimmen ein und tief ergriffen lauschten die Gäste.

Dann nahmen sie Abschied.

Als endlich Ruhe eingetreten war, machten sich die Jungen an das Ordnen. –

Zuerst wurden die Briefe geöffnet.

Geld und Bankanweisungen in jedem Umschlag.

Stundenlang mußten die Jungen zählen und rechnen, und als sie das Gesamtresultat in der Nacht besaßen, da starrten sie sich mit ungläubigen Mienen an.

Das war wie ein Märchen aus Tausendundeiner Nacht.

Ein Vermögen lag vor ihnen auf dem Klubtisch – ein großes Vermögen – wie es nur die Amerikaner in ihrem Wohltätigkeitssinn so schnell und praktisch geben konnten.

Über 80 000 Dollar! –

Mancher Scheck lautete über Tausende, und die ersten Millionäre hatten ihre Namen auf den Bankanweisungen. –

Ein Scheck aber entlockte den Jungen ein neues Hurra.

Eine Bankanweisung von Mister Bennett auf 2 000 Dollar und ein Brief, in welchem er versprach, alle Jahre für alle Zeitungsjungen ein Weihnachtsessen zu geben. –

Keiner der Jungen dachte in dieser Nacht an Schlaf. –

Wie Kinder, zu denen der Weihnachtsmann gekommen war, saßen sie bei den Geschenken und wußten nicht, was sie mit all den Dingen anfangen sollten.

Umsonst ermahnte sie Johns Mutter, sich zur Ruhe zu legen.

Heute sprach sie in taube Ohren, und selbst John Workmann saß mit freudegeröteten Wangen unter ihnen und lachte sie so glücklich an, daß sie ihm nicht zürnen konnte.

Endlich gegen Morgen fielen doch den Tapfersten die Augen zu. –

Einer nach dem andern schlief auf dem Stuhl, wo er gerade saß, ein oder legte sich auf den Fußboden.

Nur John Workmann wachte noch. – Ernst blickte er auf seine schlafenden Kameraden und ließ noch einmal all die Ereignisse vorüberziehen. – Sein Plan war geglückt. – Für seine Mutter und die Jungen war gesorgt. – Nun konnte er, aller Sorgen ledig, in die Welt ziehen, um etwas zu werden. Jetzt hatte er sein Recht dazu erworben. –

Und vor sich sah er sich selbst als erwachsener Mann, wie er vielen Tausenden Brot durch seine Arbeit gab.

Das sollte sein Ziel sein. –

So schlief er ein und sank mit der Flagge, die er immer noch im Arm hielt, auf den Boden. – – –

Gleich einem schützenden mütterlichen Gewande schmiegten sich ihre weichen Falten um John Workmann, den Zeitungsjungen.

13. Kapitel

Die warme Luft eines wolkenlosen Augustabends drang durch das geöffnete Fenster in den kleinen Wohnraum, den John Workmann mit seiner Mutter zusammen im Klub der Zeitungsjungen innehatte. Seit einer Stunde war er vom Verkauf der Abendzeitungen zurückgekehrt und nun saß er an dem einfachen, weißen Holztisch und verschlang Seite um Seite den Inhalt eines Buches. Mr. Berns hatte es ihm gegeben. Eine Lebensbeschreibung des Zauberers von Menloe Park, des berühmten Erfinders Thomas Alva Edison. Das wäre sozusagen ein Kollege von ihm, hatte Mr. Berns gemeint. Der habe auch einmal als Zeitungsjunge angefangen und in Wind und Wetter Zeitungen centweise auf der Straße verkauft. Heute aber sei er ein weltberühmter Mann, der Schöpfer einer neuen, gewaltigen Industrie und Besitzer vieler Millionen.

Auf diese Empfehlung hin hatte sich John Workmann eifrig in das Buch vertieft und konnte sich nun nicht wieder davon losreißen. Unberührt stand immer noch sein bescheidenes Mahl neben ihm auf dem Tisch, und Kapitel um Kapitel aus dem Leben des berühmten Amerikaners flog vor seinem geistigen Auge vorüber. Er las, wie Edison seinen Zeitungsverkauf nicht auf das Städtchen Detroit beschränkte, sondern schon als 13jähriger unternehmungslustig auf der Eisenbahn zwischen Detroit und Chikago hin- und herfuhr und seine Zeitungen an den Mann brachte. Wie dann weiter aus dem 13jährigen Zeitungsverkäufer ein 14jähriger Zeitungsverleger wurde, der seine eigene Eisenbahnzeitung im Zuge schrieb, setzte, druckte und verkaufte.

Sinnend hielt er einen Augenblick mit der Lektüre inne. Da stand, daß Edison schon damals das Morsealphabet fließend beherrschte, daß er aus dem Klappern der Telegrafenapparate auf den Stationen, an denen der Zug hielt, oft die wichtigsten und besten Nachrichten für seine Eisenbahnzeitung heraushörte. Diese Kenntnis fehlte John Workmann noch und er beschloß, sie sich so schnell als möglich anzueignen. Wie hatte doch der alte Werkführer Miller zu ihm gesagt: Dumm sein ist keine Schande, aber dumm bleiben! Er wollte aber nicht dumm bleiben.

Seine Hand ließ das Buch sinken und sein Blick fiel durch das Fenster auf die Bai von New York, auf den endlos schimmernden Ozean, dem sich der rote Sonnenball von Minute zu Minute mehr näherte. Träumerische Gedanken zogen ihm durch den Kopf. Vor drei Tagen war er 15 Jahre alt geworden. Ein Jahr älter als Edison, als er sein erstes selbständiges Unternehmen begann. Zufrieden konnte er mit dem bisher Erreichten immerhin sein. Er hatte seiner Mutter einen sicheren Platz geschafft. Er hatte sich selbst in erträgliche, ja fast angenehme Verhältnisse gebracht. Er kannte Mister Gordon Bennett persönlich; er hatte zahlreiche Freunde und er hatte schließlich seine Zeit nicht verloren, sondern in den beiden letzten Jahren mächtig gelernt. Aber dann flogen seine Gedanken weiter. In drei Jahren würde er 18 Jahre alt sein. Sollte er dann immer noch in New York sitzen und Zeitungen verkaufen? By Jove, nein! Das war ein Geschäft für Jungen, aber nicht für erwachsene Leute. Die hatten ganz andere Gelegenheiten Dollars zu ernten. In dem Buch da mußte es ja stehen, wie Edison, der große, vorbildliche Edison es gemacht hatte.

Und John Workmann las weiter, las, wie der 15jährige Edison eines Tages den Eisenbahnwagen bei einem verunglückten, chemischen Experiment in Brand steckte, wie ihn seine bisherigen Freunde, die Eisenbahner, wegen dieses Vorkommnisses kurzweg auf die Straße setzten und wie er ganz von neuem anfangen mußte. Da hatte der junge Edison sich kurz entschlossen auf einer Station als Eisenbahntelegrafist gemeldet. Eine Morsetaste stand auf dem Tisch des Inspektors, bei dem er seine Bewerbung vorbrachte. Kein Wort sprach der Inspektor auf das Gesuch hin. Seine Hand spielte nur auf der Taste und Edison las klar die Frage in Morseschrift: Können Sie telegrafieren? Edison legte seinerseits die Hand auf die Taste und morste noch viel schneller zurück: Ich denke, ich kann.

»All right«, sagte der Inspektor, und Edison war engagiert.

Wieder sann John Workmann einige Minuten nach. Das also war das Geheimnis. Etwas können, etwas wirklich gut und vollendet können und dann dieses Können an der richtigen Stelle verwerten und niemals mit dem Erreichten zufrieden sein. Stets weiterstreben und weiterlernen.

Nun war also der 15jährige Edison wohlbestallter Eisenbahntelegrafist, aber wie ging die Geschichte nun eigentlich weiter? Wie wurde er der große Erfinder und Millionär? Das wollte John Workmann schleunigst erfahren und eifrig stürzte er sich von neuem auf das Buch.

Ein Klingeln unterbrach seine Lektüre, und er hörte, wie seine Mutter in der Küche mit jemandem sprach. Dann öffnete sich die Tür, und Frau Workmann trat in Begleitung eines etwa 30jährigen Herrn in das Zimmer.

»Hier, Edward, ist mein Sohn, von dem Sie vielleicht schon gehört haben.« Der Besucher trat auf John Workmann zu und schüttelte ihm nach amerikanischer Sitte kräftig die Hand. »Hallo, Jonny, freue mich, dich kennenzulernen. Habe dein Bild und die Beschreibung deiner Abenteuer auch in den Zeitungen des fernen Westens gelesen. Komme extra bei euch vorbei, um auch deine persönliche Bekanntschaft zu machen.«

Der so sprach, war Edward Winston, ein junger Vetter der Frau Workmann, der seit Jahren als Bergingenieur im fernen Westen, in Kalifornien, tätig war. Einer Einladung der Mutter folgend, legte er jetzt Hut und Mantel ab und beschloß, ein wenig zu bleiben. Das Gespräch kam in Gang, flog hin und her, zu den gemeinsamen, längst verstorbenen Großeltern, zu den Eltern, um dann zur Gegenwart zurückzukehren. Edward Winston erzählte von seinen Arbeiten: Große Zinkminen waren in Südkalifornien neu erschlossen worden. »Ein blutiges Werk, aber erfolgreiche Arbeit«, meinte er lachend, während er die sehnigen Arme zur Zimmerdecke emporreckte. »Mit hundert Leuten allein in der kalifornischen Wüste. Unsere Prospektoren hatten das Zinkvorkommen einwandfrei nachgewiesen. Reiche Erze, 30 Gewichtsprozente Zink, mächtige, unerschöpfliche Adern, aber eine gottverlassene Gegend. Meilenweit kein Tropfen Wasser. Well, das war das erste, daß wir Wasser schafften, und dann ging es los. Stollenbohrung, Maschinenanlagen, Wohnhäuser für die Minenarbeiter. Nach drei Monaten war mitten in der Wüste eine neue Stadt entstanden, und Tag und Nacht rollten die Züge, die das gebrochene Erz nach dem Westen an die Küste schafften.«

Mit offenem Munde lauschte John Workmann dem Bericht Winstons. Das war eine ganz neue Welt, die sich ihm hier auftat, das war etwas ganz anderes als das herkömmliche Leben in New York. In dem großen, brausenden New York mit seinem Reichtum und seiner Armut, mit seinen 6 Millionen Einwohnern und seiner 300jährigen Geschichte. Seine Augen glänzten wie im Fieber, und Edward Winston begriff wohl, was in ihm vorging.

»Go to the West, young man, go to the West«, rief er plötzlich. »Laß den alten verrotteten Osten fahren und komm mit nach dem jungen Westen. Da ist noch allerlei zu holen, während die Leute sich hier gegenseitig das bißchen Luft und Licht nehmen.«

Während dieser Unterhaltung war allmählich die Dämmerung in volle Dunkelheit übergegangen, und Frau Workmann hielt es an der Zeit, Licht zu machen. John Workmann deutete mit der Rechten auf das Buch, welches immer noch aufgeschlagen vor ihm lag.

»Ich lese hier eine Lebensbeschreibung von Edison«, begann er. »Jetzt bin ich gerade bei der Stelle, wo Edison Telegrafist wird. Es ist eine mächtig interessante Geschichte, Mr. Winston. Ich möchte wohl wissen, ob Edison auch nach dem Westen gegangen ist.«

Edward Winston zuckte mit den Achseln. »Als Edison jung war, war auch der Osten noch jung. Heute liegt die Sache anders. Wenn Edison heute noch einmal anfinge, würde er auch nach dem Westen gehen. Übrigens, so recht im Osten hat er ja auch nicht angefangen. Detroit und Chikago liegen schon ziemlich in der Mitte. Glaubst du, sie hätten ihm hier im Osten auf der Eisenbahn einen Gepäckwagen eingeräumt und ihn seine Zeitung drucken lassen?«

»Ah, du kennst die Geschichte Edisons auch«, unterbrach ihn John Workmann.

»Welcher Amerikaner kennt nicht die Geschichte Edisons«, meinte Edward Winston lachend. »Mit 15 Jahren Telegrafist, mit 18 Jahren Boß in einem Telegrafenamt und dabei unverwüstlicher Erfinder. Was uns Roosevelt vom strenuous life, vom angestrengten Leben erzählt hat, ist für Edison sicher nichts Neues. Der hat manchen Tag 24 Stunden gearbeitet, und wenn es nicht mehr gewesen ist, so lag das eben daran, daß der Tag nur 24 Stunden hatte.« Und nun begann Edward Winston von Edison zu erzählen. Anekdoten, die in keinem Buche standen, aber von Mund zu Mund gingen. Wie er seine Hochzeit über einer wichtigen Erfindung total vergessen hatte und seine Freunde ihn mit sanfter Gewalt aus seinem Laboratorium zur Trauung heranschaffen mußten. Oder wie er ein andermal 6 Tage und 6 Nächte ununterbrochen im Laboratorium steckte. Wie sie einen seiner Assistenten nach dem anderen ohnmächtig wegtrugen und er allein unerschütterlich ausharrte, bis endlich der Versuch geglückt, die neue Erfindung gemacht war. Oder jene andere Geschichte, wo er, mit der Erfindung des Phonographen beschäftigt, wertvolle Diamanten mit dem Hammer zerschlug, um passende Splitter für seinen Aufnahmeapparat zu gewinnen.

Es war schon spät am Abend, als Edward Winston das Klubhaus verließ, um seinen Nachtzug nach dem Westen zu erreichen. Auch Frau Workmann begab sich zur Ruhe, und John Workmann blieb allein im Zimmer zurück. Was schon lange in ihm gärte und sich vorbereitete, das war durch diesen Besuch zur vollen Entwicklung gebracht worden. Sein Entschluß war gefaßt, er wollte nach dem Westen.

Fünf Minuten später stand er im Schlafsaal der Jungen und rüttelte Charley Copley, den zweiten Vorsitzenden des Klubs, bis der sich brummend und knurrend entschloß, das Land der Träume zu verlassen und in das Reich der Wirklichkeit zurückzukehren.

»Get up, Charley, and come along with me.« Verwundert, aber willig gehorchte Charley Copley, warf sich seine Kleider über und folgte John Workmann in das Geschäftszimmer des Klubs. Die große Wanduhr dort verkündete die zwölfte Stunde, als sie die Office betraten und sich einander gegenüber am Tische niederließen. John Workmann unterbrach zuerst das Schweigen.

»Charley, du bist bis zur neuen Wahl mein Nachfolger als Präsident des Klubs. Ich verlasse noch heute nacht New York.«

Charley Copley sperrte Mund und Nase auf, aber John Workmann ließ ihm keine Zeit zu langen Erwiderungen.

»Es ist mein fester Entschluß und du bist der einzige, der darum weiß. Es ist nötig, daß ich dir die Bücher und die Kasse des Klubs übergebe. Niemand soll später sagen, John Workmann habe sich bei Nacht und Nebel aus dem Staube gemacht und die Geschäfte des Klubs in Unordnung zurückgelassen. Wir werden etwa drei Stunden zu tun haben, um alles in Ordnung zu bringen. Dann kann ich beruhigt das Haus verlassen.«

Gehorsam folgte Charley Copley den Anordnungen des Präsidenten. Er schloß den schweren Geldschrank auf, holte die Bücher Stück um Stück hervor und breitete den Kassenbestand auf dem Tische aus. Ein fleißiges Addieren, Summieren und Kollationieren begann. In den zwei Jahren, die seit der Gründung des Klubs verflossen waren, hatte John Workmann es nicht nur selber gelernt, Bücher zu führen. Er hatte auch dafür Sorge getragen, daß seine Mitarbeiter bei der Verwaltung des Klubs in dieser nicht ganz leichten Kunst Bescheid wußten. So saßen die beiden Knaben sich beim Scheine der elektrischen Glühbirne gegenüber und arbeiteten wie ein paar bilanzsichere Buchhalter. Es schlug eins und es schlug zwei. Als aber die Uhr die dritte Morgenstunde verkünden wollte, da war der Abschluß gemacht und der Kassenbestand als übereinstimmend mit den Büchern befunden worden. John Workmann setzte sich noch einmal nieder und schrieb eine Quittung:

»Ich bestätige hiermit, von John Workmann die Bücher und den Kassenbestand des Klubs der Zeitungsjungen in Ordnung und in Übereinstimmung erhalten zu haben.« Diese Quittung mußte Charley Copley unterzeichnen. Sorgfältig barg John Workmann das Dokument in seiner Brieftasche. Dann übergab er Charley Copley die Schlüssel und verließ nach einem kräftigen Händeschütteln den Raum.

Nur noch wenig blieb ihm zu tun übrig, als er in sein Zimmer zurückkam. Der Abschiedsbrief an seine Mutter. John Workmann wußte wohl, daß er niemals von New York wegkommen würde, wenn er seiner Mutter den Plan mitteilte, wenn er von ihr Auge in Auge Abschied nähme. So biß er die Zähne zusammen und nahm schriftlich Abschied:

> »Liebe Mutter, ich gehe nach dem Westen, wie ich es schon lange wollte und Edward Winston es mir heute wieder riet. Sobald ich eine Stellung habe, schreibe ich Dir. Habe keine Sorge um mich. Du wirst von mir hören und bald bin ich wieder da.
>
> Dein Jonny.«

»So, das wäre getan. Es war das Schwerste.« Schnell packte John Workmann sein Bündel, ein Paar feste Reservestiefel, Wäsche, einen zweiten Anzug und die Lebensbeschreibung Edisons. Dann holte er sein Geld hervor. Es waren über 500 Dollar. Eine Hundert-Dollar-Note nähte er sich in das Futter seines Rockes ein, zwanzig Dollar in kleinen Noten steckte er in die Hosentasche, den Rest des Geldes legte er zu dem Brief auf den Tisch. Nun noch etwas Proviant: ein halbes Brot, eine Wurst von stattlichen Abmessungen und er war reisefertig.

Noch war es finstere Nacht, und die Straßenlaternen brannten, als er das Haus verließ und auf die Straße trat. Eine Straßenbahn rollte vorüber, er fuhr up town, von der Südspitze der Manhattaninsel stadtauswärts auf Harlem zu. John Workmann erwischte den Wagen noch gerade und sprang mit einem geschickten Satz auf. Zu dieser nächtlichen Stunde war der Wagen völlig leer und jagte ohne viel zu halten in flottem Tempo vorwärts. Die numerierten Straßen New Yorks, welche die langgestreckte Manhattaninsel der Quere nach durchziehen, auf der einen Seite bis zum Hudson, auf der anderen bis zum Eastriver, flogen in schneller Folge vorüber. Bis zur 100. Straße Geschäftsstadt, von der 100. bis zur 200. Wohnviertel. Dann wurde die Bebauung spärlicher, immer größere Lücken zeigten die Häuserreihen. Schließlich nur noch Straßenanlagen ohne Häuser. Jene unerfreuliche Grenze zwischen Großstadt und freiem Feld. Nun machte das Geleis eine Schleife. Der Wagen war am Ende und beschrieb einen Bogen, um in die Stadt zurückzukehren. Mit einem schnellen Schwunge sprang John Workmann ab. Eine Minute blieb er stehen und schaute dem hellerleuchteten, in der Dunkelheit verschwindenden Wagen nach. Allmählich gewöhnten sich seine Augen an das herrschende Dunkel. Jetzt erkannte er einen Landweg. Ungepflastert, von tiefen Wagenspuren zerrissen. Die Zivilisation ist hier zu schnell gekommen. Man baute Eisenbahnen, bevor man Zeit gehabt hat, Chausseen zu bauen. Rüstig schritt er auf dem Landweg durch die sternklare Nacht dahin. Allmählich zog sich dieser Weg links nach dem Hudsonfluß hinüber, und im Rücken des einsamen Wanderers begann sich der Himmel langsam zu röten. Vereinzelte Fuhrwerke begegneten ihm, auf denen die Farmer der Umgebung die Erzeugnisse ihres Fleißes, frische Gemüse, Milch und Obst in die Stadt brachten. Höher stieg jetzt die Sonne, und im klaren Morgenlicht hob sich die Silhouette eines Waldes am Horizont ab. Längst waren auch die vereinzelten Landhäuser verschwunden. Fruchtbare Felder umsäumten den Weg und unzählige Tautropfen glänzten auf Gräsern und Blüten wie Diamanten. Zwitschernd und jubelnd begleiteten kleine Vögel den Wanderer mit tausendfältigem Gesang aus allen Hecken und Sträuchern, Bäumen und Feldern.

Aus einem fernen Dorf klangen Turmglocken.

John Workmann zählte – es schlug 6 Uhr.

Sechs Uhr! Das war die Zeit, wo die Jungen im Klub aufstanden und eine halbe Stunde später im Galopp zum Broadway eilten, um sich ihre Zeitungen zu holen.

Und er, John Workmann, der so oft des Morgens frierend und müde zum Broadway gelaufen war, er war jetzt frei wie die Vögel in den Büschen. Er schritt den Weg in warmer Sommersonne, die Welt weit vor sich offen, tausend blühende Blumen zu beiden Seiten, den weiten, weiten Himmel über sich. Kein hastiges Getriebe mehr, keine zusammengeballten Menschenhaufen, die sich drängten und schoben, geizend mit jeder Minute. Nein, nur köstlicher Morgenfrieden, eine glückliche Welt, die John Workmann noch nicht gekannt hatte.

Das machte ihn so froh, daß er sich wie ein Mensch fühlte, der jahrelang in schwerer Kerkerhaft gehalten war und nun endlich frei durch die Welt wandern konnte.

Und je weiter John Workmann kam, um so glücklicher und freier fühlte er sich.

Jetzt wäre er auf keinen Fall mehr umgekehrt. Er hatte ja niemals zwischen den meilenweiten, steinernen Mauern der Riesenstadt kennengelernt, wie unendlich schön die freie Natur ist.

Hier war die Bläue des Himmels nicht durch den dicken Qualm aus Tausenden von Schornsteinen verfinstert, hier war die Luft klar und rein.

In einem kleinen Dorf, das er durchwanderte, ließ er sich bei einem Bäcker ein einfaches Frühstück geben.

Nur kurze Zeit rastete er, er wollte keine Menschen sehen, und freute sich erst wieder, als er aus dem Dorf heraus war und von neuem das lustige Gaukelspiel der Schmetterlinge sah und sich einen Strauß prächtig duftender Feldblumen wand.

Bei dem Strauße dachte er zum ersten Male wieder an seine Mutter.

Wie schön wäre es doch, wenn sie hier mit ihm durch die weite Welt, wandern und sich ebenfalls an all der Schönheit freuen könnte.

Das erfüllte ihn mit Wehmut.

Aber dann dachte er daran, daß ja sein Mütterlein in dem kleinen Garten hinter dem Klubhaus allerlei schöne Blumen besaß, die er für sie gepflanzt hatte.

Ein lustiges Lied singend, marschierte er weiter, und als er bei einem großen Haselnußstrauch vorbeikam, suchte er einen guten Stock aus und schnitt ihn mit seinem Messer ab. –

Es war gegen Mittag, als er ermüdet von der nächtlichen Wanderung auf der Landstraße unter den blühenden Ginster und die frischgrünen Farren abbog und sich im Schatten eines Ahornbaumes niederlegte.

Er wollte sich durch einen Schlummer für den Weitermarsch kräftigen. –

Die Arme kreuzte er unter dem Kopf, blickte zu dem blauen Himmel durch die grünen Blätter empor, freute sich, wie unendlich tief und ohne Grenzen die Himmelskuppel sei, und im Halbschlaf war ihm, als trügen ihn unsichtbare Hände empor.

Bald lag er in tiefem Schlummer.

Seine blonden, krausen Locken drängten sich in das erhitzte braungerötete Gesicht. Ein glücklicher Ausdruck spielte um seinen Mund, ein Abglanz seiner im Traum erfüllten Wünsche und Hoffnungen. Dicht neben ihm lag im Grase sein kleines Bündel neben dem derben Haselstecken.

14. Kapitel

Heiß und glühend brannte jetzt die Mittagssonne auf die Straße und unter ihren Strahlen schien die gesamte Landschaft wie in tiefer Ermattung zu liegen.

Dicht bei John Workmann begann ein mit Gestrüpp, mannshohen Feldpflanzen, Brombeeren und kleinen Felsblöcken bedecktes Feld, welches sich in kurzer Entfernung an den Wald anschloß.

Die Landstraße, an welcher John Workmann lag, war der von den Indianern in alter Zeit benutzte Kriegspfad, auf dem die ersten Ansiedler von New York aus den Weg durch Connecticut nach dem Westen nahmen. Wie bei einer neuen Völkerwanderung waren Millionen von Auswanderern mit Sack und Pack, mit Tieren und Gerätschaften auf diesem Wege nach dem Westen gezogen, um dort, wie heute John Workmann, ihr Glück zu machen.

Aber seit fünfzig Jahren, seitdem die Eisenbahnen ihre eisernen Schienenwege zum Westen eröffnet hatten, war die Landstraße verödet und wurde nur von den Farmern benutzt.

Unheimliche Rufe schollen plötzlich aus dem Schatten des Waldes. Aber den tiefen, gesunden Schlaf unseres Helden störten sie nicht.

Da teilte sich in nächster Nähe von ihm das dichtverwachsene Unterholz, das sich von dem Walde aus bis halb auf das Feld hinüberzog, und der schreckhafte, mit kriegerischen Farben bemalte Kopf eines jungen Indianers tauchte spähend zwischen dem Gewirr der Blätter hervor.

Vorsichtig wie ein Raubtier lauschte er nach allen Seiten, entdeckte den schlafenden John Workmann und stieß einen leichten Pfiff der Überraschung aus.

Noch einige Male blickte er zu John Workmann, um sich von dessen tiefem Schlaf zu überzeugen, und lauschte, ob sich auf der Straße irgendein Gefährt näherte.

Dann verschwand er wieder im Dickicht.

Wenige Sekunden später schrillten einige langgezogene Pfiffe durch den Wald, denen gleiche Signale von verschiedenen Seiten antworteten.

Nun wurde das Gestrüpp an derselben Stelle, wo der Kopf aufgetaucht, von neuem auseinandergeschoben, und auf dem Bauche kriechend, wie eine Schlange, glitt ein junger Indianer aus dem Walde zu John Workmann herüber.

Fast unhörbar – selbst das Rascheln des Laubes vermeidend – näherte er sich John Workmann.

Sein Oberkörper war unbekleidet und nach indianischer Kriegsart bemalt.

Seine Lederhose war durch einen Riemen um die Hüften festgehalten und im Riemen steckte ein Messer ohne Scheide, während an dem Riemen angeknüpft ein Lasso und eine Lederhülse mit einem halben Dutzend bunter, langer Rohrpfeile hing.

In der Hand hielt er einen großen, starken Bogen.

Bevor er bei John Workmann anlangte, glitten in derselben Weise wie er ein halbes Dutzend gleichalteriger Gefährten aus dem Walde und näherten sich lautlos, einer hinter dem andern, dem von keiner Gefahr träumenden John Workmann.

Nach Indianerart bildeten sie einen großen Kreis um ihn, damit er, falls er vor der Zeit erwache, nach keiner Seite hin flüchten könne.

Da war auf der Landstraße das dumpfe Geräusch herankommender Wagen zu vernehmen.

Sofort blieben die jungen Indianer bewegungslos, wie aus Stein gemeißelt stehen, während einer von ihnen, der scharf nach der Richtung des herankommenden Wagens blickte, den ihn beobachtenden Gefährten ein Zeichen mit der Hand gab, worauf sie alle schnell und lautlos Deckung suchten. Sie besaßen eine große Kunstfertigkeit, sich in vorhandene Erdfurchen, hinter hohe Steine oder niedriges Gestrüpp zu schmiegen, so daß sehr scharfe Augen dazu gehörten, sie zu entdecken.

Der Farmer, welcher jetzt mit einem Wagen auf der Straße dicht bei John Workmann vorüberfuhr, vermochte nichts von den Verborgenen zu sehen.

John Workmann aber hatte in seinem Schlaf bei dem Geräusch des vorüberfahrenden Wagens die traumhafte Empfindung, daß er in den Straßen New Yorks stände und seine Zeitungen unter einer Hochbahn verkaufe, über welche mit donnerndem Geräusch die mit Menschen beladenen Züge dahineilten.

Kaum war der Wagen in der Ferne verschwunden, da krochen die Indianer auf das leise gepfiffene Zeichen eines Pirols wieder zu dem Schläfer und umringten ihn von neuem, so daß es für ihn unmöglich gewesen wäre, sich zu verteidigen oder zu entkommen.

Zwei von ihnen knüpften ihre Lassos von den Lederriemen und, einen gellenden Triumphschrei ausstoßend, warfen sie sich auf den Schläfer, den zu gleicher Zeit ihre Kameraden an Händen und Füßen festhielten und begannen ihn zu fesseln.

Erschrocken – mit weitaufgerissenen Augen – starrte der aus dem Schlafe erwachte John Workmann auf die unheimlichen Gesichter seiner Überwinder.

Dann kam er zur Besinnung und begriff, um was es sich handelte.

Er versuchte, die Angreifer abzuschütteln, und wenn sie ihn nicht bereits gefesselt hätten, würden sie wohl trotz ihrer Überzahl einen harten Kampf mit ihm zu bestehen gehabt haben.

Mit aller Kraft rang er mit ihnen um seine Freiheit und rollte wie ein großer Ball mit den ihn Festhaltenden über den Boden.

Endlich gab er seine Befreiungsversuche auf.

Voller Zorn betrachtete er den jungen Indianer, welcher jetzt zu ihm trat und anscheinend der Führer der kleinen Rotte war.

»Das Blaßgesicht ist in Gewalt der jungen Krieger vom Stamme der Sioux. Das Blaßgesicht möge einsehen, daß es seinen Skalp verloren hat. – Es wird den roten Kriegern zum Lager folgen. Dort wird der Schwarze Adler und seine tapferen Krieger bestimmen, was mit dem Blaßgesicht geschehen soll.«

Wohl zum ersten Male in seinem Leben ballten sich in ohnmächtiger Wut die Fäuste John Workmanns.

Er schaute den Indianer mit blitzenden Augen an und sagte:

»Feige Hunde seid ihr, aber keine tapferen Krieger. Was fällt euch Gesindel ein, hier einige Meilen von New York entfernt einen Überfall auf einen wehrlosen Schläfer zu machen! Der nächste Sheriff wird euch ins Gefängnis bringen, und ich garantiere euch, daß die Prügel, welche ihr für eure Frechheit bekommen werdet, die wohlverdientesten sein werden, die jemals eine Rothaut geschmeckt hat.«

Die Worte John Workmanns entfesselten bei seinen Überwindern ein lautes Gelächter.

Der junge Häuptling gebot Ruhe und sagte:

»Das Blaßgesicht hat Mut. Aber es ist der Mut eines alten Weibes. Es möge seine Tapferkeit am Marterpfahl beweisen. Seine Worte wiegen hier nicht mehr als ein Windhauch über den Gräsern. – Vorwärts – schafft ihn in unser Lager.«

Noch einmal versuchte John Workmann, die ihn umschnürenden Fesseln abzureißen.

Umsonst! Wütend blickte er auf die lächelnden Gesichter der jungen Indianer und rief:

»Ihr seid schlimmer als eine Rotte Bowery-Boys.«

Zwei von den Angreifern packten ihn jetzt an den Armen und zerrten ihn zum Walde. Durch Dick und Dünn führten sie ihn. Oftmals blieben sie stehen und lauschten.

Unzweifelhaft fürchteten sie irgendeine unbekannte Gefahr.

Das gab Workmann neuen Mut.

Falls die Rotte eine Gefahr fürchtete, so mußten irgendwo in der Nähe Menschen sein, die ihm zu Hilfe eilen könnten.

Er begann deshalb von neuem möglichst laut, damit es irgendwelche in der Nähe sich aufhaltende Menschen hörten, zu schimpfen und die Indianer revanchierten sich, indem sie ihm einen Knebel aus einem Taschentuch in den Mund schoben.

Trotzdem gab John Workmann die Hoffnung auf unbekannte Befreier nicht auf.

Hastig arbeitete sein Gehirn und versuchte die seltsame, unheimliche Situation zu begreifen.

Es war das Ungewöhnlichste, was er sich nur denken konnte.

Beinahe unglaublich, denn nur wenige Meilen war New York entfernt und Indianer kannte man dort nur von Schaustellungen her. In der Riesenstadt glaubte man fast überhaupt nicht mehr an die Existenz von Nachkommen der sagenumwobenen roten Kriegsstämme Amerikas. Fast hielt man die Geschichten, welche noch hier und da in den Zeitungen oder Büchern standen und von ihrer Tapferkeit und Grausamkeit berichteten, für Erfindungen der Phantasie.

Vergebens versuchte John Workmann, sich in die Situation hineinzufinden.

Wo kommen die Indianer her?

Wie kam es, daß sie sich in nächster Nähe der größten Stadt Amerikas aufhalten konnten?

Er fand dafür keine Erklärung.

Große moos- und brombeerbewachsene Felsen begannen den Weg, auf welchen ihn die Indianer führten, zu versperren. Immer dichter und urwaldmäßiger wurden die Bäume, dunkler und unwegsamer der Wald.

Schweigsam führten ihn die Indianer, bis es zwischen den Stämmen heller wurde und das Wasser eines großen Sees blinkend auftauchte.

Ein hoher Felsen schob sich aus dem Waldesdickicht bis an das Ufer des Sees.

Seine blanken, kleinen Wellen bespülten den Fuß des Felsens, so daß man bis an die Knöchel durch das Wasser schreiten mußte, wenn man ihn umgehen wollte.

Sobald die kleine Schar sich dem Felsen näherte, erscholl von der Höhe ein lustiger Pfiff des Pirols, den die jungen Indianer mit gleichen Pfiffen beantworteten.

Nun gingen sie durch das Wasser und befanden sich auf einem von hohen Felsen umgebenen kleinen Platz, auf dem John Workmann einige indianische Zelte mit bunter Bemalung auftauchen sah.

Zwischen den Zelten brannten mehrere Lagerfeuer.

Bei dem größten Feuer stand ein Weißer, während bei ihm ein Dutzend junger Indianer am Boden saßen. Sie schälten Maiskolben aus, welche der Weiße, sobald sie gesäubert waren, in einen Kessel mit heißem Wasser warf.

Mit lauten Rufen begrüßten sich die Indianer und betrachteten John Workmann neugierig.

»Hallo, Schwarzer Adler«, rief der Weiße, der ein gegen seine Umgebung merkwürdig abstechendes, weißes Hemd, Tuchhosen und gelbe Sportgamaschen trug, »ist das der Braten, den du für unser Mittagsmahl besorgen wolltest?«

John Workmann sah, daß der Weiße denjenigen Indianer ansprach, welcher sich mit ihm unterhalten hatte.

Dieser erwiderte:

»Der Schwarze Adler fand das Bleichgesicht in seinen Jagdgründen und hat ihn zur Strafe für das unerlaubte Betreten derselben für den Marterpfahl bestimmt.«

Der Weiße, der einzige Erwachsene im Kreise, blickte mit klaren, freundlichen Augen auf John Workmann und sagte:

»Well, mein Boy, ich hoffe, du wirst die jungen Gentlemen entschuldigen. Sie haben sich im Eifer unserer guten Sache, wie ich sehe, zu weit hinreißen lassen.«

John Workmann warf den Kopf in den Nacken und betrachtete mit stolzem Blick den Weißen und die Indianer.

»Ich verstehe Sie nicht, Sir«, begann er, »wie Sie bei dieser Rotte von jungen Rowdies von einer guten Sache sprechen können. Ich denke, diese Sache verdient ein anderes Wort. Ich werde, sobald ich frei bin, den nächsten Sheriff und die Farmer benachrichtigen, damit sie dieses rote Wespennest unschädlich machen und die Jungens in die Reservationen führen, aus denen sie wahrscheinlich ausgebrochen sind.«

In lautes Gelächter brachen die Indianer, wie auch der Weiße aus. Dieses Lachen ergrimmte John Workmann, er wußte wirklich nicht, was die Jungen für eine Ursache hätten, sich über ihn lustig zu machen.

Da trat der Weiße zu ihm und sagte:

»Ich sehe, daß du in einem argen Mißverständnis befangen bist, du hältst die Jungen hier für wirkliche Indianer. Aber sie sind das ebenso wenig wie du oder ich. Wir gehören zu den Scouts.«

»Ich verstehe das nicht, Sir«, erwiderte John Workmann, »ich habe noch nie etwas von Scouts gehört, was heißt das?«

»Ich will es dir erklären, mein Junge, aber vor allen Dingen nehmt eurem Gefangenen die Fesseln ab und erweist ihm Gastfreundschaft.«

Der Schwarze Adler trat sofort zu John Workmann und sagte: »Der große weiße Häuptling, dem wir Gehorsam geschworen haben, bietet dir die Gastfreundschaft an.«

Dann wandte er sich zu einigen umstehenden Kriegern und sagte:

»Nehmt dem Gefangenen die Fesseln ab.«

Sobald das geschehen, dehnte und reckte John Workmann seine kräftige Gestalt und rief:

»Jetzt möchte ich es keinem von euch raten, nochmals mit mir anzubinden. Ich wiederhole, es war eine Feigheit von euch, mich im Schlafe zu überfallen.«

»Keine Feigheit, Blaßgesicht«, erwiderte der Schwarze Adler, »vielleicht lernst du aus unserer Handlungsweise Lebensweisheit. Einen Stärkeren überwindet man stets, wenn er sich nicht wehren kann.«

»Das werde ich mir merken«, sagte John Workmann und erinnerte sich in diesem Moment des alten Werkmeisters, der ihm einmal ähnliches gesagt hatte.

Sicherlich hatte der Schwarze Adler mit seiner Erklärung nicht so unrecht.

»Vor allen Dingen«, sagte John Workmann, indem er zu dem Weißen trat, »möchte ich wissen, mit wem ich es in dieser merkwürdigen Gesellschaft zu tun habe. Sie werden mir zugeben, Sir, daß der Ausdruck ›merkwürdige Gesellschaft‹ auf Sie im vollsten Maße zutrifft. Ich habe noch niemals in New York gehört, daß sich in so naher Entfernung Indianer aufhalten.«

Ein lautes Lachen ertönte von neuem von den Umstehenden und verwirrte John Workmann.

»Du hast immer noch nicht gemerkt«, sagte der Weiße, »daß du es hier nicht mit richtigen Indianern zu tun hast, sondern mit Indianer spielenden Jungen.

Wir gehören zu den New Yorker Boyscouts, und da du von ihnen noch nichts gehört hast, so will ich dir erklären, was das Wort bedeutet. Vor allem aber will ich einmal sehen, ob die Maiskolben, welche wir heute mittag verspeisen wollen, bereits gar sind.«

Er ging zu dem Kessel, einem gewöhnlichen eisernen Feldkessel, welcher an drei eisernen Stangen hing, und prüfte mit spitzem Holzstab die in dem brodelnden Wasser befindlichen Maiskolben.

Nachdem er sich überzeugt, daß sie noch hart seien, wandte er sich wieder zu John Workmann und sagte:

»Nimm Platz, mein Boy. Obwohl es hier in unseren Lagern nicht Sitte ist, sich in gesellschaftlichen Formen vorzustellen, will ich dir doch meinen Namen sagen: – ich heiße Fred Vanderbilt.« –

Einen Moment hielt John Workmann erstaunt den Atem an.

Der Name Vanderbilt war für jeden Amerikaner wie ein Märchenname, wie das Klingen unendlicher Goldberge, wie ein Schlüssel zu dem Reich ungezählter Milliarden.

»Entschuldigen Sie, Sir«, erwiderte John Workmann, »meine Frage soll nicht neugierig klingen, aber es interessiert mich, sind Sie mit dem berühmten Vanderbilt verwandt?«

»Jawohl, mein Junge. Aber das hat nichts zu bedeuten. Vielleicht nennst du mir jetzt deinen Namen, damit ich auch weiß, wer du bist.«

»Ich heiße John Workmann.«

Jetzt war das Erstaunen bei den Jungen.

Nach einigen Sekunden sagte der junge Vanderbilt:

»Also du bist der bekannte John Workmann?«

»Yes, Sir, ich bin John Workmann.«

»Well, dann freuen wir uns, dich kennenzulernen.«

Schweigen trat unter den Jungen ein, als sie den Namen John Workmann hörten, den sie alle aus den Zeitungen kannten. Für viele unter ihnen war er ja ein Vorbild geworden, für das sie im stillen nach Jungenart schwärmten.

Nun sahen sie ihn hier dicht vor sich, hatten ihn im Spiel als Gefangenen in ihr Lager gebracht. Und wie es so häufig im Leben geht, fanden sie, daß er eigentlich ganz anders aussähe, als sie ihn sich vorgestellt hatten.

John Workmann, welcher ihr Schweigen und Anstarren für Mißtrauen hielt, zog aus seiner Brieftasche die Nummer des »Herald« hervor, welche sein Bild enthielt.

»Ihr scheint mir nicht zu glauben, daß ich John Workmann bin. Aber hier könnt ihr mein Bild in der Zeitung sehen.«

Alle Jungen sahen auf das Zeitungsbild, obwohl keiner von ihnen an John Workmann gezweifelt hatte.

Der junge Vanderbilt, welcher neben John Workmann stand, reichte ihm nochmals die Hand und sagte: »Du verstehst uns nicht. Keiner von uns denkt, daß du uns belogen hast. Und nun bitte ich dich, entschuldige den Überfall, den ich mit meinen Freunden ausgeführt habe. Du mußt bedenken, daß ich eigentlich ein Recht habe, jeden Fremden, der sich hier auf den Feldern aufhält, festzuhalten. Du stehst auf dem Eigentum meines Vaters. Doch nun laß uns gute Freunde sein. Wir werden uns alle freuen, wenn du nicht gleich wieder fortgehst, sondern einige Tage bei uns bleibst. Da kannst du sehen, wie wir hier leben, und an unseren Spielen und Arbeiten teilnehmen.«

John Workmanns Zorn war vollständig verflogen.

Jetzt schätzte er sich sogar glücklich, daß die Boys ihn gegen seinen Willen in das Lager gebracht hatten.

Hatte er doch die Bekanntschaft des Angehörigen einer der berühmtesten Familien des Landes gemacht.

Ein zweiter Junge trat auf ihn zu, ein großer, langaufgeschossener Junge, der die übrigen um Kopfeslänge überragte, gab John Workmann die Hand und sagte:

»Es freut mich, daß ich dich kennenlerne, John Workmann. Mein Name ist Fred Harryson. Ich besuche noch die Schule und will Ingenieur werden. In meinem Zelt ist noch ein Platz frei, den biete ich dir für die Tage, die du hier bleiben willst, an.«

»Well, boys«, rief jetzt der Führer, den John Workmann zuerst für den einzigen Weißen gehalten hatte, »die Maiskolben sind gar und ich denke, wir essen unser Mittagbrot.«

So, wie es bei den Naturvölkern Sitte ist, setzten sich die Boys ohne alle Umstände auf den Erdboden, ein Blechtopf mit den Maiskolben wurde in die Mitte gesetzt, ein kleiner Holznapf mit Salz daneben, und mit gesundem Appetit begannen sie alle zu essen.

Selbst für John Workmann, der doch in einfachen, ärmlichen Verhältnissen aufgewachsen war, war es zuerst ein komisches Gefühl, mit den Händen, ohne Teller, Messer oder Gabel zu essen. Wie anders aber mußte dieser Mangel auf die vornehmen, wohlerzogenen reichen Jungen wirken, die doch von allem Luxus der Welt umgeben aufgewachsen waren.

Aber mit fröhlichen Mienen und zufrieden glänzenden Gesichtern bissen die weißen Zähne der Boys in die Maiskolben und knabberten einen nach dem andern ab.

Nachdem sich alle gesättigt hatten, holten einige von ihnen Früchte und Weißbrot und reichten es als Nachtisch herum.

Dann legten sie sich zur Ruhe nieder.

Zum ersten Male betrat John Workmann ein echtes Indianerzelt.

In derselben Weise wie die Indianer, hatten sich die Jungen aus zusammengestellten Stangen, über welche sie buntbemaltes Segeltuch gespannt hatten, Zelte errichtet.

Oben, wo die Stangen an der Spitze auseinander gingen, hatten sie, um die Zeltöffnung gegen Regen und Wind zu schützen, aus Weidenruten in Pilzform geflochtene Deckel aufgesetzt, genau so, wie es die Indianer auch machten.

In den Zelten waren auf dem Boden aus dicken Mooslagen weiche, bequeme Lager gebildet, über welche Wolldecken gebreitet waren, während an den Zeltstangen allerlei Jagdgerätschaften, Kleider und sonstige Dinge aufgehängt waren.

In der Mitte des Zeltes aber war eine Vertiefung, in welcher die Boys ein Feuer anzünden konnten. Je vier Boys besaßen solch ein Zelt.

John Workmann schlief diese Nacht in dem Zelte seines Gastgebers ebenso lange wie die übrigen Boys und wurde aus seinem Schlummer erst durch den Klang einer dumpfen Pauke aufgeschreckt.

Das war nach Indianersitte das Wecksignal.

Jetzt traten die Boys wieder aus den Zelten, versammelten sich bei dem Medizinstein, einem buntbemalten, großen Feldstein, der vor dem Zelte des Häuptlings, des Schwarzen Adlers, lag. Hier stand der Schwarze Adler und gab seine Anordnungen für das nächste Spiel.

Es bestand darin, daß zwei Boys einen ausgestopften Rehbock auf den Rücken nahmen und mit ihm in die Wälder gingen. Dort legten sie ihn an einer möglichst schwer auffindbaren Stelle nieder und hatten dann auf einem Umwege das Lager wiederzuerreichen.

Für die übrigen hieß es nun nach zwei Stunden aufbrechen und zu versuchen, den Platz des Rehbocks zu finden. Wer ihn zuerst fand, bekam eine Belohnung.

Diesem Spiel folgte ein gemeinsames Bad, an dem sich auch John Workmann beteiligte.

Derweil hatten die Wachen einen Kessel für das Morgenfrühstück aufgestellt, und als die Boys aus dem Bade kamen, ließen sie sich von der Sonne trocknen, saßen um das Lagerfeuer und genossen ihr einfaches Frühstück.

Am Nachmittag dieses Tages sagte John Workmann zu seinem Gastgeber Fred Harryson:

»Ich werde euch morgen früh verlassen. Ich darf hier nicht so lange untätig liegenbleiben.

»Wo willst du denn hin?« fragte der junge Student.

»Nach dem Westen will ich, irgendwo Geld verdienen und lernen.«

»Du willst nach dem Westen? Well, my boy! Denn denselben Weg will ich auch einschlagen. Auf das Land hinter Chikago! Auf eine Farm, wo ich und meine Kameraden bereits im vorigen Jahre während der Erntezeit gearbeitet haben. Wenn du willst, so machen wir den Weg gemeinsam.«

»Es wird mich freuen, Fred Harryson. Wie weit haben wir es denn bis zu den Farmen?«

»Zu Fuß erreichen wir sie nicht«, entgegnete Fred Harryson mit leichtem Lächeln, »mit der Eisenbahn können wir in zwei Tagen hinkommen.«

»Ich habe mir vorgenommen, mich auf meine Füße zu verlassen«, erwiderte John Workmann. »Ich bin noch jung und will die Welt kennenlernen.«

»Das ist schon richtig«, sagte Fred Harryson. »Aber du würdest mindestens vier Wochen zu Fuß wandern müssen, um die Farmen zu erreichen. In den vier Wochen kannst du aber dort durch deine Arbeit mindestens dreißig Dollar über deinen Lebensunterhalt verdienen. Ein Billett bis dahin kostet zehn Dollar, so daß du also dadurch, daß du die Eisenbahn benutzt, zwanzig Dollar gewinnst. Also laß uns fahren.«

John Workmann war mit dem Vorschlag nach einigem Besinnen einverstanden.

Am Abend wurde zu Ehren des scheidenden Fred Harryson und John Workmann von den Scouts ein Abschiedsfest gegeben, dessen Höhepunkt ein Kriegstanz war.

Erschrocken wäre gewiß jeder New Yorker geflohen, der plötzlich unvermutet in dem Dunkel des Waldes ein grelles, rotes Lagerfeuer erblickt hätte, bei dessen flackerndem Schein schreckhaft bemalte, rote Krieger einen wilden Kriegstanz ausführten. Auch John Workmann vergaß beinahe, daß es nur Scouts waren, Freunde, die er in der kurzen Zeit gewonnen hatte.

Am nächsten Morgen in aller Frühe begleiteten alle Boys in vollem Kriegsschmuck die beiden Scheidenden bis zur Bahnstation und Fred Harryson kaufte die Billetts bis nach Springshill, 2500 Meilen von New York.

15. Kapitel

Zum erstenmal in seinem Leben sollte John Workmann nun in einem der großen, wegen ihrer Schnelligkeit berühmten Westernzüge eine Fahrt machen.

Aufregung hatte ihn ergriffen, als er daran dachte, jetzt genau so schnell und vornehm wie die reichen Leute eine Fahrt nach dem Westen zu machen. Mit einer Schnelligkeit, die er bis dahin, obwohl er in der Riesenstadt New York aufgewachsen, für etwas Märchenhaftes gehalten hatte.

Oftmals, wenn er auf den großen Zentralstationen in New York Zeitungen verkaufte, stand er staunend und bewundernd und hatte die Empfindung, als befände er sich in einem der großen Theater des Broadway und sähe der Entwicklung eines ungeheuer spannenden und aufregenden Dramas zu.

Wie da alles hastete und eilte, jede Sekunde kostbar abwiegend, um noch im letzten Moment einen der großen Westerntrains zu erreichen – wie sich trotzdem alles wie in einer arbeitenden Riesenmaschine auf den Bruchteil der Sekunde abwickelte – wie hier einer der großen Pazifiktrains ankam, mit dem Staube eines Weltteils beladen, aber trotz der ungeheuren Entfernung auf die Minute genau. Und die Lokomotiven! Die erschienen John Workmann wie märchenhafte Ungeheuer, die mit ihren eisenglänzenden, gewaltigen Körpern, mit ihren vielen Rädern dastanden, als wären sie Wesen aus einer unfaßbaren Welt.

Seltsam feierlich, fast gespenstig, wie mit riesigen Glotzaugen schauten sie mit ihren mächtigen Scheinwerfern in die gewaltige Bahnhofshalle; was hatten diese Augen alles gesehen? Mit welcher Schnelligkeit waren diese Räder über einen Weltteil gefahren, mit welch ungeheurer Kraft hatte dieser Kolossalleib die schweren, ungefügen Wagen hinter sich hergezogen und von der Küste des Pazifik zum Atlantik gebracht?

In Tagen, wozu früher Monate gehörten!

Und kaum Zeit ließen die Menschen diesen Kraftwesen zum Ausruhen – knapp waren sie angekommen, so erschien eine kleine Armee von Mechanikern, Putzern und sonstigen Arbeitern, um die Riesenmaschine in all ihren Teilen zu untersuchen, und wenige Stunden später stand sie, die Augen wieder aus dem Bahnhof gerichtet, mit dem Befehl versehen, den Weg, den sie eben gekommen, die Tausende von Kilometern vom Atlantik zum Pazifik zurückzujagen.

John Workmann konnte sich auf dem Wege zu der kleinen Bahnstation Stamfort nicht enthalten, mit den neuen Freunden, die ihm und Fred Harryson das Ehrengeleit gaben, über die Schnelligkeit der amerikanischen Züge zu sprechen.

»Es wundert mich«, sagte er zu dem jungen Vanderbilt, »daß auf unseren Eisenbahnen bei der großen Schnelligkeit nicht mehr Unglück passiert.«

Der junge Vanderbilt lachte:

»Ein Hundertmeilentrain ist der sicherste Platz in der Welt. Das weiß ich aus Erfahrung, John. Stimmt es nicht, Boys?«

»Jawohl«, antwortete es im Chor.

»Mein Vater, dem ein Teil der Eisenbahnlinien im Süden gehört, ließ mich vor zwei Jahren auf einer Lokomotive als Heizer eine Reise machen. Ich war vier Wochen auf Nr. 3590. Jimmy Ryan hieß mein Lokomotivführer. Er sagte mir aus seiner langen Erfahrung – 22 Jahre im Dienst – daß sehr selten ein Unglück durch die Lokomotive selbst geschieht, stets sind die Fehler von Menschen die Ursache. Wie sollte es auch anders sein! Die Maschinen sind aus geprüftem Stahl und Eisen, so fein in ihrem Mechanismus, wie die Nerven und Muskeln eines Menschen, aber mit sicher lenkbarer Kraft.«

Unter solchen Gesprächen wurde die Station erreicht.

Eine kleine, unscheinbare Station, die ihr Entstehen nur dem in der Nähe wohnenden Rockefeller verdankte, war Stamfort.

Wenige Meilen von der Station entfernt befanden sich die Landsitze der größten Millionäre Amerikas, und deshalb mußten hier die Schnellzüge zum Ärger der Reisenden eine halbe Minute halten.

Eine halbe Minute, und trotz der Kürze des Aufenthalts ertönten jedesmal über den Zeitverlust laute Rufe des Unwillens der Passagiere. Als echte amerikanische Geschäftsleute verlangten sie von ihrem Zug, daß er »Speed« besaß.

Speed – Speed – Speed – Schnelligkeit. Das war es, was die Amerikaner von den Eisenbahnen ihres Landes verlangten. Die größten Anstrengungen wurden zur Erfüllung dieses Wunsches von den Eisenbahngesellschaften gemacht. Lokomotivführer und Heizer waren Männer, von denen man tatsächlich behaupten konnte, sie beständen, wie ihre Maschinen, aus Stahl und Eisen. Harte Gesichter, in denen jede Miene Entschlossenheit zeigte, Augen, welche kalt und scharf unentwegt durch die Fenster der Lokomotive auf den endlosen Schienenweg hinausblickten, Nerven, welche sich durch nichts beirren ließen.

Wie eine sich überstürzende, den Boden vor sich verschlingende Lawine jagte der Empire-Expreß von New York nach San Franzisko in die kleine Station Stamfort hinein.

Als John Workmann und Fred Harryson in den Zug stiegen, blickten die Passagiere verwundert auf die jungen Indianer, welche in laute Abschiedsrufe ausbrachen. John Workmann und Fred Harryson eilten an ein Fenster, winkten einen letzten Gruß – schon gellten die Abfahrtssignale – ein Ruck – ein Knirschen der Räder auf den Schienen.

Da raste wie ein toll gewordenes Wesen ein Auto in voller Fahrt heran, kam auf den Bahnsteig, als der Empire-Expreß ihn soeben verließ, und raste ihm auf dem Bahndamm nach.

Ein Halten des Zuges gab es nicht mehr.

Seite an Seite jagten Auto und Expreß.

Im Auto standen im Rücksitz zwei junge Männer und warteten kaltblütig und besonnen auf den Moment, wo es einem von ihnen gelingen würde, auf eins der hohen Trittbretter des Zuges überzuspringen.

Alle Fenster des Zuges waren besetzt, um das aufregende Schauspiel mit anzusehen.

Immer schneller fuhr der Empire-Expreß – im gleichen Tempo das Auto.

Ein Schreien ertönte von all den Passagieren, als jetzt der erste von beiden von seinem Wagen auf den Zug sprang und mit lautem Hallo sein Ziel erreicht hatte.

Unmittelbar darauf sprang der zweite, und er wäre, minder glücklich, wahrscheinlich ein Mann des Todes zwischen Auto und Zug geworden, wenn ihn sein Freund nicht mit sicherer Hand gepackt und neben sich auf das Trittbrett gezogen hätte.

Kaum stand der zweite gleichfalls sicher, so wandte er sich an den noch immer mit dem Zuge mitfahrenden Chauffeur und rief:

»Kehren Sie um und telefonieren Sie sofort nach New York, daß mir Briefe und Telegramme mit dem nächsten Zuge nach Chikago nachgesandt werden.«

»Yes Sir«, schrie der Chauffeur zurück. – Er stoppte – wie der Wind war der Empire-Expreß an ihm vorüber – in wenigen Sekunden war das Auto nur noch ein Punkt am Horizont und bald war es ganz verschwunden.

Erst jetzt stiegen die beiden neuen Passagiere vom Trittbrett in den Zug hinein.

Von allen Seiten wurden sie wegen ihrer kühnen Fahrt beglückwünscht. Während der eine von ihnen sich in den bequemen Ledersessel setzte, begrüßte der andere einen Bekannten von sich, der im Zuge saß.

»Well, Johnston. Ich mußte den Zug erreichen. Verließ meine Office in New York bei Börsenschluß – um 3 Uhr – – auf die Minute. Leider hatte mein Auto Aufenthalt und erreichte den Zug in New York nicht mehr. Aber bis Stamfort fährt er nicht allzu schnell, das war mein Vorteil, so konnte ich ihn einholen. Morgen bin ich rechtzeitig bei der Eröffnung des Marktes auf der Chikagoer Börse. Nachmittags 3 Uhr geht es mit dem Gegenzug zurück, und übermorgen erreiche ich die New Yorker Frühbörse.« John Workmann, welcher dicht dabeistand, bekam zum ersten Male in seinem Leben einen Einblick in das aufreibende amerikanische Geschäftsleben. Jetzt begann er zu begreifen, warum seine Landsleute tagtäglich nach immer mehr »speed« schrien.

Der Zug begann speed und immer mehr speed zu entwickeln; mit einer Geschwindigkeit von achtzig Meilen in der Stunde jagte er in beinahe nördlicher Richtung dahin. Immer auf dem linken Ufer des Hudson bleibend, folgte er dem Laufe dieses Flusses 200 Kilometer weit bis zum Städtchen Albany. Dann schwenkte die Bahn energisch nach links. Auf einer mächtigen eisernen Brücke donnerte der Westerntrain über den amerikanischen Rhein, und die wilde Jagd gen Westen begann. Utica und Syracuse flogen vorüber. Durch den Bahnhof von Rochester brauste die wilde Jagd und kam erst in Buffalo am Eriesee wieder zum Halten. Jetzt folgte der Bahnstrang über 250 Kilometer unmittelbar dem Seeufer. Während die Sommernacht hereinbrach und Dunkelheit die Landschaft umhüllte, saß John Workmann neben Fred Harryson im Aussichtswagen und suchte vergeblich das andere Ufer des Eriesees zu entdecken.

»Jetzt endlich«, erklärte Fred, »kommen wir aus dem Staate New York heraus und bleiben etwa eine Stunde im Staate Pennsylvania. Dann kommt Ohio, und bei Tagesanbruch werden wir Indiana erreichen.«

John Workmann saß da und hörte und staunte. Wie groß waren doch die Vereinigten Staaten, die zusammen sein Vaterland bildeten. Wohl an 60 solcher Staaten waren es, welche die Union bildeten, und der Westerntrain, der Empire-Expreß, der schnellste aller schnellen Züge, brauchte halbe Tage, um auch nur einen einzigen dieser Staaten zu durcheilen. Unendliche, reich gesegnete Fluren waren an diesem Nachmittag vor den Augen des jungen Reisenden vorübergeglitten. Wälder, deren allzu dunkles, bronzeartig schimmerndes Grün bereits den nahen Herbst ahnen ließ. Felder, auf denen der Weizen seine Halme unter der Last der schweren Körnerfrucht zu Boden bog, Felder, die zur Ernte reif waren.

John Workmann überlegte, daß er vier Nächte und fünf Tage so weiterfahren und jagen könnte, bevor der Zug ein anderes Weltmeer, das goldene Frisko und die Westgrenze seines Vaterlandes erreichen würde. Er sann und dachte, während die Räder des Schnellzuges ihr eintöniges Lied auf den Schienen hämmerten, und während des Denkens sanken ihm die Lider hinab, und er fiel in einen tiefen, traumlosen Schlaf gesunder Jugend.

Es war bereits heller Morgen, als Fred Harryson ihn anstieß und munter machte. Sein erster Blick fiel wieder auf eine unendliche Wasserfläche. Aber es war nicht mehr der Erie-, sondern der Michigansee, an dessen Südufer der Zug jetzt entlangraste. In Fred Harrysons Begleitung begab er sich in den Frühstückswagen und verfolgte auch während des reichen Mahles, das der schwarze Zugkellner auftrug, eifrig die Gegend. Auch hier Felder und Farmen. Aber man merkte bereits die Nähe der Großstadt. Da stand mitten im üppigen Korn eine Riesenreklame, eine übermenschlich große Holzzigarre, darüber in goldenen Buchstaben: The Hiavatha cigar manufactury.

Schon war der letzte Buchstabe in dem blauen Himmel wie ein feines Goldflittern verschwunden, und rein mechanisch sprach John Workmann vor sich hin:

»Hiavatha, die beste 5-Cent-Zigarre der Welt.« – Denn so lautete überall in der Union die Reklame für diese Zigarre, die er von seinen Zeitungen her kannte. Andere Reklamen für Milch, Cornedbeef und Kaugummi folgten. Dann, während der Zug noch mit unverminderter Geschwindigkeit weiterlief, ein Riesenkomplex roter Backsteingebäude, die Dachfirste gekrönt von der Hiavatha-Zigarre. Das mußten zweifellos die Hiavathawerke selbst gewesen sein. Jene Riesenwerke, in denen Tausende von Menschen arbeiteten, um Millionen von Zigarren herzustellen. Der Unternehmer mußte ein ebenso großer Mann sein wie Bennett. Aber John Workmann schauderte vor dem Gedanken zurück, in dieser Art selbst einmal Geld zu verdienen. Die Arbeitsstätten sahen zu unheimlich aus.

Jetzt rasselte der Zug in eine Riesenhalle. Genau wie in New York auf der Zentralstation war es. Züge fuhren ein und aus, und Hunderte von Menschen eilten hin und her.

Chikago, die Stadt der Winde, war erreicht. Derselbe weißlich-graue Kohlendampf aus Hunderten von Lokomotiven lagerte wie in New York in einer dichten Wolke unter dem eisernen Kuppeldach. Dieselben Menschen mit denselben Wünschen eilten an den Zügen hin und her. Zeitungen – die ersten Morgenzeitungen wurden ausgerufen, und das war es, was John Workmann am meisten interessierte. Er kaufte sich die Ausgabe der »Chikagoer News«.

Dann sprangen die Zugbediensteten wieder in die Wagen, die Türen klappten zu, langsam setzte sich der Zug in Bewegung und rollte aus der Riesenhalle weiter gen Westen.

In dem mattgoldenen Frühlicht tauchten, als der Zug die Halle verlassen, zuerst graue Häusermassen zu beiden Seiten auf, hier und da Riesengebäude – hohe Schornsteine, hier und da Einblick in eine der Straßen. Noch lagen sie um diese Zeit still und ruhig und ließen nichts von dem riesenhaften Verkehr ahnen, der wenige Stunden später auf ihnen tobte. Schneller und schneller jagte der Zug seinem fernen Ziele, San Franzisko, zu. Weiter und weiter versank die Stadt.

Noch immer blickte John Workmann auf das steinerne Wunder der Riesenstadt, bis es nur noch wie eine große Dunstwolke sich gegen den Morgenhimmel am Horizont abhob. Ein leises Lächeln stahl sich in sein Gesicht. Da war er nun in Chikago gewesen und hatte doch nichts gesehen. Nicht einmal gewußt hätte er es, wenn man es ihm nicht gesagt hätte.

Langsam ging er zu seinem Platz zurück.

Er wachte erst aus, als der Zug weit von Chikago durch das Land eilte. Illinois wurde durchrast, auf einer riesenhaften Brücke ging der Zug über den Mississippi und drang in den alten Indianerstaat Iova ein. Der Missouri wurde überschritten und Nebraska angeschnitten. Durch endlose Gegenden rollte der Zug, Meilen auf Meilen durch die Kraft des Dampfes mit jagender Sturmeseile durchmessend, bis er endlich nach einer zweiten Nacht am frühen Morgen Springshill erreichte.

Ein einfaches, fast wie ein Blockhaus aussehendes Stationsgebäude war es, vor dem der Expreßzug, um Wasser einzunehmen, mehrere Minuten halten mußte. Andernfalls wäre die kleine Station niemals zu einem Haltepunkt für den Schnellzug geworden. Soweit man ringsum blicken konnte, dehnte sich nach allen Seiten die endlose Prärie.

Fred Harryson zeigte auf die weiten Grasfelder.

»Hallo, John, da siehst du vor uns die Prärie. Das war einmal der Schauplatz der Heldenkämpfe zwischen den Rothäuten und uns Weißen.«

»Stimmt!« erwiderte John Workmann. »Ich habe immer gewünscht, die Prärie zu sehen. Sie sieht aus wie der Ozean bei New York. So, als ob sie überhaupt keinen Anfang und kein Ende besäße.«

»Es ist fast so, Jonny. Du kannst wochen-, ja du kannst sogar dort nach Westen hinüber monatelang in ihr wandern, bevor du ihre Grenzen erreichst.«

Sie traten beide in die Holzhütte, die sogenannte Station, die einen Warteraum und eine Wohngelegenheit für zwei Eisenbahner enthielt.

»Hallo, Boß!« redete Fred Harryson den einen derselben an, »ist niemand hier von Springfield?«

»No, Sir! Aber in Springshill, im Hotel Wisconsin, könnt ihr wahrscheinlich jemanden von Springfield antreffen. Wollt ihr dort arbeiten?«

»Yes, Sir«, erwiderte Fred Harryson. »Ich hoffe, es gibt was zu tun.«

»Seid ohne Sorge. Das Jahr scheint ein besonders gesegnetes zu werden. Wir werden wahrscheinlich wieder zuwenig Hände haben, um alle Frucht einbringen zu können. Von wo kommt ihr?«

»Von New York, Sir!«

»Ihr habt recht daran getan, daß ihr das Hudsonbabel verlassen habt und hier Arbeit sucht.«

Fred Harryson nickte und wandte sich zum Gehen! Während er aus dem Holzhause auf die Landstraße treten wollte, kamen wie eine wilde Jagd fünf Reiter aus der Prärie gestürmt, Gestalten, wie sie John Workmann noch nicht kannte.

Er erschrak, als die fremden Reiter ihre Revolver abfeuerten, und glaubte nichts weniger, als daß es sich um einen Überfall von Räubern handele.

»Was sind das für Leute, Fred?« fragte er leise.

Fred Harryson, der sein Erschrecken bemerkt hatte, lachte und entgegnete:

»Das sind Cowboys, die hier Halt machen, um einen Whisky zu trinken. Die Burschen sind ewig durstig.«

Große, breitkrempige Hüte trugen die Cowboys auf ihren sonnenverbrannten, scharfgeschnittenen Gesichtern, hatten bunte Hemden an, welche die Brust offen ließen, Lederhosen, welche mit Schafwolle bekleidet waren, und einen Gürtel, in dem drohend mehrere Revolver und Messer steckten. Struppige, große Hunde begleiteten sie und wurden von ihnen mit der Peitsche im Zaume gehalten.

Fred Harryson und John Workmann gingen den von der Station führenden Landweg zu der kleinen Ortschaft Springshill.

Ein Weg von trostloser Beschaffenheit zog sich in der Nähe des Bahndammes entlang.

»Ein schlimmer Weg, Fred«, sagte John Workmann und zeigte auf die einen halben Meter tief ausgefahrenen Spuren.

Ein kleiner Hügel tauchte vor ihnen zur linken Seite auf, und mehrere Rauchwolken, welche zum klaren Himmel aufstiegen, zeigten, daß dort Menschen wohnten.

Fred Harryson deutete auf den Hügel und sagte:

»Dort ist Springshill, die größte Stadt in einem Umkreis von mehreren hundert Meilen.«

»Eine Stadt?« fragte John Workmann verwundert und versuchte irgendwo ein Haus zu entdecken.

»Yes, Jonny, die Häuser liegen auf der anderen Seite des Hügels. Du wirst sie gleich erblicken.«

Zwei Kilometer weiter sah John Workmann tatsächlich drei kleine Holzhäuser auftauchen, zwischen denen der Landweg, vom Eisenbahndamm abzweigend, in die Prärie führte.

John Workmann zeigte auf die Häuser und sagte:

»Hör mal, Fred, du hast dir wohl einen Spaß mit mir gemacht? Das ist doch keine Ortschaft, in die wir hinein können.«

»Doch, mein Junge«, erwiderte Fred Harryson. »Sogar eine große Ortschaft. Du findest hier erstens einen Saloon, in dem sämtliche Prärieläufer und Cowboys ihre Zeit totschlagen. Und zweitens findest du dort einen Storekeeper, bei dem du die beste Stiefelwichse, Magentropfen, Schmieröl für Wagen, Leder und Kleidungsstücke, Frankfurter Würstchen und Hosenknöpfe zusammenfindest. Manchmal auch einen guten Schweizerkäse, und vor allen Dingen Tabak. Alle Monat kannst du dort auch Zeitungen lesen. Das heißt, wenn ich dir einen guten Rat geben darf, lies dort keine Zeitung, denn die Leute würden dich für einen Verbrecher ansehen.«

»Warum?« fragte John Workmann erstaunt, der, sobald man auf Zeitungen zu sprechen kam, interessiert aufhorchte.

»Erstens kann die Hälfte von den Leuten hier überhaupt nicht lesen. Zweitens interessiert es die wenigsten, was außerhalb von Springshill in der Welt passiert. Ja, wenn eine Zeitung von Springshill existierte, die würden sie unbedingt lesen. Aber was in New York und Chikago oder sonstwo los ist, das kümmert hier keinen Menschen. Höchstens einen Verbrecher, der irgendwo etwas ausgefressen hat und sich aus den Zeitungen informieren will, ob man ihm auf der Spur ist, der nimmt sich die Zeitungen vor und liest sie, der Sheriff natürlich auch.«

»Das ist ja trostlos, Fred! Ich werde aber trotzdem die Zeitungen lesen.«

»Dann tue es wenigstens so, daß dich niemand dabei sieht.

Geh irgendwo an einen Platz in der Prärie und lies dort die Dinger. Das Haus dort am Horizont mit dem roten Anstrich ist das Hotel Wisconsin.«

John Workmann lachte:

»Ein Hotel?«

»Jawohl, ein Hotel«, entgegnete Fred Harryson. »Natürlich ist es nicht ein Riesenbau wie in New York und den anderen Großstädten. Die meisten Menschen brauchen hier kein Hotel. Entweder schlafen sie in der Schankstube auf dem Boden oder, wenn gut Wetter ist, legen sie sich mit ihren Wolldecken ins Grasfeld. Ich sage dir, Jonny, auch du wirst noch entdecken, daß es sich im Grasfeld oft viel schöner schläft als im Hotelbett. Ich glaube sogar, daß der Wirt hier außer einer eisernen Feldbettstelle für sich selbst kein zweites Bett im Hause hat.«

»Aber warum nennt er sein Haus denn Hotel?«

»Weil er unten im Hause den Saloon betreibt, in dem er Whisky und Bier ausschenkt. Das darf er nach den Gesetzen nur in Verbindung mit einem Hotel. Übrigens rate ich dir dringend davon ab, Flaschenbier zu trinken. Es ist unter Umständen mehrere Jahre alt. Dagegen kann ich dir Sodawasser und Whisky empfehlen, es ist ein Vorbeugungsmittel gegen das Präriefieber. Komm nun weiter!«

John Workmann stand noch immer schweigend da.

Der ältere Freund schlug ihm auf die Schulter. »Du kannst dich wohl von dem schönen Anblick der Station noch nicht trennen? Ich sage dir, Springshill ist eine Perle der glorreichen Union.«

»Der Ort gefällt mir nicht«, rief John Workmann. »Es ist eine Unverschämtheit von den Leuten hier, die drei wackligen Holzbuden einen Ort zu nennen. Wir wollen machen, daß wir weiterkommen. Du kennst doch den Weg.«

Fred Harryson pfiff durch die Zähne:

»Die Sache ist nicht so einfach, wie du denkst, Jonny. Die Farm, zu der wir wollen, Springfield, liegt noch 150 Meilen von hier nach Süden zu. Das sind fünf Tage strammer Marsch, wenn wir die Sache zu Fuß machen wollen.«

In diesem Augenblick hörten sie hinter sich das Geräusch galoppierender Pferde.

Zu gleicher Zeit wandten sie die Köpfe und sahen in eine Staubwolke gehüllt von der Station herkommend die Cowboys.

»Spring beiseite, John«, rief Harryson, »die Kerle reiten uns über den Haufen!«

Die letzten Worte wurden bereits von dem Knattern der Pferdehufe auf dem trockenen, harten Boden des Prärieweges übertönt.

Hastig sprangen sie beiseite, und dann jagten wie die wilde Jagd, einen lauten Yell (Schrei) als Begrüßung ihnen zurufend, die Cowboys vorüber.

»Stop, Boys!« rief aus der Mitte der Reiter irgend jemand. Die Pferde wurden herumgerissen, so hart, so scharf, daß sie fast in die Knie brachen, und der ganze Haufen hielt dicht vor John Workmann und Fred Harryson.

Jetzt drängte ein Reiter das Pferd zu John Workmann heran und rief:

»Komm einmal näher, mein Junge, ich habe mit dir etwas zu sprechen.«

John Workmann blickte voll Interesse auf den von der Sonne tief gebräunten Mann, dessen blaue Augen klar und furchtlos auf ihn niederschauten. Den mächtigen grauen Filzhut trug er weit im Genick, und im Gegensatz zu seinen Begleitern besaß er einen bis auf die Brust herabfallenden blonden Vollbart.

»Ich wollte mit dir und deinem Freunde ein kurzes Wort reden«, sagte der Mann, »ich bin der Sheriff von Endicott und auf der Streife durch den Staat nach einem Farmräuber. Ich will euch den Burschen beschreiben, vielleicht habt ihr mehr Glück und könnt euch die Prämie von 2000 Dollar auf seinen Kopf verdienen. Der Bursche streift seit einigen Tagen hier herum und soll gestern in der Nähe von Manituba Farm ein neues Verbrechen ausgeführt haben. Er ist ungefähr 22 Jahre alt, einen Kopf größer als ihr, bartloses Gesicht und besitzt eine Narbe unter dem rechten Auge, die sich über die rechte Gesichtshälfte hinüberzieht. Daran könnt ihr ihn sicher erkennen. Es ist gleichgültig, ob ihr ihn lebend oder tot einliefert. Die Belohnung wird euch in jedem Fall ausgezahlt. Good bye!«

Ein Wink von seiner Hand zu den abseits wartenden Cowboys, einige gellende Zurufe, und in wenigen Sekunden waren sie, den Ort Springshill durchreitend, in der Prärie verschwunden.

»Die Gegend wird immer schöner«, rief John Workmann Fred Harryson zu, »es gibt also tatsächlich noch Räuber hier im Westen.«

»So sicher wie in den Straßen von New York sind wir hier nicht, mein Junge«, erwiderte Fred Harryson, »und ich bin deshalb ganz zufrieden, daß wir zu zweit den Weg durch die Prärie machen.«

Nach diesen Worten setzten sich beide in Bewegung. John Workmann fragte:

»Hör mal, Fred, du sagtest, daß wir nach Springsfield Farm fahren können. Geht dorthin eine Eisenbahn?«

»So etwas Ähnliches, mein Junge. Du wirst bei Springshill sehen, daß bis dicht an die Bahn heran eine schmalspurige Feldbahn von der Farm läuft. Mittels Motorlokomotive, welche die mit Getreide oder Feldfrüchten beladenen Loren zieht, schafft die große Farm ihre Riesenernten zur Bahn. Anders wäre es unmöglich, auch nur den vierten Teil zu bewältigen. Du wirst sehen, wie selbst auf der Farm nach allen Richtungen hin die Feldbahn gelegt ist, um bei der meilenweiten Ausdehnung den Boden ausnützen zu können.«

»Ich habe mir das ganz anders gedacht. Ich habe geglaubt, daß die Farmer mit ihren Leuten und mit Vieh und Wagen die Felder bestellen. Noch niemals hörte ich, daß es Farmen gibt, die vermittels einer Schienenbahn bewirtschaftet werden.«

»Die kleinen Heu- und Gemüsefarmer bei New York können wohl mit ihren eigenen Kräften und einigen Arbeitern ihre Farm bewirtschaften, John, aber hier im Westen findest du nur Riesenfarmen, die oft größer sind als ein kleines Fürstentum in Europa. Du wirst dich wundern, wenn du alle Maschinen siehst, welche die Menschen erfunden haben, um diese ungeheuren Flächen nutzbar zu machen. Doch davon später. Jetzt stehst du vor der Stadt Springshill, vor ihr, die nur drei Häuser besitzt, in denen du alles erhältst, was du irgendwie in der Prärie gebrauchen kannst.«

»Es sind tatsächlich nur drei Häuser! Bis jetzt glaubte ich noch, daß du dir einen Spaß mit mir machen wolltest.«

»Nein, mein Junge! Du siehst hier dicht vor dir das rote Haus mit der Inschrift: European Hotel, Nebrasca's greatest tenement (Nebraskas größtes Haus).«

John Workmann lachte hellauf. Im Geiste verglich er dieses einstöckige, kleine Haus mit den Riesenbauten der Hotels zu New York, deren oberste Stockwerke, vom zwanzigsten aufwärts, sich in den Himmel zu verlieren schienen. Dagegen sah das hier wie ein Spielzeug aus einem Broadway-Laden aus.

Deutlich konnte John Workmann im oberen Stockwerk des aus Holz gebauten Hauses drei kleine Logierzimmer sehen, während das ganze untere Geschoß von dem Barraum, der Küche und einigen Nebengelassen eingenommen wurde.

Der Barraum war der Ausschank des Hotels, und an den Holzpfählen, welche an der Straße mit einem kleinen Bretterdach darüber errichtet waren, banden Cowboys und sonstige Berittene ihre Pferde an. – Weniger für die Tiere als für die Menschen waren an den Pfählen große Tafeln angeschlagen, auf denen zu lesen war:

Lagerbeer, Brandy und vor allen Dingen: Old Whisky. An den Pfählen waren einige Pferde angebunden.

»Es ist nicht so ganz vornehm wie das Waldorf-Astoria-Hotel, John. Dafür liegt dort noch eine zweite Gastwirtschaft, welche du in gleicher Qualität auch nicht in New York finden wirst«, sagte Fred Harryson. Jetzt lachte John Workmann laut auf:

Dieses zweite Gebäude, ja, war das überhaupt ein Gebäude? Das schien eher ein Stall für Kühe! Aber nein, für Kühe war es noch nicht groß genug, ein Verschlag für Schweine oder dergleichen. Baufällig hing das Ganze windschief nach der rechten Seite, als ob es im nächsten Moment einen Haufen Bretter bilden wollte. Aber auf einer großen Tafel, welche sich über das Dach hinzog, war mit Riesenbuchstaben zu lesen: Nebrasca's first Saloon, und an einem hohen Mast flatterte eine schmutzige, sturmzerfetzte amerikanische Flagge.

»Du hast recht, Fred«, sagte John Workmann, »eine derartig gewöhnliche Schnapskneipe findest du in ganz New York nicht.«

Und wieder lachte er laut auf.

Seine Augen lasen auf einem anderen Riesenschild den stolzen Namen: Warenhaus.

Das war das dritte und letzte Haus des Ortes.

Hier wohnte ein shop-keeper, ein Händler, der in seinem Laden alles hatte, was man sich in dieser Gegend nur denken konnte.

Drogen und Nahrungsmittel, Schuhwichse und Nägel, Seile, Zahnbürsten und Haaröl, schwere Messer, Revolver und allerlei Eisengeräte, Tabak und Kleidungsstücke, und vor allen Dingen wieder Whisky von allen Arten und Sorten. Dieser Laden gefiel John Workmann noch am besten. Er erinnerte sich an die Läden in Hoboken, wo für die Ozeanfahrer, für das Seevolk allerlei ähnliche Dinge in ein und demselben Laden zu kaufen waren.

Jetzt schlug John Workmann seinem Freund auf die Schulter und sagte:

»Hör mal, Fred, wie weit liegt nun noch die Springfield Farm von hier aus?«

»Ich sagte schon, 150 Meilen, Jonny. Fünf Tage strammer Marsch, wenn wir nicht eine Fahrgelegenheit finden.«

»Ich verzichte«, erwiderte John Workmann mit nachdenklichem Gesicht. »Ich bin überhaupt kein Freund von Zeitverlusten. Ich bin in die Welt gegangen, um vorwärtszukommen und Geld zu verdienen. Ich hätte lieber in die nächste größere Stadt fahren sollen.«

»Möglich«, meinte Fred Harryson. »Aber glaubst du wirklich, die Menschen warten in den Städten bloß auf dich, damit du Geld verdienen kannst?«

»Das ja gerade nicht, Fred, aber es bietet sich einem da hundertfach Gelegenheit dazu, und sei es als Fensterputzer oder Tellerreiniger.«

»Um Fensterputzer oder Tellerreiniger zu werden, hättest du auch in New York bleiben können.«

»Ich meine nur so, weil ich schon seit vier Tagen keinen einzigen Cent mehr verdient habe.«
Jetzt lachte Fred Harryson:

»Die Welt wird tausend Jahre alt, ehe du mit deinen Cents auf diese Weise Millionär wirst.«

»Darin gebe ich dir recht. Statt der Cents möchte ich lieber Dollars verdienen.«

»Das wirst du ja. Du bekommst auf der Farm, wo jetzt während der Ernte jede Hand willkommen ist, pro Tag anderthalb Dollar. Außerdem Essen und Trinken. Zum Schlafen suchen wir uns in den trockenen Heuscheunen einen molligen Winkel. Alles Geld, das wir verdienen, ist unsere Ersparnis. Ich habe im vorigen Jahr so viel von hier mit nach New York genommen, daß ich davon im Winter mein Leben und meine Studien bezahlen konnte. Sei zufrieden und laß uns in das European-Hotel gehen. Dort hoffe ich Nachricht über die Beförderung nach Manituba Farm zu erhalten.«

16. Kapitel

»Hallo, Mr. Arndt«, begrüßte Fred Harryson schon von der Schwelle her den Wirt, der rund und behaglich hinter dem Schanktisch stand.

Mehrere Farmer, welche vor der Bar standen, wendeten die Köpfe und sahen auf Fred Harryson.

»Hallo, Mr. Harryson, freit mich, Ihne wiederzusehe«, rief Mr. Arndt. Er sprach jenes eigentümliche Kauderwelsch von Englisch und Pfälzisch, welches die eingewanderten Pfälzer und Hessen noch nach Generationen beibehalten.

»Freit mich really, Sie zu sehe, und Ihre junge Friend habe Sie auch mitgebracht?«

»Yes, Mr. Arndt, geben Sie uns vor allen Dingen zwei Glas Lagerbier und lassen Sie uns in der kitchen einige Sandwiches machen.«

»Soll besorgt werden, Mr. Harryson«, erwiderte der Wirt, während er zwei Glas Lagerbier einschenkte, »wolle wohl wieder nach Manituba?«

»Yes, Mr. Arndt, glaube, sie werden mich wieder brauchen können.«

»Das weiß Gott«, mischte sich einer der Farmer ein, »wir sind hier draußen dankbar für jede Hand, die sich uns zur Verfügung stellt. Wollen Sie zu mir auf die Wilcox-Farm kommen? Zahle Ihnen pro Tag einen Quarter mehr als Mr. Hamley.«

»Tut mir leid, Sir«, entgegnete Fred Harryson, »ich habe Mr. Hamley mein Wort gegeben, dieses Jahr wieder die Mähmaschine zu bedienen.« –

Geschäftig hantierte der dicke Wirt, der ganz und gar nichts von einem echten Amerikaner hatte, hinter der Bar und stellte jetzt zwei große Gläser hellen, schäumenden Bieres vor Fred Harryson.

»Deine Gesundheit, mein Junge!« sagte Fred Harryson und trank John Workmann zu, welcher auf dem staubigen Wege durstig geworden war, und mit langem Zuge das erfrischende, wenig Alkohol enthaltende Getränk zu sich nahm.

»Well«, fuhr Fred Harryson fort, »ich werde mit Mr. Hamley telefonieren, damit er uns mit der Motordräsine abholt.«

John Workmann blickte ihn überrascht an.

»Glaubst du wirklich, Fred, daß man uns einen Motorwagen 150 Meilen über Land entgegenschickt?«

»Aber sehr stark, Jonny. Sie brauchen jetzt, da der Weizen reif ist, alle Hände, und besonders mich, der ich eine Mähmaschine bedienen kann. Jetzt ist es 2 Uhr nachmittags, und bis zum Abend werden wir in Manituba Farm sein.«

Er verschwand hinter einem hölzernen Verschlag, in dem sich eine Telefonleitung befand, die nach Manituba Farm führte. Während seiner Abwesenheit lauschte John Workmann interessiert auf die Gespräche der an der Bar stehenden Farmer.

Vieh und Weizen, der Ertrag der Ernten in diesem Jahr, der Mangel an Arbeitskräften, das war die Unterhaltung, welche die Männer führten. Man sah es diesen Männern nicht an, daß sie große Vermögen repräsentierten. In den großen Städten hätte man ihnen höflichst auf der Straße Platz gemacht, in der Meinung, nach der Kleidung zu urteilen, mit Landstreichern zu tun zu haben. Und doch besaßen sie vielleicht mehr Vermögen als mancher Bankier in den großen Städten, und sie waren im Winter die bestzahlenden Gäste in den großen amerikanischen Hotels.

In diesem Augenblick kam Fred Harryson wieder aus dem Verschlage heraus.

»Hol's der Teufel, ich kann keinen Anschluß bekommen. Sie sitzen doch sonst in Manituba Farm nicht auf den Ohren. Ich fürchte fast, die Leitung ist gestört.«

»Faule Sache«, brummte der Farmer, der Fred Harryson zu engagieren versucht hatte. »Wenn Sie keinen Anschluß bekommen, schickt Mr. Hamley die Motordräsine heute sicher nicht mehr runter. Sie haben auch jetzt zu hart zu tun, um die Leitung sofort abzusuchen. Da werden Sie hier wohl ein paar Tage vor Anker gehen müssen.«

»Eine Motordräsine? Was ist denn das?« fragte John Workmann.

»Das praktischste Ding von der Welt, John«, erklärte Fred Harryson. »Ein federleichtes Gestell mit vier Rädern, die auf die Spurweite des Geleises passen. Dazu ein kleiner Benzinmotor, der die ganze Karre mit 70 Meilen über das Geleise dahintreibt. Hätten wir die Dräsine hier, so könnten wir in 2½ Stunden in Manituba sein.«

»Ich halte nix von dem Gelumpzeug«, mischte sich Mr. Arndt ein. »Vor Jahren hielt ich mir selber solch Ding, um mal schnell in die Prärie kommen zu können. Alle Augenblicke war an dem Motor etwas entzwei. Schließlich habe ich Stück um Stück davon verkauft. Erst den Motor, dann das Getriebe. Gerade das Wägele selbst mit seinen vier Rädern liegt noch in der Rumpelkammer.«

John Workmann war unruhig im Schankraum hin- und hergegangen, während der Wirt sprach und Fred Harryson seine Sandwiches vertilgte.

»Können Sie mir den Wagen zeigen?« fragte John Workmann unvermittelt den Wirt.

»Wenn Ihne des Gelumpzeug Freid macht, müsse Sie hinter das Haus gehe und in den Stall gucke.«

»Was willst du denn mit dem Wagen machen?« rief Fred Harryson, aber John Workmann war schon draußen, um sich das Gelumpzeug anzusehen.

Dicht hinter dem Hause liefen die Schienen der Feldbahn, und John Workmann konnte den Strang als eine fortlaufende Linie bis zum Horizont der Prärie verfolgen. Sinnend blieb er vor dem Geleise stehen und blickte auf die weite, braun-grün schimmernde Fläche hinaus, die fast ohne Grenzen, wie das unendliche Meer vor ihm lag, und er vergaß fast, daß er ja auf den Hof gekommen war, um sich den motorlosen Wagen anzusehen.

Wie gebannt hingen seine Augen an dem in der Ferne mit dem Himmel verbundenen Horizont der Prärien.

Dort irgendwo vor ihm sollte das noch unfaßbare Glück liegen, ja dort mußte es irgendwo liegen – ganz sicher – ganz bestimmt – entweder die Goldmine oder die Petroleumquelle oder die Kohlen- und Eisenstätten.

Und im Geiste sah er sich bereits im Besitz des Landes, herrschend wie ein großer Fürst, und Tausenden Arbeit und Brot gebend. Er brauchte ja jetzt nur in die weite, unendliche Welt hineinzuwandern, und in ihm war eine Stimme, die ihm sagte:

»Du wirst das finden, was du hier suchst.«

Dann überlegte er bei sich. Eigentlich war es eine Dummheit, daß er auf die Manituba Farm ging, um dort wie ein gewöhnlicher Arbeiter mehrere Monate lang sein Geld zu verdienen. Er glaubte ja doch zu wissen, daß man Geld nicht mit den Händen verdient, sondern dadurch, daß man Tausende von anderen Händen für seine Sache in Bewegung setzt. Aber natürlich müßte er erst solche große Sache sein eigen nennen.

Wie gebannt hingen seine Augen an den weiten Gefilden vor ihm. In deren Bann waren Tausende und aber Tausende von Auswanderern gezogen worden, hatten wilde Kämpfe mit Indianern bestanden und waren als reiche Leute nach Jahren zurückgekehrt – oder in der Prärie gefallen.

»Hallo, Jonny, fängst du hier Moskitos oder was fehlt dir?«

»Was mir fehlt, Fred, eine Fahrgelegenheit nach Manituba Farm. Vielleicht finden wir sie dort in dem alten Stall.«

Da lachte Fred Harryson laut auf.

»Du hast doch gehört, Jonny, daß der Wirt seine Motordräsine so richtig abgewrackt hat. Damit ist sicher nichts anzufangen.«

»Sehen wir sie an«, meinte John Workmann und drang entschlossen in den Stall ein. Eine Wolke von Schmutz, Staub und Rost. Ein wilder Haufen von allem möglichen und unmöglichen Gerümpel. Aber aus dem Wuste schaute das eiserne Rad eines Wagengestelles hervor, und kopfschüttelnd half Fred Harryson, das ganze Gestell aus dem Haufen herauszuziehen und ans Tageslicht zu bringen.

Vier Räder, etwa in der Größe von Fahrrädern. Die Felgen aus leichtem Stahlblech und mit Flanschen versehen, so daß sie auf einem Eisenbahngleis die Spur halten mußten. Zwei Achsen, welche die Räder trugen und einfach an ein Eichenbrett von zwei Metern in der Länge und einem halben Meter in der Breite geschraubt waren. Sonst nichts mehr. Das Ganze verstaubt, verrostet und unansehnlich.

Ironisch betrachtete Fred Harryson diese Erwerbung.

»Mit der Karre kommen wir im ganzen Leben nicht nach Manituba Farm.«

John Workmann ließ sich jedoch auf keine Erörterungen ein.

»Hilf mir erst mal, das Ding aufs Gleis zu bringen.« Etwa 50 m von dem Schuppen entfernt lief das Gleis durch das halb verdorrte Gras der Prärie.

»Du bist verrückt, Jonny«, brummte Fred Harryson vor sich hin. Er wurde noch in seinem Urteil durch das weitere Benehmen von John Workmann bestärkt. Der betrachtete nämlich erst den Stand der Sonne, verfolgte mit den Blicken den Lauf des Schienenstranges durch die Prärie und hob dann die rechte Hand hoch.

»Total verrückt«, murmelte Fred Harryson zum zweitenmal vor sich hin. »Leichte Form von Sonnenstich, hervorgerufen durch ungewohnten Aufenthalt in der Prärie.«

»Jetzt werden wir gleich nach Manituba Farm losfahren«, erklärte John Workmann entschlossen. »Geh zu Mr. Arndt, bezahle unsern Lunch und sage ihm, daß wir uns seinen Wagen für ein paar Tage leihen.«

Kopfschüttelnd verschwand Fred Harryson im Saloon, um die Zeche bei Mr. Arndt zu begleichen. Als er nach 10 Minuten heraustrat, bot sich ihm ein eigenartiger Anblick. Aus dem Gerümpelschuppen hatte sich John Workmann drei kräftige Bohnenstangen, einen großen Kartoffelsack und allerlei Bindedraht und Bindfaden zusammengesucht. Zwei der Stangen waren an dem hinteren Ende des Brettes befestigt, so daß sie senkrecht, aber nach oben auseinanderspreizend, in die Höhe gingen. Als Querjoch war die dritte Stange darüber gebunden. Über diesen Rahmen aber war als Segel der große Kartoffelsack mit reichlich 4 qm Fläche gespannt. Der kräftige Südwind schwellte dies improvisierte Segel, und nur deshalb blieb der Wagen noch an seiner Stelle, weil John Workmann einen kräftigen Stein vor seine Räder auf die Schienen gewälzt hatte.

Jetzt begriff Fred Harryson, daß es so wohl gehen könnte. Wie lange, das war freilich eine andere Frage.

»Warte, John«, rief er und sprang noch einmal zu dem Saloon hinüber. Als er wieder herauskam, trug er ein Fäßchen mit frischem Wasser und gehörigen Mundvorrat. In seinem Gefolge befand sich Mr. Arndt mit den übrigen Gästen.

»Der junge Mann ist very smart, der kanns in die United Staates zu was bringe«, meinte Mr. Arndt, während seine Gäste Hurra schrien und ihre Hüte vor Vergnügen in die Luft warfen.

Die beiden Reisenden nahmen auf dem Brett Platz. Mr. Arndt schob den Stein zurück und gab dem wunderlichen Fahrzeug einen kräftigen Stoß nach vorwärts. Erst langsam, dann immer schneller setzte es sich in Bewegung. Jetzt rollte es mit der Geschwindigkeit eines flinken Fußgängers dahin.

Wohl fünf Minuten sprachen die beiden kein Wort. Immer schneller begann das Fahrzeug auf den Schienen vorwärts zu rollen. Je mehr sie aus dem Schutze der Hügel fortkamen, um so stärker legte sich der Wind in ihre Leinwand. Die Stangen und die Seile ächzten. Immer schneller ging ihre Fahrt. In dieser schier endlosen Ebene war es schwer möglich, die Geschwindigkeit taxieren zu können. Sie sahen nur das weite Feld, dessen dürres Gras halbmannshoch wie in Wellen um sie auf und nieder wogte, und freuten sich, wie schnell ihr eigenartiger Segler vorwärts kam.

Für eine Stunde Fahrt hörten sie nichts weiter als das knarrende, metallisch klingende Rollen der Räder auf dem Schienenstrang und das stoßweise Einsetzen des Windes, der sich jetzt zum Sturme steigerte.

Besorgt blickte Fred Harryson zum Himmel empor, dessen Farbe sich geändert hatte.

Sollte es ein Gewitter geben? – Irgendwelche Wolken waren nicht zu sehen. Aber der bis jetzt stahlblaue Augusthimmel zeigte eine graue Färbung und vor ihnen am Horizont merkwürdige schwarze Flecken.

Die flogen bald niedriger, bald höher, und John Workmann verglich sie mit zerfetzten Rauchgebilden, die, aus Fabrikschornsteinen kommend, vom Sturm zerrissen werden.

Fred Harryson sah gespannt auf die seltsame Fleckenbildung, drehte sich jetzt zu John Workmann um und rief:

»He, Jonny, was hältst du von dem Aussehen des Himmels da vor uns. Die Sache gefällt mir nicht.«

»Ich beobachte es auch. Was mögen das für seltsame Wolken sein?«

»Ich weiß nicht, Jonny. Es sieht aus wie ein Präriebrand. Da der Sturm uns darauf zutreibt, so können wir nichts von irgendwelchem Brandgeruch merken. Es würde mir erklären, warum die Telefonleitung unterbrochen war.«

»Meinst du wirklich, Fred, daß die Prärie vor uns brennt?«

Der erwiderte nichts, sondern blickte fieberhaft gespannt dorthin, wo der Schienenstrang den Horizont berührte.

Einmal drehte er sich um:

»Jonny, wir hätten bei Mr. Arndt sitzenbleiben sollen. Erstens waren die Stühle auf jeden Fall weicher als dies Eichenbrett, und zweitens ist mir die Prärie vor uns nicht mehr geheuer.«

Wieder vergingen schweigsame Viertelstunden, während der Sturm immer mehr und mehr anwuchs.

Endlich sagte John Workmann:

»Wenn da vorne Feuer ist, was kann uns geschehen?«

»Der Sturm wird uns in die Flammen jagen.«

»Wait a bit! Da hat der Sturm vor allen Dingen erst bei uns anzufragen. Ich brauche nur die Leinwand hinter uns fortzuschneiden, und unser Wagen kommt zum Stillstand. Aber was dann?«

Fred Harryson sah sehr nachdenklich aus:

»Ja was dann – wenn wir stehenbleiben, sind wir nicht aus der Gefahr. Wenn da wirklich Feuer in der Prärie ist, dann breitet es sich nach zwei Seiten aus.«

»Inwiefern nach zwei Seiten, Fred?«

»Du kennst keinen Präriebrand – auf der einen Seite läuft der Brand im Grasfeld rasend schnell vor dem Winde. Auf der anderen Seite arbeitet er sich langsam gegen den Wind vor. Aber wir würden trotzdem nicht so schnell aus der Prärie herauskommen, um dem Brande zu entgehen!«

Wieder folgten Minuten des Schweigens. John Workmann sann hin und her. Plötzlich fiel ihm etwas ein.

»Ich denke, Fred, wir fahren weiter!«

»Das ist eine Tollheit, Jonny.«

»Ich glaube nicht, Fred.«

»Aber wir fahren ja direkt in die Flammen hinein. Schneide die Leinwand herunter!«

Fred Harryson erhob sich halb von seinem Sitz, um John Workmann bei einem Einreißen des Segels zu helfen.

Auf den Flügeln des Sturmes jagte die bergab gehende Fahrt. Das Maschinenöl und Petroleum, welches John Workmann in die trockenen Lager der vier leichten Räder gespritzt hatte, tat seine Schuldigkeit.

Die Segelfläche von etwa vier Quadratmetern hatte das Fahrzeug von kaum zwei Zentnern im Gewicht vorwärts zu treiben. Längst hatte das Fahrzeug Eisenbahngeschwindigkeit erreicht. Mit mindestens 50 km Stundengeschwindigkeit jagte es vorwärts und jetzt, als sich Fred Harryson erhob, verdichtete sich der Himmel vor ihnen zu dunkler Farbe.

Deutlich konnte John Workmann schwere Rauchwolken sehen, die vom Sturm gepackt in wilder Jagd dahinstoben. Wohl nur noch eine Viertelmeile waren sie entfernt. Mit angstvoll aufgerissenen Augen blickte Fred Harryson auf den roten Saum, der wie ein blutiges Band sich über den Horizont legte, ein schauerliches Band von zwei Meter hohen Flammen.

Und jetzt, in der Angst um sein Leben, aus Furcht vor dem Feuerstrudel des Todes, schrie Fred Harryson noch einmal mit gellender Stimme:

»Reiß das Segel ein, Jonny!«

Aber John Workmann saß mit kaltblütigem Gesicht, in den Augen Energie. Er schrie:

»Nein, Fred! Duck dich nieder! Zieh die Jacke über den Kopf! Wir werden hindurchjagen.«

Mit rasendem Aufschrei, wie ein Wahnsinniger, wollte Fred Harryson aus dem Wagen springen.

Mit fast übermenschlicher Kraft zog ihn John Workmann auf den Boden des Wagens nieder, achtete nicht auf die schweren Faustschläge, welche ihm der um sein Leben kämpfende Fred Harryson versetzte.

Näher und näher kam das gefräßige, alles verheerende Element. Schon hörte man das Rascheln und Zischen, das gewehrschußähnliche ununterbrochene Knattern – – noch einmal versuchte Fred Harryson den auf ihm liegenden John Workmann abzuschütteln. Noch einmal nahm John Workmann all seine Kraft zusammen, um den stärkeren Fred Harryson niederzuzwingen. Hielt ihm, da er sich nicht anders zu helfen wußte, mit beiden Händen die Kehle umspannt, damit ihm die Luft ausging.

Und was dann kam – niemals hätte John Workmann es hindern können.

Eine glühende Hitze – ein Feuerofen – ein Höllenrachen, in den er hineinjagte.

Mit eisigkalter, furchtloser Überlegung riß er über sich und Fred Harryson seine Jacke, so daß ihre Köpfe und Arme darunter waren – dann ein Schmerz, als ob ihn tausend Peitschenhiebe zu gleicher Zeit trafen – ein Tosen, als stürze ein Wolkenbruch hernieder. – Langsam ließ John Workmann die Hände von der Kehle seines Freundes – wartete wie ein lauerndes Tier durch Sekunden oder Minuten, bis die Luft – die erstickend heiße, mit Feuerschwaden gesättigte Luft, wieder geatmet werden konnte – langsam hob John Workmann die Jacke von dem Kopf, blickte hinaus und sah eine ungeheure, schwarze, nichts als schwarze Fläche um sich her.

Weit hinter ihnen lag das Feuer, und nur der Sturm brachte von dort dichte Flockenwolken von Asche und trieb Qualm und Rauch zum Himmel empor.

»Wir sind durch, Fred!« rief er diesem zu, der mit geschlossenen Augen, bleich wie der Tod auf dem Boden des Wagens lag.

»Wasser«; stöhnte er. »Gib mir Wasser zum Trinken. Mir ist, als verbrenne ich.«

John Workmann flößte ihm Wasser ein.

»Sind wir wirklich durch?« fragte Fred Harryson, indem er die Augen öffnete und immer noch denselben furchtsamen, halb abwesenden Ausdruck zeigte, den die Todesangst dem Menschen in das Gesicht prägt.

»Wir sind durch!«

Langsam richtete sich Fred Harryson empor und sah, daß John Workmann die Wahrheit sprach.

Er streichelte John Workmann Hände und Kopf:

»Jonny, du hast eine Heldentat vollbracht. Ohne deinen Mut wären wir elendiglich verbrannt. Mein Gott, wir sind gerade durch das Feuer gefahren.«

»Das sind wir, Fred. Aber jetzt heißt es doppelt und dreifach aufpassen. Die Feuerzone, welche da vor uns in die Prärie hineinjagt, dürfen wir nicht erreichen, sonst müßten wir elend braten. Wir wollen unser Segel verkleinern.«

»Das wird nicht mehr nötig sein«, rief Fred Harryson, »denn unser Segel brennt.«

Bevor sich John Workmann noch umdrehte, fiel ein großer Fetzen dicht neben ihm nieder und sofort sprang er auf.

Die Leinwand hinter ihm brannte lichterloh, und die brennenden Fetzen wurden durch den Wind nach vorn getrieben. Der Wagen aber lief immer noch mit dreißig Kilometern in der Stunde.

»Was kann passiert sein?« fragte Fred Harryson. »Wir sind weit von dem Feuer entfernt und jetzt fängt es erst zu brennen an.«

»Die Leinwand war unser Schutz. Sie hat den Flammen- und Funkenwurf, der uns durch den Sturm nachgetrieben wurde, hinter uns aufgefangen und ist daher in Brand geraten. Ich will retten, was zu retten ist. Wir können nicht wissen, ob wir es nicht noch gebrauchen können.«

John Workmann sprang auf den Sitz und schnitt mit dem Messer die Leinwand, soweit sie noch nicht brannte, von den Stangen. Man merkte alsbald, wie der Segeldruck nachließ. Zusehends verlangsamte sich das Fahrzeug in seiner Bewegung. Nach fünf Minuten bewegte es sich nur noch mit Fußgängergeschwindigkeit.

Jetzt sprang John Workmann zur Seite des Wagens herunter, griff eine der Stangen und brachte das Gefährt völlig zum Stehen.

»Hallo, Fred, komm auch vom Wagen. Überlegen wir, was wir weiter tun können!«

Fred Harryson begann wieder zu denken:

»Ich glaube, wir sind höchstens noch einige Meilen von Manituba Farm entfernt. Es ist jetzt 4 Uhr 30 Minuten.« Er zog seine Taschenuhr. – »Wir sind vor 2½ Stunden von Springshill fortgefahren. Nach meiner Schätzung hat uns das Fahrzeug bei der Sturmesgeschwindigkeit bis dicht an die Farm herangebracht. Man kann sich in der Prärie schlecht einen genauen Ort merken. Aber ich denke, wir müssen ziemlich am Prärierand sein. Soweit ich mich erinnere, beginnt das Land stark zum Springriver abzufallen. Das trockene Präriegras hört da auf, wo die Farmfelder beginnen.«

»Meinst du, daß die Farmfelder nicht auch vom Feuer ergriffen werden?«

»Das ist unmöglich, Jonny. Als Feuerschutz werden gegen den Präriebrand besondere Pflanzungen und Gräben angelegt. Die meisten Anpflanzungen bleiben bis in den Herbst saftig grün. Das Präriefeuer kommt an ihnen zum Stehen.«

Ein neuer Windstoß ging durch das weite kohlschwarze Feld und wirbelte die Asche der verbrannten Gräser in große Staubwolken auf.

»Wir wollen den Wagen abwechselnd schieben. Also mache den Anfang, Fred.«

»All right«, rief Fred Harryson. »Wir wollen uns alle zehn Minuten ablösen und das nach der Uhr regulieren.«

In einer flotten Fußgängergeschwindigkeit rollte jetzt das Fahrzeug auf dem leicht fallenden Gelände vorwärts. Mehrmals hatten sie sich abgewechselt und eine Stunde war dahingegangen, als plötzlich John Workmann, der im Wagen saß, aufsprang, nach rechts in die verbrannten Prärien hineinstarrte und sich dann an Fred wandte und sagte:

»Halte den Wagen an, Fred. Hörst du das Schreien aus der Prärie?«

Atemlos lauschten die beiden, die Hände an die Ohren gelegt, nach der Richtung, die John Workmann angedeutet hatte. Alles war still. Nichts zu hören.

»Du hast dich getäuscht, Jonny!«

»Nein, Fred! Ich hörte deutlich einen Hilferuf. Aus jener Richtung kam er her.«

Wieder lauschten sie.

»Fahren wir weiter, Jonny.«

Fred Harryson wollte den Wagen wieder in Bewegung setzen. Er hielt damit inne, denn jetzt hörte auch er ganz deutlich ein Hilferufen, das wie erstickt klang. Ohne ein Wort zu sagen, sprang John Workmann von dem Wagen und lief mehr, als er ging, nach der Richtung, aus welcher die Schreie herüberkamen.

Fred Harryson folgte. Wieder erklang der Schrei, deutlicher und vernehmbarer. Aber war das überhaupt ein Schrei um Hilfe? Klang es nicht eher wie der Schmerzensruf eines Menschen – gequält – gemartert? Der Ruf beschleunigte den Lauf John Workmanns. Nun erkannte er in der Asche, die mehrere Hand hoch den Boden bedeckte und silbergrau schimmerte, zwei schwarze, dunkle Körper. Das eine mußte ein Pferd sein. Und dicht dabei – das Herz stockte John Workmann – ein Mensch. Das Pferd hatte die ankommenden Menschen zuerst gewittert. Es hob den Kopf nach der Richtung von John Workmann und stieß ein kurzes Wiehern aus.

Ja, es wollte sogar aufspringen, aber es gelang ihm nicht, auf die Füße zu kommen.

Jetzt standen sie dicht neben dem Tiere und sahen, daß es mit furchtbaren Brandwunden bedeckt war. Eine Qual war es, das verunglückte Tier zu sehen. Doch was galt das Mitleid für das Tier, wo dicht neben ihm ein Mensch in einer kleinen Vertiefung lag, das Gesicht in den Boden gedrückt, gerade jetzt hob er wieder den Kopf ein wenig und ließ langgezogene Schmerzensrufe ertönen. Dieselben, die John Workmann zu Hilfe gelockt hatten.

Dieser kniete bei dem Verbrannten nieder.

»Sind Sie bei Besinnung, Freund?«

Aber der Mensch war bewußtlos vor Schmerz. Als er jetzt den Kopf hob, sah John Workmann, daß ihm die Haut auf der einen Gesichtshälfte völlig verbrannt war und daß auch der Körper ebenso verbrannt war wie das Gesicht.

John Workmann stieß plötzlich einen lauten Schrei aus, sprang auf und blickte mit weit aufgerissenen Augen auf den Schwerverwundeten.

»Jonny, was ist dir?« fragte voll Besorgnis Fred Harryson und schüttelte seinen Freund am Arme. Ganz langsam beugte sich John Workmann zu dem Verwundeten herunter, schaute ihn noch einmal prüfend an, drehte sich dann zu Fred Harryson und sagte:

»Hier liegt Bill Smith.«

Fred Harryson verstand ihn nicht.

John Workmann strich sich mit der Hand über die Stirn, wie ein Mensch, der trübe Gedanken fortscheuchen will, und antwortete:

»Da müßte ich dir eine lange Geschichte erzählen. Von einem Jugendfreunde von mir, Robert Barney, Zeitungsjunge wie ich, der dieses Menschen wegen fast ins Gefängnis gekommen wäre. Ich rettete ihn und brachte diesen Banditen – denn das ist er – ins Gefängnis. Mich selbst hat er mit einer Revolverkugel verwundet und jetzt finde ich ihn in der verbrannten Prärie wieder. – Ich denke, wir nehmen ihn hoch und tragen ihn zu unserem Wagen, damit die Leute in Manituba Farm ihm helfen können?«

»Den Banditen willst du mitnehmen?«

»Aber gewiß, Fred.«

Der Verwundete hatte für kurze Zeit das Bewußtsein wiedererlangt. Mit schmerzverzogenen Augen blickte er auf die beiden Fremden, ohne John Workmann zu erkennen, und stöhnte: »Gebt mir Wasser.«

Während Fred Harryson den Verunglückten tränkte, ging John Workmann zu dem Sattel des Pferdes und zog einen der beiden in der Tasche steckenden Revolver hervor. Er entsicherte ihn und steckte die Mündung in das Ohr des Pferdes, wie er es oftmals von den Policemen auf den Straßen von New York gesehen hatte. – Ein kurzer Druck auf den Hahn! – ein Zucken und Bäumen des Pferdes, und es war tot. –

Aber der Schuß hatte wiederum den jungen Desperado zum Bewußtsein gebracht. Er hatte John Workmann erkannt. Ein wilder Fluch entfloh seinen Lippen, so daß Fred Harryson dem Banditen die Faust vors Gesicht hielt und ausrief:

»Wenn du nicht ruhig bist, dann schließe ich dir den Mund, obwohl du verwundet bist.«

John Workmann schnallte dem toten Pferde den Sattel ab.

»Komm einmal her, Fred. Die große Satteltasche scheint mit Eisen gefüllt zu sein. Ich schaffe es nicht allein.«

Sie öffneten die Tasche und sahen, daß sie bis zum Platzen mit Gold und Silberdollars gefüllt war.

»Raubgut«, dachten beide zur gleichen Zeit. Zusammen machten sie sich daran, den wimmernden Desperado zum Wagen zu tragen. Dann holten sie die Satteltasche. Als sie diese auf dem Wagen niederlegten, sagte Fred Harryson:

»Wenn mich nicht alles täuscht, Jonny, so paßt die Beschreibung, die der Sheriff uns heute in Springshill gab, auf diesen hier; obwohl ihm die rechte Gesichtshälfte verbrannt ist, vermag ich doch noch die Narbe zu erkennen, die ein besonderes Merkzeichen an ihm ist. Dann werden wir die Fangprämie erhalten.«

»Möglich, Fred. Aber jetzt wollen wir eilen, daß wir ihn zur Farm bringen. Vielleicht ist er noch zu retten.«

Mit den unverbrannten Resten der Leinwand stellten sie ein Notsegel her. Der Wagen kam in Bewegung, und so fuhren sie ein gutes Stück mit ihm vorwärts, bis sie plötzlich in kurzer Entfernung große, mannshohe Maisfelder vor sich sahen. Die Grenze von Manituba Farm war erreicht.

17. Kapitel

Es war noch dunkel, als Fred Harryson seinen Kumpan weckte. »Get up, Jonny, es ist Zeit sich fertigzumachen. In einer Stunde ist es hell.«

John Workmann kroch aus dem Heuhaufen, in dem er wundervoll geschlafen hatte. Während er sich an einem Hofbrunnen wusch, überflog er die letzten Erlebnisse. Durch das Feuer waren sie gestern auf die Farm gekommen. Einen sterbenden Desperado und eine Satteltasche voller Kostbarkeiten hatten sie dem Besitzer der Farm, Mr. Hamley, abgeliefert. Dann waren sie zum Inspektor der Farm gegangen. Der hatte Fred Harryson wieder dieselbe Mähmaschine zugeteilt, die er schon im vorigen Jahre bedient hatte. John Workmann war ihm zum Anlernen beigegeben worden. Dann hatten sie sich schlafen gelegt, und jetzt stand er hier am Brunnen und hatte den ersten Tag Farmerleben vor sich.

Fred Harryson trat an ihn heran.

»Hurry up, boy, come along with me.« Der Weg bis zum Maschinenschuppen war nicht weit. Fred Harryson hatte das Nachtquartier in der Nähe desselben gesucht und das Frühstück in den Maschinenschuppen bestellt.

Eine kleine Schlupftür in einer mächtigen, zweiflügeligen Wellblechpforte, der Boden asphaltiert, ein Geruch von Öl und Benzin. Mit sicherem Griff schaltete Fred Harryson das elektrische Licht an. Eine große Fabrik schien das hier mitten in der Farm zu sein. Wohl ein Dutzend Leute waren schon an der Arbeit. Hier wurde gefeilt, dort dröhnten Hammerschläge. An einer dritten Stelle goß jemand gluckernd Benzin in einen Motortank.

Fred Harryson schritt in die eine Ecke des Schuppens, die leer von Menschen war. Da stand ein eigenartiges Ding, halb Motorwagen, halb Lokomotive. Eine Maschine mit gewaltigen breiten Rädern, um die sich wie Raupen bandartige Ketten schlangen.

Die nächste Stunde verging John Workmann wie im Traum. Bald mußte er laufen und eimerweise Wasser heranschleppen, welches im Kühler der Maschine verschwand. Bald wieder jagte ihn ein Befehl Fred Harrysons in eine andere Ecke der Halle, wo er, gegen von Fred ausgestellte Quittungen, ungezählte Kanister voll Benzin in Empfang nahm. Fred Harryson lehrte ihn, wie man mit Sieb und Trichter die Maschine füllt, und John Workmann lernte begierig. Noch zehn Kilo Öl in den Schmiertank. Dann ergriff Fred Harryson die schwere Kurbel. Ein paar energische Drehungen, und der Motor sprang an. Polternd und knallend kam er in Bewegung. Jetzt steigerte sich sein Spiel zu rasendem Donner, aber mit schnellem Griff stellte Fred Harryson die Zündung zurück und drosselte die Gaszufuhr. Nur noch leise und gleichmäßig fauchte die Maschine. Der Reihe nach öffnete Fred Harryson die Hähne auf den sechs Zylindern. John Workmann sah, wie aus jedem offenen Hahn im Takte des Kolbenspieles eine bläuliche Stichflamme hinausschoß, ein Zeichen, daß der betreffende Zylinder richtig arbeitete. Dann schwang sich Fred Harryson auf den Sitz des großen Motortraktors, und wieder mußte John Workmann laufen und die großen Torflügel aufreißen. Klirrend und rasselnd sprangen die Zahnräder der Kupplung ineinander. Langsam setzte sich der Traktor in Bewegung und rollte in den Hof hinaus. Er kam nicht allein. Hinter sich her zog er die dreißigpferdige Mähmaschine. Ein breites Fahrzeug, welches nach unten hin wie die bekannten Haarschneidemaschinen beim Friseur gebaut war. Wie sich dort unter einem kammartigen Gebilde fünfzig kleine Messerchen bei jedem Handdruck hin und her schieben, so auch hier. Nur waren die Zinken des Kammes an dieser Maschine einen halben Meter lang, und unter jeder Zinke arbeitete eine schwere Sense von ähnlichem Kaliber. Über diesem schneidenden Kamm aber standen greifende Arme, und dahinter kam ein Kasten mit einer für John Workmann ganz unfaßbaren Mechanik.

»Das ist der Garbenbinder, John. Ich habe dem Chef erzählt, daß du schon eine Mähmaschine bedient hast. Sonst hätte er mir einen anderen Gehilfen gegeben. Halte dich dran, daß du das Ding bis heute mittag in- und auswendig kennst. Jetzt schließe das Tor und komm zu mir auf den Traktor.«

Gelenkig kletterte John Workmann auf den Maschinensitz. Er fand gerade noch knappen Platz zum Stehen und mußte sich an dem schmalen Eisengitter von Fred Harrysons Sitz festhalten. Die Sonne durchbrach eben den Morgennebel, als sie vom Hofe fortrollten.

»Wir haben eine halbe Stunde Fahrt bis zu dem Weizenschlag, den wir heute schneiden müssen. Halte dich dran, Jonny, daß du in dieser halben Stunde den Traktor steuern lernst.«

Und John Workmann lernte, daß ihm der Schweiß trotz der Morgenkälte von der Stirn lief. An Fred Harrysons Stelle saß er auf dem schmalen, sattelartigen Führersitz und hielt das Steuerrad in den Händen. Er lernte Zündung und Gasgemisch geben. Er lernte die verschiedenen Geschwindigkeitsübersetzungen ein- und auszuschalten, und als sie auf das Feld kamen, da fuhr er bereits eine saubere, gerade Linie und wurde von Minute zu Minute vertrauter mit der Maschine.

»Jetzt kommt der zweite Teil«, sagte Fred Harrison, nachdem er ihm genau den Strich bezeichnet hatte, auf dem er den Traktor führen sollte. »Wir machen erst eine Leerfahrt auf den Stoppeln, damit ich die Mähmaschine prüfen kann. Wenn ich schreie, mußt du halbes Gas geben. Wenn ich zweimal schreie, volles Gas.«

Ein Schrei ertönte, und John Workmann glaubte, der Teufel wäre hinter ihm los. Während er halbes Gas gab, spürte er einen Ruck in dem Traktor und ein Klirren, Rauschen, Rasseln und Klappern begann, als ob ein Riese tausend Kilogrammgewichte in einem Sack durcheinanderschüttelte. Während John Workmann mit der einen Hand den Traktor sorgfältig auf dem angegebenen Strich hielt, schaute er sich vorsichtig um. Da sah er die fünfzig Sensenmesser schneidend hin und her fahren. Er sah die Greifarme über den Messern einen wilden Tanz aufführen, und er sah Fred Harryson, der über den Mittelkasten gebeugt stand und dort mit Ölkanne und Schraubenzieher hantierte.

Und dann war die Leerfahrt vorüber. Die erste Vollfahrt begann. Nach der Vorschrift Fred Harrysons mußte John Workmann den Traktor scharf an dem Rande des ungeschnittenen Weizens entlang führen. Zwei Schreie wiesen ihn an, Vollgas zu geben. Diesmal war der Ruck im Traktor viel stärker, das Klappern und Brausen hinter ihm geringfügiger. Wie er sich umblickte, sah er, daß aus dem geheimnisvollen Kasten der Maschine Garbe um Garbe sauber gebunden hinausflog und drei Meter seitwärts auf den Stoppelboden niederfiel. Mit einer Geschwindigkeit von einem Meter in der Sekunde ging die Maschine vorwärts, und zwei gebundene Garben warf sie in jeder Sekunde aus. Nach einer Minute zog Fred Harryson die Uhr.

»Punkt 6 Uhr, John. Wir kommen gut in Fahrt. Bis heute abend um 7 Uhr haben wir einige Hektar geschnitten.«

Und nun begann der erste, lange Erntetag für John Workmann. Die Führung des Traktors wuchs ihm von Minute zu Minute sicherer in die Hand. Schon machte es ihm Spaß, den Bogen am Ende jeder Furche auf den Zentimeter genau auszufahren. Aber etwas eintönig wurde die Geschichte im Laufe der langen Stunden doch. Eine Erlösung schien es ihm, als Fred Harryson nach sechs langen Stunden »stop« kommandierte und aus einem Kasten des Traktors das Mittagsmahl, Büchsenfleisch, Brot und kalten Tee, hervorholte.

Wenn er aber geglaubt hatte, jetzt etwas Ruhe zu haben, so war das ein Irrtum. Mit dem Essen in der Hand führte ihn Fred Harryson an die eigentliche Mähmaschine und begann ihm die Arbeitsweise der einzelnen Teile zu erläutern, besonders den Antrieb der Messer, die verwickelte Exzenterbewegung der Greiferarme, welche die geschnittenen Halme packten, bevor sie noch Zeit hatten, umzufallen, zu Bündeln zusammenrafften und nach dem hinteren Teile der Maschine weitergaben. Schließlich die ganz verschmitzte Bindevorrichtung, bei welcher die Maschine einen Kokosstrick um die einzelnen Garben zog und zu einem kunstgerechten Knoten schlang. Endlich noch die Schleuder, welche die fertige Garbe aus der Maschine zur Seite warf.

Fred Harryson erklärte den Mechanismus, und John Workmann verschlang ihn mit den Augen.

»Es geht heute gut, John, wir hatten keine Betriebsstockung, weder am Traktor, noch an der Mähmaschine. Aber du mußt beide Maschinen im Laufe der nächsten Tage so genau kennenlernen, daß du jede Störung selbständig beseitigen kannst.«

Die Mittagspause war vorüber, und die Arbeit begann von neuem. Aber diesmal nahm Fred Harryson den Traktor, und John Workmann mußte die Mähmaschine beaufsichtigen. Unaufhörlich durchfurchte die Maschine das endlose Weizenmeer. Unaufhörlich schnitten die Messer in den Segen der Erde, und die Stelle, über welche die Maschine gegangen war, wurde kahles Stoppelfeld. Als endlich der Abend dieses ersten Arbeitstages herankam und Fred Harryson den Traktor wieder zu dem Maschinenschuppen hinlenkte, hatten sie eine Fläche von 25 Hektar gemäht, und John Workmann hatte nur das eine Bestreben, sich möglichst schnell auf seinem Heuhaufen auszustrecken. Aber ein guter Teil der Nachtruhe sollte noch für anderes draufgehen. Als John Workmann an die Werkbank trat, um den blauen Arbeitsanzug, den die Farm allen ihren Leuten lieferte, abzuziehen, fand er ein Telegramm. Es war an ihn adressiert, kam vom »Herald« und enthielt die Aufforderung, umgehend einen ausführlichen Bericht über die Ergreifung des lang gesuchten Bill Smith zu senden. John Workmann las es, und Staunen ergriff ihn ob der weitreichenden Macht des Zeitungsriesen. Seiner Mutter hatte er von Chikago aus eine kurze Karte geschickt, nur des Inhalts, daß er sich wohl befinde und weiter nach dem Westen führe. Da glaubte er hier, weit abgeschieden von aller Welt, in der Prärie zu sitzen, verloren in unendlichen Weizenfeldern, wie ein einzelnes Sandkorn in der Wüste. Und schon wußte der Zeitungsriese, wo er steckte, kannte sein letztes Abenteuer und verlangte Bericht von ihm.

Der Bericht war in einer knappen Stunde zu Papier gebracht. Während Fred Harryson die Maschinen abölte und für den nächsten Tag instand setzte, saß John Workmann an der Werkbank und schrieb. Dann aber kam die zweite Aufgabe, den fertigen Bericht auf den Weg zu bringen.

»Es hilft nichts. Wir müssen zum Inspektor«, meinte Fred Harryson. Sie traten in das Büro des Farminspektors, in welchem noch Licht brannte. Der Farminspektor, Mr. Clarke, saß noch emsig bei der Arbeit. Fred Harryson, der ihn vom vergangenen Jahre genau erkannte, trug das Anliegen vor. Aber sobald er den Namen John Workmann nannte, unterbrach ihn der Inspektor:

»By Jove, jetzt fällt mir die Geschichte wieder ein. Vor fünf Stunden kam telegrafische Anweisung vom ›Herald‹: Freimachung einer Depesche von 1500 Worten von hier nach New York. Haben Sie die Depesche fertig?«

»Hier ist sie, Sir.« John Workmann reichte die Seiten seines Berichtes. Mr. Clarke drückte auf einen Knopf und gab die Blätter einem jungen Manne.

»Sofort aufgeben. Vorrang vor allen anderen Depeschen.«

Der Mann verschwand, aber John Workmann konnte durch die Glastür beobachten, wie er sich an einer Morsetaste zu schaffen machte.

»Feine Bekanntschaften bringt Ihr hier mit, Master Harryson«, bemerkte Mr. Clarke schmunzelnd. »Pascht mir hier einen Berichterstatter des ›Herald‹ in die Farm. Bringt ihn als einfachen Maschinisten mit und dabei ist es ein ganz gefährlicher Journalist.«

Fred Harryson verteidigte sich, erklärte, daß John Workmann wirklich nur Maschinist sei und hier auf ehrliche Weise arbeiten und lernen wolle. John Workmann beobachtete währenddessen unverwandt den Telegrafisten. Der hatte in knappen fünf Minuten einen direkten Draht nach New York bekommen, und jetzt begann seine rechte Hand wie eine kleine Maschine auf der Morsetaste zu arbeiten. Mit der linken verfolgte er die einzelnen Worte in John Workmanns Bericht, und mit der rechten telegrafierte er sie mit einer Geschwindigkeit von sechzig Silben in der Minute nach New York. In zehn Minuten war er damit fertig und brachte die Blätter zurück.

»Feiner Bericht, wie?« sagte Mr. Clarke. Der Telegrafist sah ihn verständnislos an.

»Habe das Zeug nicht gelesen, Sir«, erwiderte er dann kopfschüttelnd und ging wieder in sein Zimmer.

»Ich verstehe den Menschen nicht«, führ John Workmann auf. »Er sagt, er hat den Bericht nicht gelesen und hat ihn doch Wort für Wort abtelegrafiert.«

»Telegrafieren und lesen sind zweierlei«, erklärte Mr. Clarke. »Dieser Mann ist ein vorzüglicher Telegrafist. Er hat sich im Postbetriebe etwas überarbeitet und hier auf der Farm Stellung genommen, um seine Nerven zu erholen. Aber er arbeitet wie eine Maschine. Er liest das geschriebene Wort herunter und morst es gleichzeitig, ohne überhaupt seinen Sinn zu begreifen. Gerade so, als ob er nicht gutes Englisch, sondern Deutsch oder Französisch abtelegrafierte. Ich wette, der Mann hat auch nicht eine Ahnung, wovon der Bericht überhaupt handelte. Aber solche Leute sind gut für uns. Solche Leute brauchen wir.«

John Workmann und Fred Harryson wanderten durch die Augustnacht ihrem Heulager zu.

»Das ist ja kein Mensch, Fred, sondern eine Maschine. So möchte ich niemals arbeiten. Ich will bei meiner Arbeit auch denken.«

»Luxus, John, für viele, ja für die meisten Berufe absoluter Luxus. Speed verlangen wir in den United States, speed und nichts als speed. Das Denken ist für viele Berufe sogar ein schädlicher Luxus, denn es verringert die Schnelligkeit der Arbeit.«

In John Workmann revoltierte das deutsche Blut seines Vaters gegen diese amerikanische Mechanisierung der menschlichen Arbeitskraft. Sein letzter Gedanke vor dem Einschlafen war an diesem Abend, daß er sich immer nur solchen Arbeiten zuwenden wolle, bei denen es auch einiges zum Denken gab.

Die nächsten Wochen verstrichen für John Workmann in eintöniger Mäharbeit. Er beherrschte die beiden Maschinen jetzt vollständig. Die Sonntage hatte er dazu benutzt, dieselben vollkommen auseinanderzunehmen und wieder zusammenzusetzen. Fred Harryson hatte ihn kräftig dabei unterstützt, denn es lag viel an dem guten, leistungsfähigen Zustande des Maschinensatzes. Fred Harryson war nicht nur Student der Ingenieurkunst, sondern auch ein tüchtiger, praktischer Maschinist. Er weihte John Workmann in alle Geheimnisse der verwickelten Maschinerie ein und sorgte dafür, daß Betriebsstörungen frühestens am Sonnabendabend auftraten. Dann hatte man den Sonntag, um sie in Ruhe zu beseitigen. So brachte er jeden Arbeitstag seine fünfundzwanzig Hektar hinter sich, und Mr. Clarke schloß bereits nach den ersten drei Tagen einen neuen Vertrag mit den beiden. Einen reinen Akkordvertrag, nach welchem sie für das gemähte Hektar fünfzig Cent bekamen. Das waren 75 Dollar in der Woche, in die sich die beiden brüderlich teilten. Auf dem Papier vorläufig, denn das verdiente Geld blieb bei der Verwaltung stehen.

John Workmann spürte, wie ihm das Landleben bekam, wie er von Tag zu Tag kräftiger und frischer wurde. Aber er begann sich zu langweilen, nachdem er die Mähmaschine vollkommen kannte, und sehnte sich nach etwas anderem.

Dies andere aber ließ nicht ewig auf sich warten. Der Tag kam, an welchem der letzte Streifen Weizen unter den Messern der Maschine fiel, der Tag, an welchem Fred Harryson erklärte, morgen fangen wir an zu pflügen.

So lernte John Workmann den Motorpflug kennen. Der Traktor war derselbe, mit welchem sie den August hindurch die Mähmaschine über das Land gezogen hatten. Aber jetzt hing ihm ein Maschinenpflug an. Ein gewaltiges Ding, welches mit zehn Scharen gleichzeitig die Erde aufschnitt, hochhob und mit der Stoppelnarbe nach unten wieder hinlegte. Wo vor dem Pfluge sich noch der alte, eben erst gemähte Weizenacker dehnte, da ließ der Motorpflug hinter sich zehn schnurgerade Furchen, in denen das Erdreich fettig braunglänzend zutage trat. Dann kamen Tage, in denen John Workmann sich während der Arbeit von Fred Harryson trennen mußte. Er bekam einen anderen Traktor und schleppte hinter sich riesenhafte Maschineneggen über das Land, die wie eine ungeheure Harke wirkten. Wo eben noch wild und zerrissen die Ackerschollen ragten, wie der Maschinenpflug sie furchenweise hingelegt hatte, da zeigte sich jetzt das Land geglättet und zerbröckelt, wie es nach sauberem Harken der Fall ist.

Dann waren die Freunde wieder zusammen. Fred Harryson führte den Traktor, und John Workmann saß hinten auf der Drillmaschine. Er beobachtete tagaus, tagein, wie das goldene Korn aus dem Legerohr der Maschine hinausquoll, wie es sich in die flachen Furchen legte, die ein Zacken vor diesem Rohre aufriß, und wie es von einem Spaten, der dem Rohre folgte, wieder zugedeckt wurde. Viele Stunden lang sah er den goldenen Segen in die Erde rinnen, und wunderliche Gedanken kamen ihm dabei. Wie dieses Korn nicht verloren sei, wie es alsbald zu keimen und zu sprießen beginnen und wie im nächsten Sommer hier von neuem das Getreide wogen und reifen würde.

Und dann war die Sommersaat gesät. Neue Arbeit erwartete die Freunde, während der Oktober zur Neige ging. Da erhoben sich mitten in der Prärie Bauten, die John Workmann an New York erinnerten. Wolkenkratzer von ansehnlicher Höhe. Das waren die Getreidespeicher, die Silos. Hier hatten andere Hilfskräfte die Weizengarben zusammengefahren, und hier standen die Motordreschmaschinen, ein Dutzend an der Zahl, und wollten bedient sein. Unaufhörlich schluckten die Dreschkästen die vollen Garben. In klarem Strom rannen die reinen Körner hinten aus der Maschine heraus. Sie fielen auf ein Transportband und wurden durch ein Hebewerk sofort in das Silo geschafft. Unablässig warf die Maschine auch das zerschlagene und zerknitterte Stroh ins Freie. Es drohte, sich zu ungeheuren Bergen zu türmen, aber nicht für lange Zeit. Schwarze Arbeiter waren dort, die es unablässig packten und in eine andere Maschine steckten. Wohl der Rauminhalt eines großen Zimmers ging in diese Maschine hinein. Dann aber fuhr ein Kolben herunter, schob mit einer Kraft von vielen hundert Tonnen eine schwere Platte vor sich her und preßte die gewaltige Strohmenge knirschend und knackend zu einem einzigen winzigen Ballen zusammen. Es war die hydraulische Presse, die das Stroh auf den hundertsten Teil seines Volumens brachte und versandfähig machte. Unaufhörlich liefen auch die Züge, mit Stroh und Korn schwer beladen, die Feldbahn nach Springshill entlang und brachten den Erntesegen zur Bahn.

Der November brach an, und noch war ein Ende der Arbeit nicht abzusehen. Die Witterung blieb feucht und trübe, aber es war nur noch eine Gnadenfrist. Im Dezember, das wußte man recht wohl, würden diese weiten Flächen unter meterhohem Schnee vergraben liegen. Dann hörte Wochen hindurch sogar die Verkehrsmöglichkeit auf der Feldbahn auf und Manituba Farm war auf sich selbst angewiesen. John Workmann wurde unruhig. Er hatte in dem einen Vierteljahr hier viel gelernt und noch mehr gesehen. Aber er hatte auch begriffen, daß er hier kaum finden würde, was er immer noch suchte: die Möglichkeit seiner schrankenlosen Entwicklung nach oben. Wenn er Glück hatte und wenn er sich Zeit ließ, konnte er es hier vielleicht einmal bis zum Inspektor bringen. Aber das war nicht sein Ideal. Ihm schwebte ein Mann wie Mr. Bennett vor. Ein Mann, der Millionen von Menschen beeinflußte, Millionen von Dollars verdiente und Krieg und Frieden in der geschlossenen Hand trug. So beschloß er, die erste Gelegenheit zu benutzen, um weiterzuwandern.

18. Kapitel

Der Frühling war wieder im Lande. In zwei knappen Wochen hatte die weite Prärie ein neues Gewand angezogen. Wo bis dahin vertrocknete und erfrorene Halme die unermeßliche Fläche mit einem düsteren, graubraunen Filz überdeckt hatten, da sproßte es jetzt hellgrün und saftig in Millionen von jungen Halmen. Ein warmer Frühlingsregen hatte die schlummernde Prärie zu neuem Leben erweckt, und bunte Blumen in allen Farben des Regenbogens sprenkelten den frischen, saftgrünen Teppich.

Aber Mr. Hamley, der Besitzer von Manituba Farm, betrachtete die Dinge nicht mit dem Auge des schwärmenden Dichters, sondern mit dem des nüchternen Landwirtes.

»Es ist Zeit, Clarke«, sagte er eines Tages, »unsere Frühjahrslieferung nach Chikago zu bringen, 600 Rinder! Ich denke, zwölf Boys werden genügen, um die Herde nach Springshill zu treiben.« Mr. Clarke nickte zustimmend; mit einem kurzen »all right, Sir« war für ihn die Sache erledigt. Aber sie war es nicht für John Workmann, der gerade im Nebenzimmer stand und das Gespräch durch die offene Tür mit anhörte. John Workmann war gekommen, um seinen Abschied von der Farm zu nehmen. Er kannte jetzt jede Maschine und jeden Betrieb hier ganz genau. Aber er fühlte von Tag zu Tag deutlicher, daß es hier nichts mehr für ihn zu lernen gab.

Mr. Clarke schaute von seinen Büchern und Rechnungen auf.

»Ah, Sie sind es, Mr. Workmann, wollen weg von uns. Tut mir leid, sind ein tüchtiger Engine-Driver geworden. Könnten noch viele Dollars bei uns verdienen.«

»Das stimmt wohl, Mr. Clarke, aber ich kann bei Ihnen jetzt nichts mehr lernen, und darum will ich weiter.«

»All right, Mr. Workmann. Zu wann wünschen Sie Ihre Abrechnung?«

»Ich wollte eigentlich morgen fort. Aber jetzt komme ich Ihnen mit einer besonderen Bitte.«

»Und die wäre?«

»Ich möchte mich dem Viehtransport anschließen, den Sie nach Chikago schicken.«

Mr. Clarke schaute interessiert von seinen Büchern auf.

»Viel verlangt, junger Mann. Als cattleman für den Bahntransport könnte ich Sie wohl gebrauchen. Aber die 150 Meilen durch die Prärie, da brauche ich Cowboys, Burschen, die mit ihren Pferden verwachsen sind und mit dem Vieh Bescheid wissen.«

John Workmann trat einen Schritt näher. »Versuchen Sie es mit mir, Mr. Clarke. Ich glaube, Sie werden den Versuch nicht bereuen.«

Wohl eine Minute überlegte Mr. Clarke. Dann kam seine Antwort.

»Well, Mr. Workmann, Sie gefallen mir. Sie mögen den Transport von hier bis Chikago im Dienst der Farm begleiten, aber auf Ihre eigene Gefahr. Passiert Ihnen etwas, so haben Sie das Risiko auf Ihre eigene Kappe zu nehmen. Gehen Sie jetzt sofort zu Jay Williams. Es hat keinen Zweck, daß ich Ihnen etwas Schriftliches mitgebe, denn lesen kann er nicht. Aber desto besser reiten. Sagen Sie ihm, daß Sie den Transport begleiten sollen und daß er Ihnen ein gutes Pferd gibt. Morgen nachmittag holen Sie hier Ihre Abrechnung. Übermorgen früh geht der Transport auf die Reise.«

Zwei Stunden später stand John Workmann vor Jay Williams. Jay Williams, ein hochgewachsener Vierziger, war der chief der Cowboys auf der Farm. Er hatte seine Boys ausgeschickt, die einzelnen Tiere des Transports zusammenzutreiben, und war dabei, ein einfaches, aber kräftiges Mahl zu sich zu nehmen.

»Sie wollen uns begleiten, Master Workmann? All right. Habe Sie gelegentlich bei der Maschine gesehen. Scheinen Ihre Arbeit doch zu verstehen. Ist mir aber zweifelhaft, ob Sie länger als eine Minute auf einem Pferderücken aushalten werden.«

»Ich komme zu Ihnen, um es zu versuchen.«

Mr. Williams war kein Freund von langen Verhandlungen. Er pfiff, und auf den Pfiff kam ein Gaul angetrabt. Ein Tier, das man in Deutschland seiner Farbe nach als Fuchs bezeichnet haben würde. Mittelgroß, leicht und sehnig. Das Tier, welches den Sattel der Cowboys mit den beiden hohen Höckern vorn und hinten trug, war vollkommen aufgezäumt. Die taschenförmigen Steigbügel waren über den Sattel geschlagen. Das Zaumzeug bestand nur aus einer Kandare, deren Zügel an dem vorderen Sattelknopf hingen. Dicht bei Jay Williams blieb der Wallach stehen. »Well, Mr. Workmann, versuchen Sie Ihr Heil. Es ist Ihre Sache, ob Sie oben bleiben oder runterfallen.«

John Workmann hatte noch nie in seinem Leben auf einem Pferderücken gesessen. Aber er hatte die Reiter und das Reiten häufig beobachtet, und er war jung, gewandt und leicht. Ruhig trat er an das Tier heran, streichelte ihm die Nüstern, sprach mit ihm und schlug die Bügel herunter. Und dann, es mochte im ganzen eine halbe Sekunde gedauert haben, saß er im Sattel, hatte die Zügel und lenkte das Pferd, welches in wilden Sprüngen mit ihm durch die Prärie galoppierte. Er spürte, wie ihm die Beinkleider allmählich zu den Knien heraufrutschten, und hatte den bestimmten Eindruck, daß ein galoppierendes Pferd eine recht unruhige Sache ist. Aber dann kam ihm die Überlegung zurück. Fiel er etwa von dem Pferd, dann war es mit dem Plan, den Transport zu begleiten, ein für allemal vorbei. Er mußte unbedingt oben bleiben, mußte auf diesem rüttelnden und springenden Untergrund heimisch werden, mußte ihn schließlich mit Hilfe der Zügel lenken lernen und mit leidlich guter Figur zu Jay Williams zurückkehren.

Jay Williams stopfte sich inzwischen mit großer Gemütsruhe seine kurze Holzpfeife. Sein Urteil über John Workmann war bereits gefällt. Nach der Meinung dieses alten Cowboys war Reiten keine Kunst, die man durch Unterricht erlernen konnte, sondern eine von Gott geschenkte Begabung. Entweder man konnte reiten, sobald man das erstemal auf einen Pferderücken kam, oder man lernte es in seinem ganzen Leben nicht. John Workmann, das sah er nach einer Minute, gehörte zu der ersten Kategorie. Ein paar kurze Unterweisungen würde er noch nötig haben, betreffend die Haltung der Unterschenkel, damit er das Tier nicht unnötig kitzelte, wenn man ihm Sporen an die Stiefel schnallte. Auch betreffend die Zügelführung eine kleine Nachhilfe, aber im großen und ganzen würde es gehen. Und er rauchte behaglich seine Pfeife, bis nach einer Stunde John Workmann wieder angetrabt kam.

»All right, Sir, Sie können das Tier für die Reise behalten, übermorgen früh bei Sonnenaufgang geht es los. Sehen Sie die fence da drüben. In den Drahtzaun treiben wir heut und morgen die Herde. Seien Sie übermorgen eine halbe Stunde vor Sonnenaufgang hier.«

Am Nachmittag des nächsten Tages stand John Workmann wieder vor Mr. Clarke. Die Abrechnung war kurz und für John Workmann erfreulich.

»Sie haben auf der Farm 586 Dollar und 15 Cent verdient. Auf die Ergreifung von Bill Smith war eine Prämie von 2000 Dollar ausgesetzt, die zu gleichen Teilen auf Mr. Harryson und Sie entfällt. Macht 1000 Dollar für Ihren Part. Für das wiedererlangte Raubgut steht Ihnen ein gesetzlicher Anspruch von 10 Prozent des Wertes zu, der auch zu gleichen Teilen an Sie und Mr. Harryson geht. Macht nochmals 1000 Dollar für Sie. Außerdem ist vom ›Herald‹ für Sie ein Honorar von 50 Dollar eingegangen. Hier ist ein Scheck auf die First-National-Saving-Bank von Chikago über den Betrag von 2636 Dollar und 15 Cent.«

Das war mehr, als John Workmann in seinen kühnsten Träumen erwartet hatte. Er schob den Scheck verwirrt in die Hosentasche.

»Wollen Sie bitte quittieren«, sagte Mr. Clarke geschäftsmäßig. »Ich danke.« Er nahm die vollzogene Quittung wieder an sich.

»Wenn ich Ihnen noch einen Rat geben kann, Mr. Workmann, so stecken Sie Ihren Scheck etwas sorgfältiger weg. Es ist bares Geld und kein beliebiges Stück Papier. Wenn Sie ihn verlieren, gehört er dem, der ihn findet.«

John Workmann errötete, zog die Brieftasche von Charly Beckers hervor, die er wie einen Talisman stets bei sich trug, und barg den Scheck sorgfältig in ihr. Ein kurzer Händedruck, und er war entlassen. Die Episode auf der Manituba Farm war zu Ende. Morgen ging es nach Chikago.

Es waren 150 Meilen von Manituba Farm nach Springshill, und Jay Williams wollte die Sache in einer Woche machen. Das bedeutete gut 21 Meilen oder 35 Kilometer am Tage. So weit konnten die halbwilden Rinder wohl täglich laufen, ohne merklich an Fleisch zu verlieren.

Dabei blieb ihnen noch reichlich Zeit zum Weiden, Ruhen und Wiederkäuen. John Workmann war pünktlich mit seinem Ränzel an der Drahtumzäunung gewesen, in welcher die Herde vollzählig lagerte, und Jay Williams hatte ihm mancherlei an seiner Kleidung geändert, über seine eigenen Beinkleider, die an den Stiefeln mit kräftigem Bindfaden fest zusammengebunden wurden, mußte er ein Paar Buxen von besonderer Art anziehen. Beinkleider aus kräftiger Leinwand, die an der Außenseite der Schenkel mit starkem, langhaarigem Schaffell besetzt waren. Durch diesen Besatz, der von der unteren Kante bis zur Hüfte reichte, wurde der Unterteil von John Workmann mit einem Schlage auf den doppelten Umfang seines Oberkörpers gebracht. Weiter mußte er ein Paar Sporen von ungeheuerlichen Abmessungen anschnallen, und schließlich verschwand sein sauberer Kragen in seinem Reisebündel. Dafür knüpfte ihm Jay Williams ein rotes Halstuch um und gab ihm eine Peitsche von beträchtlichem Gewicht mit langer Lederschnur in die Hand.

Eine halbe Stunde später war die Karawane auf dem Marsch. Jay Williams hatte die Spitze und hielt John Workmann neben sich. Zehn Cowboys umschwärmten die gewaltige Herde, hielten sie zusammen und trieben sie in gleichmäßigem Tempo vorwärts. Bis jetzt war die Sache jedenfalls nicht aufregend. Hier und da mußte ein Tier, welches zu weiden begann, durch Peitschenhiebe wieder in Bewegung gesetzt werden. Hin und wieder mußten Nachzügler in der gleichen Weise angetrieben werden. Nach der Uhr führten Jay Williams und seine Leute die Herde ungefähr acht Stunden lang vorwärts und lagerten sich dann bis zum kommenden Morgen. So ging es diesen ersten Tag, und so ging es die folgenden vier Tage. Je länger, desto mehr kam John Workmann zu der Überzeugung, daß die Landwirtschaft und alles, was damit zusammenhing, eine wenig aufreibende Sache sei.

Heiß, beinahe drückend schwül war der fünfte Tag der Reise zu Ende gegangen, und nur noch zwei Tagemärsche trennten die Herde von Springshill. Die Nacht brach heran, eine Mondscheinnacht. Aber dichte Wolken bedeckten den Himmel und zogen immer schwärzer und schwerer herauf. John Workmann lag am halb erloschenen Lagerfeuer. In eine Wolldecke gewickelt, war er sofort in den tiefen, traumlosen Schlaf gesunder Jugend gefallen. Er wurde munter, als Jay Williams ihn kräftig rüttelte.

»What's the matter, boss?«

»Get up, boy, es ist Unruhe in der Luft. Wir müssen wachen.«

John Workmann ermunterte sich vollends. Er sprang auf und schlug die Arme ein paarmal ineinander, um das Blut in Umlauf zu bringen. Da spürte auch er, daß nicht alles so war, wie es sein sollte. Ein schwüler Wind strich stoßweise über die Prärie, daß die Gräser im unsicheren Lichte der Nacht wie die Wellen der See auf und nieder wogten. Die angepflockten Pferde liefen im Kreise herum, soweit ihnen das fesselnde Lasso die Freiheit gewährte, sogen schnobernd die Luft ein und wieherten bisweilen ängstlich. Die Rinder, die sonst zu dieser Zeit ruhig weideten oder wiederkäuend im Grase lagen, standen dicht gedrängt, dumpf brüllend beieinander.

Jay Williams blickte nach allen Seiten und ging auf seinen Gaul zu.

»Zu Pferde, Boys!« Gellend ertönte sein Befehl über die Prärie und wurde allseitig vollzogen. Auch John Workmann saß im nächsten Moment im Sattel seines Fuchswallachs »Billy« und hielt sich dicht an der Seite von Jay Williams.

Sie waren keine Sekunde zu früh in den Sattel gestiegen. Denn nun brach das Frühlingsgewitter mit majestätischer Stärke und Schönheit los. An einem halben Dutzend von Stellen gleichzeitig schien der Himmel zu bersten und flüssiges Feuer zu speien. Zuckend fuhren die Blitze hernieder, und grollender Donner erfüllte die Luft. Von drei Seiten zog das Unwetter herauf. Immer kürzer wurden die Pausen zwischen Blitz und Donner, immer gewaltiger die Schläge, immer unruhiger die Tiere.

Jetzt wieder ein greller Blitz und gleichzeitig ein betäubender Donner. Schweflig gelb flammte es dicht vor den Cowboys auf. Der Blitz hatte in die Herde geschlagen, wohl ein Dutzend Tiere betäubt und getötet. Und nun brach das Unheil los, welches Jay Williams bang befürchtet hatte. In sinnloser Furcht tobten ein Dutzend der stärksten Rinder davon, und die ganze Herde schloß sich ihnen an. Diese scheinbar so trägen Rinder, die den ganzen langen Weg nur im Schritt gegangen waren, stürmten in vollem Galopp dahin, daß der Boden unter mehr als zweitausend Hufen dröhnte und die Pferde der Cowboys Mühe hatten, ihnen zu folgen.

Eine Stampede war ausgebrochen. Sinnlos vor Furcht, unlenkbar und vorläufig unbeeinflußbar stürmte die Herde geradlinig in die tobende Gewitternacht hinein. Ein Peitschenhieb traf irgendwoher das Pferd John Workmanns. Wild bäumte es sich auf, und er hatte alle Mühe, im Sattel zu bleiben. Dann stürmte der Gaul in die Nacht hinein. Als John Workmann wieder einigermaßen zu sich selber kam, erkannte er beim Scheine der immer noch niedergehenden Blitze, daß er Seite an Seite mit Jay Williams dahinjagte und daß die Mehrzahl der Cowboys sie in dichtem Schwarme umgaben. Dies Rudel von einem knappen Dutzend Pferden war aber wiederum dicht von der Spitze der ausbrechenden Rinderherde umgeben und flankiert. Blitzartig erkannte John Workmann die Gefahr. Wurde ein Reiter abgeworfen, so drohte ihm das Schicksal, zerstampft zu werden. Nur auf dem Sattel der sicher galoppierenden Pferde war Rettung. Und das Gelände war nicht eben das beste. Der Boden der Prärie wies Maulwurfhügel und Bauten von allerlei kleinem Getier auf, die unter Umständen einem Reiter verhängnisvoll werden konnten.

Wohl eine halbe Stunde brauste die wilde Jagd so über die Prärie. Da spürte John Workmann, wie Jay Williams ihn nach rechts abzudrängen begann. Der erste Ansturm der Stampede war gebrochen. Wohl galoppierte die Herde noch weiter, aber das Tempo des rasenden Galopps verlangsamte sich, und es wurde möglich, die Herde wieder zu führen. Die vordersten Rinder folgten den Pferden, und die ganze Herde folgte natürlich den vordersten Rindern. Während der Galopp allmählich mehr und mehr abebbte, führte Jay Williams seine Herde in großem Bogen wieder zu dem Bahngeleise zurück, von welchem sie im Schrecken des Gewitters links fort in die Prärie hinausgestürmt war. Zwei Stunden vergingen darüber. Dann harten die Cowboys die Herde wieder in voller Gewalt. Sie umschwärmten sie von allen Seiten, bearbeiteten sie mit den langen Peitschen und brachten sie schließlich beinahe an der alten Stelle neben der Bahn wieder zum Stehen. Und dies Stehen währte nicht lange. Nachdem die sinnlose Angst von den Tieren gewichen war, spürten sie die volle Erschöpfung der wilden Jagd. Massig und schwerfällig, mit keuchenden Flanken und hängender Zunge ließ sich eines der Tiere nach dem anderen nieder, wo es gerade stand. Das Gewitter war inzwischen in einen kurzen, wolkenbruchartigen Regen übergegangen. Jetzt nahm auch der ein Ende. Die Wolken verzogen sich, und heller Mondschein bestrahlte die weite Fläche.

Jay Williams überschaute das Ganze mit prüfendem Blick. Dann blieb sein Auge auf John Workmann haften.

»All right, Mr. Workmann, Sie sind ein fixer Kerl. Sind die letzten drei Stunden verdammt dicht an der ewigen Seligkeit vorbeigeritten. Well, Reiten ist keine Kunst, sondern eine Gabe.«

Jay Williams rief ein paar Cowboys und gab ihnen den Auftrag, die auf dem alten Lagerplatz zurückgelassenen Decken, Zelte und Proviantvorräte heranzuholen.

»Ein glattes Stück Arbeit«, wandte er sich wieder an John Workmann. »Abgesehen von den paar durch den Blitz getöteten Tieren haben wir die Herde vollzählig beisammen. Ich habe Stampedes erlebt, bei denen das Viehzeug nach allen vier Seiten auseinanderstob und nicht der fünfte Teil gerettet werden konnte.

»Ich sah, Mr. Williams, daß Sie sich sofort an die Spitze der Herde setzten. Wir galoppierten direkt vor den Hörnern und Hufen der tollen Rinder. Warum taten Sie das?«

»Weil es die einzige Möglichkeit ist, die wilde Herde so allmählich wieder in die Gewalt zu bekommen. Wenn man das will, my boy, dann darf man die Gefahr nicht scheuen. Das haben sogar unsere Politiker begriffen. Da gibt es in den großen Wahlversammlungen nämlich manchmal auch solche Stampedes. Plötzlich brechen die Wähler, welche bis dahin ganz folgsam waren, in Massen aus und laufen ihren eigenen Weg. Da bleibt den Führern dann nichts anderes übrig, als sich sofort schnell entschlossen an die Spitze der neuen Richtung zu stellen. Sonst sind sie ihre Gefolgschaft ein für allemal los. Gehen sie aber bei der Stampede voran, so können sie das Volk nachher wieder leiten, wohin sie wollen.«

John Workmann vernahm diese Ausführungen erstaunt. Er hatte noch nicht viel über das amerikanische Parteileben nachgedacht. Er wußte nur, daß zu den Zeiten der Präsidentenwahlen fieberhafte Aufregung herrschte, daß die Zeitungen dicker als gewöhnlich waren und öfter als sonst erschienen. Hier hörte er zum ersten Male, daß die Wählermasse nach dem gleichen Rezepte behandelt wurde, wie die Rinder von den Cowboys. Das gab ihm zu reiflichem Nachdenken Veranlassung.

Die Nacht verging ruhig, und am nächsten Tage zog die Herde wieder in gemütlichem Schritt ihrem Ziele Springshill entgegen. John Workmann, der neben Jay Williams ritt, nahm das Gespräch vom gestrigen Tage wieder auf.

»Ich habe immer gedacht, Sir, daß die Politik von den Zeitungen gemacht wird. Was Sie mir gestern von politischen Führern erzählt haben, war mir ganz neu.«

Jay Williams schnitt sich bedächtig einen gehörigen Splitter von einem Stück Preßtabak ab, das wie ein Stück Mahagoniholz aussah. Während er Messer und Tabak wieder in die Taschen seiner weiten Beinkleider versenkte und den abgehackten Splitter in die eine Backentasche schob, sann er eine Weile nach. Dann begann er langsam und bedächtig: »Well, my boy, werde später einmal, was du willst. Wenn du bei mir bliebest, würdest du wahrscheinlich ein first rate cowboy werden. Werde meinetwegen sogar ein Pferdedieb, obwohl ich dir dazu nicht raten möchte, denn der Strick ist immer dicht beim Pferde. Aber werde um alles in der Welt kein Politiker.«

John Workmann hatte sich über Politik noch zuwenig Gedanken gemacht, um die abfällige Meinung des alten Cowboys richtig beurteilen zu können, aber er nahm sich vor, sich darüber in Chikago zu unterrichten.

Am Abend des nächsten Tages kam die Station Springshill in Sicht, und die Nacht über lagerte die Herde neben der Hauptbahn. Im Dämmergrauen des folgenden Morgens schob sich lang und schwarz ein Güterzug auf das Nebengleis. Reichlich sechzig der großen eisernen Güterwagen umfaßte er, die auf den amerikanischen Bahnen für den Viehtransport benutzt werden. Und nun begann für die Cowboys ein hartes Stück Arbeit. Stück um Stück mußten sie die Tiere aus der Herde heraus mit dem Lasso fangen und ihnen dann einen dicken Sack über die Augen binden. In dem Augenblick, da die Tiere nichts mehr sehen konnten, ließen sie sich gutwillig über die Laderampe in die Waggons treiben und blieben dort, mit Halfterstricken an Ringen der Wagenwand befestigt, stehen. Reichlich der halbe Tag ging über dem Einwaggonieren von 595 Rindern dahin. Der Zug hatte ein halbes Dutzend Cattlemen mitgebracht. Es waren berufsmäßige Viehfütterer, welche die Herden der Farmen auf den verschiedenen Bahnstationen des Landes in Empfang zu nehmen und bis zum Bestimmungsort zu füttern, tränken und beaufsichtigen hatten. Sobald ein Waggon gefüllt und durch ein eisernes Gitter geschlossen war, gingen die Cattlemen an ihre Arbeit. Aus einem der Beiwagen schafften sie Heu herbei, welches hydraulisch zu Ballen gepreßt war. John Workmann war sofort auf eine schriftliche Mitteilung von Mr. Clarke zu den Cattlemen übergetreten und lernte die neue Arbeit kennen. Mit Kneifzangen mußten die schweren Drähte, welche die Heuballen zusammenhielten, aufgekniffen und sorgfältig entfernt werden. Blieb ein Stück Draht im Heu, so wurde es vom Rindvieh mitgefressen, und das gab natürlich Todesfälle. Weiter mußte das hart und dicht wie Holz zusammengepreßte Heu mit Handbeilen gelockert werden. Und schließlich genügte es nicht, den Tieren das Heu hinzuwerfen, sondern sie mußten auch ausgiebig getränkt werden. Auf der sechstägigen Reise durch die Prärie hatte es nur einmal eine Trinkstelle gegeben. Aber dafür hatten die Tiere dort das saftige, frische Gras. Jetzt brauchten sie den Tag zu ihrem Heufutter zweimal kräftige Tränkung. John Workmann fand, daß seine Hände sehr schnell in einen beklagenswerten Zustand gerieten. Das hydraulisch gepreßte Heu enthielt große Mengen einer Distel, die sicherlich für Rindergaumen sehr wohlschmeckend sein mochte, die aber Menschenhände mit einer Unzahl feiner Stacheln spickte. Und er fand weiter, daß das Heranschleppen von unzähligen Eimern Wassern reichlich anstrengend und eintönig wäre. Noch bevor der Zug sich in Bewegung setzte, stand es bei ihm fest, daß seine cattlemanship nur von Springshill bis Chikago dauern würde.

Dann kam der Abschied von Jay Williams. Hüteschwenkend galoppierten die Cowboys in der Richtung auf Manituba Farm in die Prärie. Die Lokomotive pfiff, als ob sie einen Toten erwecken wollte, und ächzend und stoßend kam der lange Zug in Bewegung. Jetzt rollte er auf das Hauptgleis und nun begannen die Telegrafenstangen schneller und immer schneller vorbeizuhuschen.

John Workmann saß auf einem offenen Heuwagen am Ende des Zuges und sah den roten Sonnenball auf der endlosen Prärie langsam untergehen. Sein Nachbar war ein älterer Mann, wohl beinahe sechzig Jahre alt. John Workmann fragte ihn, wie lange er schon als Cattleman tätig sei. Der Alte besann sich eine Weile. Er stammte von der grünen Insel, von Irland her, und der irische Dialekt lag ihm unausrottbar auf der Zunge. Wie lange er schon Cattleman wäre. Ja, wie lange denn eigentlich. Vor fünfunddreißig Jahren hätte er als Cattleman auf den Seedampfern zwischen England und Amerika angefangen. Das wäre ein feines Leben gewesen. Von England nach Amerika immer als Passagier zweiter Klasse auf Kosten des Boß und zurück als Cattleman. Nach dem fürchterlichen Dasein auf dem väterlichen Pachtgut in Irland ein herrliches Leben! Manchmal nach Nordamerika und manchmal nach Südamerika. Einmal war er in New York hängen geblieben. Hatte den Anschluß an Bord verpaßt. Ein Agent hatte ihn nach Chikago vermietet. Das waren jetzt … der Alte zählte an den Fingern … das waren jetzt achtzehn Jahre her. Seit achtzehn Jahren fuhr er als Cattleman für Armour & Co. in Chikago und holte die Herden, immer aus dem Westen. Heute, das war eine nahe Tour. Manchmal ging die Reise bis zu den Salzseen des Staates Utah, wo die Heiligen der letzten Tage, die Mormonen, zu Hause seien, und manchmal sogar bis dicht an Frisko heran.

John Workmann überlegte. Seit fünfunddreißig Jahren fuhr dieser Mensch als Cattleman, verrichtete die eintönigste, stumpfsinnigste Arbeit, die sich denken ließ, und war mit seinem Schicksal zufrieden.

Der Alte kramte weiter in seinen Erinnerungen. Er erzählte vom lustigen Hafenleben in New York und Buenos Aires, als der Zug langsam hielt und pfiff. Nun war es Zeit, Wasser zu schleppen und die Tiere zu tränken.

Am Morgen des dritten Tages fuhr der Zug in das Weichbild von Chikago ein. Unter vielem Pfeifen, Anhalten und Wiederanfahren suchte er sich seinen Weg durch das endlose Gewirr des großen Güterbahnhofes. Dann bog er auf Nebengeleise ab und erreichte nach zehn Minuten einen riesigen Gebäudekomplex. »Armour and Company« hob sich die Firma in riesigen, goldenen Luftbuchstaben vom Himmel ab. Der Zug war an seinem Ziele und der letzte Akt des Dramas für die Rinderherde begann.

19. Kapitel

Im großen Saale der First-National-Saving-Bank von Chikago drängten und stießen sich die Leute an den Schaltern. Das strömte, ging und kam von allen Seiten, und es dauerte geraume Zeit, bis John Workmann in diesem Strome zum Auszahlungsschalter gelangte, um seinen Scheck zu präsentieren. Aber so lange das Herankommen gedauert hatte, so kurze Zeit nahm das Auszahlen in Anspruch. Nur einen Blick warf der Kassierer auf den Scheck, ohne John Workmann überhaupt anzusehen. Dann griff er in eine neben ihm stehende Kasse mit verschiedenen Fächern und sofort lagen zwei Tausenddollarnoten, sechs Hundertdollarnoten und der Rest kleinere Noten auf dem Drehbrett und wanderten unter dem Drahtfenster hindurch zu John Workmann. Schon wurde er von dem Strom der Nachdrängenden weitergeschoben. Kaum konnte er das Geld flüchtig in der Brusttasche bergen. Dann trieb ihn die Menschenflut weiter dem Ausgange entgegen. Nur für einen kurzen Moment fand er Gelegenheit, sich vor einem der kleinen Schreibtische niederzulassen. Kaum zwei Minuten dauerte die Rast. Dann trat er den Weiterweg an und schritt durch spiegelnde Türen mit blanken Messinggriffen die breite Treppe hinab.

Als John Workmann die Bank verließ, das Jackett fest zugeknöpft, stieß ihn ein junger Mensch anscheinend unabsichtlich von der Seite an. Der zog höflich den Hut und sagte in einer geschmeidigen Art, die wohl geeignet war, Bekanntschaft zu machen:

»Entschuldigen Sie, Sir, daß ich Sie belästigt habe. Es geschah unabsichtlich durch eine Handbewegung nach meiner Brieftasche. Ich habe soeben von der Bank Geld erhoben und wollte mich überzeugen, ob es sicher verwahrt sei.

Übrigens – mein Name ist Johnston – William Johnston aus Frisko – Sie erinnern sich, daß ich nach Ihnen an den Kassenschalter trat. Ich sah auch, daß Sie Geld empfingen. Seien Sie äußerst vorsichtig an diesem vermaledeiten Platz. In Chikago ist kein Dollar in der Tasche sicher.«

Diese Worte verscheuchten jegliches Mißtrauen bei John Workmann. Da stand ein junger Mann vor ihm, elegant gekleidet, mit einem anscheinend offenen Gesicht, der ihm zur Vorsicht mit seinem Gelde riet, und zwar, weil er dieselbe Besorgnis hegte, wie John Workmann.

Wie sollte er da Mißtrauen haben.

»Sie haben ganz recht«, erwiderte John Workmann, »dieselbe Furcht, die Sie für Ihr Geld hegen, spüre ich auch. Aber ich denke, wenn man genügend aufpaßt, kann einem so leicht nichts geschehen.«

Sie waren die Straße von der Bank ein Stück hinunter gegangen und der junge Mensch, der sich John Workmann wohlweislich unter einem falschen Namen bekannt gemacht hatte, sagte jetzt:

»Ich nehme an, daß Sie in Chikago fremd sind.«

»Allerdings«, sagte John Workmann. »Ich bin zum erstenmal hier. Ich war stets neugierig, Chikago kennenzulernen. Das, was ich bis jetzt sehe, unterscheidet sich aber nicht von New York.«

»Sie haben recht, Sir. Die Städte ähneln sich. Höchstens daß unsere Schlachthöfe, unsere Packing-houses eine besondere Sehenswürdigkeit von Chikago bilden. Aber wirklich keine beachtenswerte. Ausgenommen, man hat Interesse für möglichst viel Schmutz und Blut. Falls es Ihnen recht ist, gehen wir zusammen essen und plaudern noch etwas. Ich treffe meinen Vater, der Bankier in Chikago ist, erst nach seiner Geschäftszeit. Wenn ich fragen darf, wo kommen Sie her?«

Er schnitt damit John Workmann jede weitere Erwiderung ab, und der war auch zu arglos, um irgend etwas hinter den anscheinend völlig harmlosen Worten des Fremden zu suchen.

»Ich komme eben aus dem Westen, wo ich auf einer Farm gearbeitet habe. Ansässig bin ich in New York.«

»Wollen Sie mir nicht Ihren Namen nennen, Sir?«

»Entschuldigen Sie«, erwiderte John Workmann, »ich war in Gedanken. Sie wissen, die Sorge um das Geld, welches man bei sich trägt. Mein Name ist John Workmann.«

»Workmann – Workmann?« – der junge Mensch blickte nachdenklich vor sich hin. Irgendwo mußte ihm der Name aufgefallen sein. Er war ein eifriger Zeitungsleser. Dabei mußte er den Namen John Workmann gelesen haben. Und jetzt erinnerte er sich.

»Sind Sie derselbe John Workmann, durch den vor einigen Monaten bei einem Präriebrand ein gewisser Harry Smith, ein Bandit aus dem Westen, ein junger Boy noch, gefaßt wurde, und zwar mit dem Gelde, das er geraubt hatte?«

»Ich fand Harry Smith.«

»Alle Wetter! das ist interessant, Mister Workmann. Ich habe den Artikel gelesen. Er stand im ›New York Herald‹. Da haben Sie Glück gehabt, und soviel ich mich erinnere, waren zweitausend Dollar Prämie auf die Ergreifung von Harry Smith ausgesetzt.«

»Ganz recht«, sagte John Workmann, »und das Geld, welches ich soeben erhoben habe, enthält zu einem Teil die mir ausgezahlte Prämie.«

»Eine Menge Geld, Sir – damit können Sie Millionär werden, wenn Sie es richtig anfassen. Kenne genügend Leute, die nach Chikago mit der Hälfte von dem Gelde kamen und es durch geschickte Anlage dazu brachten, in kurzer Zeit reich zu werden. – Wollen wir nicht hier in dieses Restaurant gehen? Ich kenne es – ich esse hier oftmals zu Mittag.«

John Workmann folgte William Johnston. Bald saßen beide in dem kleinen, italienischen Restaurant vor einem Tisch und aßen.

Obwohl John Workmann keinen Alkohol trank, hatte ihm der Fremde ein Glas Wein aufgenötigt und stieß auf die neue Freundschaft an.

John Workmann achtete gar nicht darauf, daß das Restaurant ziemlich leer von Gästen und anscheinend wenig besucht war. Niemand kümmerte sich um sie, und John Workmann hörte mit Interesse auf die Erzählungen, welche sein neuer Bekannter über Chikago zum besten gab.

Einmal, mitten im Gespräch, zeigte Johnston zum Fenster und sagte:

»Sehen Sie einmal dort hinaus. Der Mann, welcher da geht, so unscheinbar er auch gekleidet ist, ist Astor – einer der reichsten Leute Amerikas. Hat einmal mit nichts in der Tasche angefangen und macht heute mit Schweineschmalz und Schinken das größte Geschäft der Welt.«

John Workmann wandte den Kopf zum Fenster und blickte hinaus. Er sah nur noch den Rücken des von Johnston bezeichneten Mannes. Aber die Sekunden, welche er voll Interesse durch das Fenster blickte, genügten für den Abenteurer, um in das Glas Wein John Workmanns einen der berüchtigten Knock out drops zu werfen. Das ist ein in die Form einer Pille gebrautes Opiat, das von den Banditen der Großstädte gern angewandt wird, um ihr Opfer zu betäuben.

Als John Workmann wieder auf Johnston blickte, ergriff der sein Weinglas, erhob es und sagte:

»Stoßen wir beide darauf an, daß es uns genau so glückt, wie dem reichen Astor!«

Damit war John Workmann einverstanden. Mit dem vielen Gelde in der Tasche glaubte er tatsächlich die erste Leitersprosse zum Millionär erklommen zu haben.

Er nahm das Glas, stieß mit William Johnston an und der sagte noch:

»Keinen Tropfen dürfen wir drin lassen, sonst haben wir Pech. Prost!«

Unter der zwingenden Wirkung dieser Worte trank John Workmann den Wein aus.

Er schmeckte ihm allerdings etwas bitter. Doch da er nichts von Wein verstand, so glaubte er, das müsse so sein, lehnte aber ein weiteres Glas, das ihm Johnston einschenken wollte, ab.

Während er ruhig von allen möglichen Dingen weiterplauderte, übte das Opiat bei John Workmann mehr und mehr seine verderbliche Wirkung aus. Vergebens kämpfte er gegen die ihn befallende bleierne Müdigkeit und dann – ohne noch etwas sagen zu können, sank er mit dem Kopf auf die Tischplatte und war in bewußtlosen Schlaf verfallen.

Ein spöttisches Lächeln huschte über das fahle Gesicht des jungen Abenteurers, als er sich jetzt zu John Workmann beugte und ihm mit einem schnellen Griff die Brieftasche aus der Jacke zog.

»Pah«, lachte er leise vor sich hin, »ein Greenhorn, ein Gimpel, dem ich, wie schon vielen anderen, eine gute Lehre gegeben habe. Er wird sich in Zukunft hüten, mit einem Fremden ohne weiteres ein Glas Wein zu trinken. He, Waiter!« – Der Kellner kam von der Bar, Johnston holte eine Handvoll loser Geldstücke aus der Tasche, bezahlte die Rechnung für sich und auch für sein Opfer und sagte:

»Mein Freund ist von dem Wein schläfrig geworden. Hier haben Sie ein Fünfzigcentstück extra. Lassen Sie ihn ruhig eine Stunde schlafen. Ich werde, wenn irgend möglich, da ich mit meinem Vater konferieren muß, in einer Stunde wieder zurück sein.«

Der Kellner verbeugte sich, bedankte sich für das hohe Trinkgeld, gab dem eleganten Banditen Überzieher, Hut und Stock, und ohne sich noch einmal nach John Workmann umzusehen, verschwand der gefährliche Desperado der Großstadt aus dem Restaurant.

Einige wenige Gäste kamen noch in der Zwischenzeit, blickten flüchtig zu John Workmann, tranken irgend etwas und verließen wieder das Lokal.

Es begann bereits zu dunkeln, als John Workmann aus der tiefen Betäubung erwachte.

Völlig verwirrt, einen eigentümlichen Druck im Kopf spürend, blickte er um sich und wußte zuerst nicht, wo er sich überhaupt befand.

Dann dämmerte langsam das Bewußtsein bei ihm empor und er erinnerte sich, mit einem Fremden, den er sich nur noch unklar vorstellen konnte, aber dessen Namen er behalten hatte, hier in das Restaurant zum Mittagessen gegangen zu sein.

Er starrte auf den leeren Platz des Fremden und rief dann den Kellner, um ihn nach dem Verbleib seines neuen Bekannten zu fragen.

Der Kellner schüttelte die Achseln und sagte:

»Der Gentleman hat das Diner bezahlt und sagte, er wolle in einer Stunde wiederkommen. Ich solle Sie nicht stören.«

»Habe ich so fest geschlafen, daß ich nichts gehört habe?«

»Muß wohl sein, Sir, der Gentleman sagte mir, daß Sie fest schliefen und ich solle Sie nicht stören. Hoffentlich haben Sie jetzt ausgeschlafen!«

Der Kellner entfernte sich und John Workmann überlegte, was er nun anfangen solle.

Noch hatte er nichts von dem Verlust seiner Brieftasche gemerkt.

In einer Stunde, sagte der Kellner, wolle sein neuer Freund wiederkommen. Ob er tatsächlich auf ihn wartete? – Soviel er sich erinnerte, mußte es der Sohn eines reichen Vaters sein. Er sprach ja wohl davon, daß sein Vater einer der größten Bankiers von Chikago war.

Beim Wort Bankier dachte er an sein Geld.

Unwillkürlich faßte er nach der Rocktasche – und tastend, zitternd, prüfend, suchend fuhren seine Finger unter das Jackett – sämtliche Knöpfe riß er auf, zog das Futter der Innentaschen heraus, wurde aschfahl im Gesicht. – Die Brieftasche war fort.

Wie ein Irrsinniger begann er sein ganzes Jackett nochmals nach der Brieftasche zu durchsuchen. Dann bückte er sich, blickte unter den Tisch, unter den Stuhl, auf dem er saß, eine Stecknadel hätte er auf dem Fußboden entdeckt, aber von seiner Brieftasche war nichts zu sehen.

Mit einem tiefen Atemzug unterdrückte er einen Schrei, und dann rief er nach dem Kellner.

»Sie wünschen, Sir?«

»Entschuldigen Sie – haben Sie vielleicht bemerkt, daß mein Freund meine Brieftasche mitgenommen hat?«

Der Kellner schüttelte den Kopf.

»No, Sir. Ihr Freund hat mir nichts davon gesagt. Vermissen Sie Ihre Brieftasche?«

»Yes, Sir.«

»Wieviel Geld war in der Brieftasche?«

John Workmann begann zu überlegen. Nach dem Opiat war ihm immer noch ganz wirr im Kopf. 2653 Dollar hatte er auf seinen Scheck ausbezahlt bekommen. Die hatte er erstmal in die Brieftasche gesteckt. Aber ... aber, er versuchte gewaltsam, seine wirren Gedanken zu ordnen. Die vielen Scheine waren ihm doch in der Brieftasche nicht genügend sicher gewesen. Er hatte sie noch in der Bank irgendwo anders untergebracht. Jetzt kam ihm die Erinnerung wieder. Er hatte sie in die Lederkatze geschoben, die er auf Fred Harrysons Rat einmal auf der Manituba Farm von einem Hausierer gekauft hatte. Er trug den Riemen mit der kleinen Tasche unter der Weste um den Leib, und mit zitternden Fingern griff er jetzt danach. Die Tasche raschelte, als er ihre Druckknöpfe öffnete. Zwei Tausenddollarscheine und fünf Hundertdollarscheine waren darin. Jetzt fiel ihm wieder alles deutlich ein. 2500 Dollar hatte er schnell in dieser Gürteltasche direkt an seinem Leibe versteckt. 130 Dollar hatte er in die Brieftasche gelegt und 5 Dollar locker in die Weste gesteckt. Er griff nach der Westentasche. Das kleine lockere Geld war noch da. Der Dieb hatte nur die Brieftasche erwischt. Der Schaden war zwar schmerzlich, aber er konnte zur Not ertragen werden.

»War viel Geld in der Tasche?« wiederholte der Kellner seine Frage.

»Hundertunddreißig Dollar.«

»By Jove! – das ist eine ganz nette Summe. Well« – der Kellner blickte forschend zu John Workmann – »Kennen Sie Ihren Freund genau?«

»Meinen Freund? – Ich habe ihn eine Stunde, bevor ich in Ihr Restaurant kam, in der National-Saving-Bank kennengelernt.«

Der Kellner lachte kurz auf.

»Dann hat man Sie also gefleddert!«

»Gefleddert? – Was bedeutet das?«

»Sie sind ein Greenhorn, Sir. Wie können Sie denn mit einem Menschen, den Sie eben erst kennengelernt haben, in ein Restaurant gehen und dort eine Flasche Wein trinken! Darum gab mir dieser geschniegelte Halunke ein hohes Trinkgeld.«

»Entschuldigen Sie«, warf John Workmann ein, »von welchem Halunken sprechen Sie?«

»Von welchem – nun, von Ihrem Bekannten, der hier mit Ihnen zusammen Mittag aß.«

»Das ist kein Halunke«, versuchte John Workmann den Abenteurer zu verteidigen, »ich kenne seinen Namen, er heißt William Johnston, und sein Vater ist einer der größten Bankiers in Chikago.«

»Well –«, erwiderte der Kellner lang gedehnt. »Man kann in Chikago, in diesem großen Raubnest, einen Vater als Bankier besitzen und doch ein Halunke sein, ebenso schlimm wie ein Desperado auf der Landstraße im Westen.«

John Workmann verließ das Restaurant. Er war in einer grimmigen Stimmung. Wie leicht hatte er es dem Verbrecher gemacht, ihn, einen Jungen, der auf dem New Yorker Straßenpflaster groß geworden war, zu bestehlen. Da hatte er immer geglaubt, daß er viel zu gewitzigt sei, um noch in irgendeine Falle zu geraten, und war doch in eine ganz plumpe hineingetappt. Aber es war jetzt nicht Zeit, solchen Erwägungen nachzugehen. Der Tag ging zur Neige, und er mußte für ein Nachtquartier Sorge tragen. Fred Harryson hatte ihm die Adresse eines guten, billigen Boardinghauses aufgeschrieben. Aber die steckte in der Brieftasche und war natürlich auch mit zum Teufel. Aufs Geratewohl mußte er sich irgend etwas suchen und schlenderte weiter durch die Straßen der Riesenstadt. Ohne daß er wußte wie, führte ihn sein Weg in die Nähe der großen Packhäuser, der Riesenschlächtereien, die einem Teile Chikagos das Gepräge geben. Da hörte er sich plötzlich von hinten angerufen. Als er sich umdrehte, erblickte er den alten Iren, der als Cattleman mit ihm in Springshill nach Chikago gekommen war. Der befand sich in der Gesellschaft eines blonden, breitschultrigen, hochgewachsenen Mannes in den besten Jahren.

Vergnügt schlug ihm der Ire auf die Schulter.

»Das ist unser jüngster Cattleman.« Mit diesen Worten machte er ihn mit seinem Begleiter bekannt. »Ein fixer Kerl. Schade, daß er nicht bleiben will. Er hat es sich in den Kopf gesetzt, Packer zu werden. Das ist also etwas für Sie, Stuhrman, Sie sollten den Jungen mitnehmen und morgen vor die richtige Schmiede bringen. Es ist nicht gut, wenn er hier allein in Chikago umherläuft. Chikago ist kein gutes Pflaster.

Der als Mr. Stuhrman Bezeichnete musterte John Workmann mit kritischen Blicken. Dann gab er sein Urteil. »Der Bursche gefällt mir. Er könnte wohl ein tüchtiger Packer werden, wenn er sich an seine Arbeit hält. Ich wäre bereit, es mit ihm zu versuchen.«

John Workmann musterte den Sprecher noch einmal von oben bis unten. »Und ich mit Ihnen«, sagte er dann kurz.

»Alle Wetter, der Junge besitzt Selbstvertrauen. Er will es mit mir versuchen, mit Henry Stuhrman, einem der ersten Packer der Firma. Wenn seine Hände halten, was sein Mund verspricht, kann der Junge bedeutend werden.« John Workmann merkte die Ironie nicht, die in diesen Worten lag, oder er wollte sie nicht merken.

»Ich verspreche gar nichts Besonderes, Sir«, erwiderte er schlicht. »Ich kenne Sie seit zwei Minuten, und Sie kennen mich ungefähr ebenso lange. Sie bieten mir einen Platz in Ihrem Betriebe an, und ich bin gerne bereit, ihn anzunehmen. Das ist alles.«

Aber während John Workmann scheinbar ruhig diese Worte sprach, fluteten ihm die Gedanken durch den Kopf. Das Abenteuer mit Johnston wirkte nach. Er rief sich alle Fälle von Bauernfängerei ins Gedächtnis zurück, die er von New York her kannte. Würde Mr. Stuhrman jetzt eine Kaution von ihm verlangen, so würde er ihm sofort den Rücken drehen. Aber nichts dergleichen geschah. Nach einer kurzen Pause sagte der Packer:

»Melden Sie sich morgen früh um sieben Uhr beim Portier am Portal 11 von Armour and Company und fragen Sie nach mir. Das Weitere wird sich dann finden. Was können Sie bis jetzt?«

»Ich habe das letzte Jahr auf der Farm Maschinen geführt.«

»Engine Driver, all right, da findet sich sicher was für Sie.«

John Workmann wußte, daß er nach amerikanischer Sitte jetzt verpflichtet war, seine beiden Bekannten zu einem kurzen drink einzuladen. Das tat er denn auch, und die Einladung wurde ohne Zögern angenommen. Mr. Stuhrman stellte das auf einen Zug geleerte Glas Lagerbier auf den Schenktisch zurück und strich sich den Bart.

»Ein deutsches Erbteil, dieser Durst«, meinte er schmunzelnd. »Mein Großvater brachte den Durst vor sechzig Jahren auf einem Segelschiff von Hamburg mit herüber und hinterließ ihn meinem Vater. Von dem habe ich ihn geerbt. Wo wohnen Sie denn, Mr. Workmann?«

Bei diesen Worten fiel es John Workmann schwer aufs Herz. Er hatte ja immer noch kein Unterkommen, und die Dämmerung war allmählich in volle Dunkelheit übergegangen. Mit einigem Zögern erzählte er, daß er sich eben erst ein Nachtquartier suchen wollte.

»Hätt's mir beinah denken können«, meinte der Packer mit einem Blick auf das Ränzel, welches John Workmann noch immer umgehängt bei sich trug. »Well, ich mache Ihnen den Vorschlag, ziehen Sie vorläufig zu mir. Ich habe eine Fremdenkammer frei. Das Geschäftliche müssen Sie mit meiner Frau besprechen. Dann habe ich Sie morgen früh gleich bei der Hand, wenn wir in den Workshop gehen.«

John Workmann nahm das Anerbieten dankend an, und eine neue Lage des berühmten, aus der Stadt Milwaukee stammenden Lagerbieres aus der großen deutschen Brauerei von Pabst wurde darauf geleert.

»Mr. Pabst ist Millionär durch unseren Durst geworden«, meinte Stuhrman lachend. »Armour, der Fleischkönig in Chikago, ist groß, aber Pabst, der Bierpabst in Milwaukee, ist noch größer. Ein Papst soll ja wohl mehr sein als ein König.«

Eine Stunde später saß John Workmann in der kleinen, aber sauberen Wohnung von Stuhrman am Abendtisch. Mit Mrs. Stuhrman war er sehr schnell handelseins geworden. Für ein geringes Entgelt hatte sie mit ihm fullboarding vereinbart, Logis und volle Verpflegung.

Als John Workmann sich auf dem neu gewonnenen Lager ausstreckte, gingen ihm die Eindrücke dieses Tages wild durch den Kopf. Er überdachte das Abenteuer mit dem vermeintlichen Johnston, bei dem er noch mit einem blauen Auge davongekommen war. In New York hatte er sich zu allen Tages- und Nachtzeiten in den verrufensten Vierteln umhergetrieben, und niemals war ihm etwas passiert. Niemals hatte er auch nur das Gefühl einer Unsicherheit gehabt. Jetzt, mit der großen Summe Geldes, die er sich der Sicherheit halber auf den blanken Leib geschnallt hatte, wurde er das Gefühl der Unsicherheit nicht los. Er suchte den Grund dieser Erscheinung und fand ihn nach einigem Nachdenken. Als er selbst noch zu den Ärmsten der Armen gehörte, war natürlich kein Mensch auf die Idee gekommen, bei ihm etwas zu suchen. In dem Augenblick dagegen, wo er in Banken ging, wo er Schecks einkassierte und Tausenddollarnoten in der Hand hielt, mußte er logischerweise die Aufmerksamkeit derjenigen auf sich ziehen, die vom Verbrechen an ihrem Nächsten lebten. Er beschloß jedenfalls, in Zukunft keinem Menschen etwas von der Summe zu verraten, die er auf dem Leibe trug, und nach außen hin nach wie vor arm und mittellos zu erscheinen. Dann flogen seine Gedanken weiter und verwirrten sich allmählich unter dem Einflusse des herankommenden Schlafes. Fleischkönige und Bierpäpste sah er im Traume. Zuckerkönige, Baumwollkönige, Stahlkönige, Petroleumkönige und Eisenbahnkönige. Schließlich führten sie alle einen wilden Tanz auf, und größer und mächtiger als sie alle stand in ihrer Mitte der Zeitungsriese. Und dann fiel John Workmann in einen gesunden, traumlosen Schlaf.

20. Kapitel

John Workmann hatte einen Job, eine Stellung bei Armour and Company, gefunden. Mr. Stuhrman wußte wohl, was er tat, als er den jungen Maschinisten mit in das Werk nahm. Sie brauchten dort bei Anbruch der wärmeren Jahreszeit dringend Hände für die großen Eismaschinen. Zum Betriebe gehörten ja auch gewaltige Kühlhallen, in denen Tausende von Rindern und Schafen ausgeschlachtet, aber unzerteilt in der Kälte hingen, bis sie in ebenfalls gekühlten Eisenbahnwagen nach allen großen Städten des Landes abtransportiert wurden.

John Workmann hatte seine neue Stellung. Er war ein kleines, unscheinbares Rädchen in dem Riesenbetriebe von Armour and Company geworden. Seine Aufgabe bestand darin, eine der großen Kältemaschinen, die von noch gewaltigeren liegenden Dampfmaschinen direkt angetrieben wurden, zu warten. Die Aufgabe war körperlich nicht anstrengend, sie erforderte nur eine gewisse Summe von skill, von Geschicklichkeit des Kopfes und der Hand. Es gab bisweilen kleine Störungen an diesen Maschinen, und der Witz des Maschinisten bestand darin, sie sofort im Entstehen zu bemerken und zu beheben. Kleinigkeiten, die heute von der fortschreitenden Technik längst beseitigt sind, die aber an den älteren hier noch im Betrieb befindlichen Maschinen des öfteren auftraten.

John Workmann hatte es im Laufe der ersten acht Tage heraus, den Gang seiner Maschine genau nach dem Gehör zu beurteilen. Schon an der Tür des schönen, großen Maschinensaales erkannte er sicher, ob die Ventile der großen Kompressoren richtig spielten. Mit sicherem Blick ersah er bereits am Glanze und der Politur einer hin und her gehenden Kolbenstange, ob die zugehörige Stopfbüchse richtig angezogen war oder nicht. Dann hatte er im Augenblick den Schraubenschlüssel bei der Hand und stellte die Büchse so, daß sie die nächsten Wochen tadellos lief. Aber John Workmann fühlte sich von dieser Tätigkeit noch weniger befriedigt als von der Arbeit auf der Farm und während des Viehtransportes. Im Laufe der Zeit hatte er seine Kollegen in der großen Maschinenhalle näher kennengelernt. Alte Leute waren darunter, die seit dreißig Jahren tagaus, tagein ihre Maschinen bedienten und darüber einseitig und stumpf geworden waren. Dann wieder junge Leute, die die Stellung nur für kurze Zeit angenommen hatten und anderen Zielen zustrebten. Zufriedenheit herrschte unter den Maschinisten nicht. Die einen taten ihren Dienst mit stumpfer Gleichgültigkeit, die anderen waren verbissen und schimpften weidlich auf die Reichen, für die sie sich placken mußten. John Workmann hatte den Eindruck, daß es unter dem Maschinenpersonal gärte, und faßte den Entschluß, sich bald nach etwas anderem umzusehen. Aber er wollte nicht in dem Betriebe gewesen sein, ohne ihn wenigstens kennengelernt zu haben. So genau und so eingehend, wie er sich vor Jahren den Betrieb des New York Herald angesehen hatte.

Nun aber fand er, daß das gerade für ihn, der er doch in diesem Betriebe angestellt war, vollkommen unmöglich war. Er kam durch sein bestimmtes Portal, drückte auf den Knopf der Kontrollmaschine, die seinen Eintritt in das Werk auf die Sekunde genau verbuchte auf einen Zettel, nach welchem später sein Wochenverdienst ausgeschrieben wurde. Er ging auf einem vorgeschriebenen Weg in den Maschinenraum und zog sich um. Er übernahm die Maschinenwache von seinem Vorgänger und hatte sie acht Stunden zu führen, um sie dann an seinen Nachfolger abzugeben. In drei Wachen oder Schichten von acht Stunden ging der Betrieb hier Tag und Nacht. Nach getaner Wache verließ er das Werk auf dem gleichen kurzen Wege, auf dem er gekommen war, und jede Möglichkeit, andere Teile desselben zu sehen, war ausgeschlossen.

Wenn Mr. Stuhrman zu Hause gelegentlich von seinen Arbeiten erzählte, von der eigentlichen Packerei, in welcher die fertigen Fleischkonserven in Büchsen gepackt und durch besondere Lötmaschinen luftdicht verlötet wurden, so klang ihm das wie die Geschichte aus einer anderen Welt. Oder wenn an Sonntagen Kollegen Stuhrmans zu Besuch da waren und von dem Betriebe in der eigentlichen Schlächterei berichteten, so glaubte er, von einem anderen Lande erzählen zu hören.

Nur einmal, als er bereits 14 Tage im Werk war, bot sich ihm Gelegenheit, wenigstens in das Innere der Kühlhäuser zu gelangen. Da waren die Rohrleitungen, durch welche die Kühlflüssigkeit auf einem Wege von vielen Kilometern die Kühlräume durchströmte, ihrer ganzen Länge nach zu revidieren. Jede Verbindung mußte daraufhin abgeklopft werden, ob sie auch wirklich völlig dicht sei. Leute wurden gebraucht, und John Workmann machte nach getaner Maschinenwache Überstunden. Mit einem Trupp von zwölf Mann kam er in die Kühlräume, und während er Stunde um Stunde die Leitungen absuchte, hier selbst eine Verbindungsmutter festzog, dort einen größeren Schaden für die Grundreparatur notierte, hatte er Gelegenheit, sich diese größte Fleischkammer der Welt genauer anzusehen. Was er sah, war Fleisch, Fleisch und wieder Fleisch, welches hier, bei einer Temperatur von einem Grad Celsius über Null, hing. Hunderte von gewöhnlichen Quecksilberthermometern waren in den weit ausgedehnten Hallen aufgehängt und gestatteten es, die Temperatur jederzeit abzulesen. Überdies waren an den wichtigsten Stellen der Hallen registrierende Fernthermometer eingebaut, welche den Stand der Temperatur fortlaufend elektrisch nach dem Verwaltungsbüro der Werke übertrugen. Jederzeit konnte man sich dort überzeugen, ob die Kühlung auch richtig arbeitete. Hing doch von ihrem guten Funktionieren Gedeih oder Verderb von Fleischmengen im Werte vieler Hunderttausende von Dollar ab.

Während John Workmann eifrig seine Arbeit besorgte, befolgte er doch andererseits den Rat, den ihm Mr. Miller in New York vor langer Zeit einmal gegeben hatte. Er stahl mit den Augen, was sich nur irgend stehlen ließ. Als er am ersten Tage dieser Tätigkeit das Werk verließ, hatte er den Plan und die Anlage der Kältehäuser so genau im Kopfe, daß er sie aufzeichnen konnte.

Aber auch diese Arbeit nahm ein Ende, und keine Gelegenheit bot sich, die anderen Teile des Betriebes kennenzulernen. Er fragte seinen Wirt, ob es nicht möglich sei, sich zur Reparaturkolonne versetzen zu lassen. Aber der lachte ihn einfach aus.

»No, my boy, quite impossible. Zur Reparaturkolonne nehmen sie nur die geschicktesten Schlosser und Mechaniker, welche die dortigen Maschinen von Grund auf kennen.«

»Wo bekommen sie denn aber diese Leute her? Einmal müssen es die doch auch irgendwo gelernt haben.«

»Sehr richtig, my boy, aber nicht in den Betrieben von Armour and Company, sondern in den Fabriken, wo die betreffenden Maschinen gebaut werden. Was meinen Sie, was so eine automatische Lötmaschine für ein kompliziertes Ding ist? Auf der einen Seite schiebt man fortwährend die Büchsen mit lose aufgesetztem Deckel hinein, und auf der anderen Seite kommen sie fix und fertig verlötet wieder heraus. Damit kennt sich nur jemand aus, der diese Maschinen in der Fabrik selbst von A bis Z zusammengesetzt hat. Wenn das Werk solche Maschinen kauft, übernimmt es immer einen Mann mit, der sie genau kennt. Da ist wenig Aussicht für Sie, in die Reparaturkolonne hineinzugelangen.«

John Workmann schwieg. Hier erfuhr er zum erstenmal in seinem Leben, daß es gar nicht so einfach sei, alles kennenzulernen. Er fühlte erst in diesem Augenblicke so recht, wie groß das Geschenk war, welches ihm Mr. Bennett mit der Erlaubnis, den Zeitungsbetrieb zu besichtigen, gemacht hatte. Er nahm sich mehr denn je vor, die Armour-Werke genau kennenzulernen, bevor er sie verließ. Einstweilen aber halfen ihm derartige Entschlüsse wenig. Er mußte wieder in seine Stellung bei der Eismaschine zurückkehren und dort seine Schichten Dienst tun.

Dort hatte die Mißstimmung inzwischen schärfere Formen angenommen. Einige Maschinisten hatten sich dem Ingenieur gegenüber aufsässig gezeigt und waren Knall und Fall im Zeitraum einer Viertelstunde entlassen worden.

John Workmann hatte an diesem Tage Nachtschicht von acht Uhr abends bis vier Uhr morgens. Als er seinen Dienst antrat, war der große Krach gerade eine halbe Stunde vorüber, aber die Mienen einiger Maschinisten weissagten wenig Gutes. Diese Leute fanden Gelegenheit, während des Dienstes die Köpfe zusammenzustecken und allerlei zu bereden.

John Workmann tat ruhig seinen Dienst und kümmerte sich sehr wenig um das, was da vorging. Dafür hielt er die Ohren und Augen um so mehr offen, denn er hatte das instinktive Gefühl, daß etwas in der Luft lag. Er brauchte nicht allzu lange zu warten. Plötzlich ging scheinbar ohne Grund der Skandal von neuem los. Vier Maschinisten bekamen um einer Kleinigkeit willen Zwist mit dem Ingenieur, wurden grob ausfallend und trieben den Wortwechsel so weit, daß diesem gar nichts anderes übrigblieb, als sie sofort zu entlassen. MacClure tat es offensichtlich nur widerstrebend, denn das Personal wurde ihm verzweifelt knapp. Wie die Dinge jetzt lagen, mußte er die Schichten sofort von acht auf zwölf Stunden heraufsetzen und jedem der wenigen Maschinisten, die ihm noch verblieben, die doppelte Anzahl von Maschinen übertragen. So lange wenigstens, bis im Laufe des nächsten Tages Hilfskräfte geworben werden konnten. So hatte John Workmann an Stelle von zwei Maschinenaggregaten plötzlich deren vier zu warten, und er hatte die Aussicht, bis zum nächsten Morgen um acht Uhr in der Maschinenhalle zu bleiben.

Sorgfältig prüfend schritt er die neu übernommenen Maschinen ab, um sich von dem guten Funktionieren aller ihrer Teile zu überzeugen. Sein Blick ging über die arbeitenden stählernen Teile der Maschinen. Er sah, wie die gigantischen Kolbenstangen der Tandem-Dampfmaschinen in rastlosem Spiel die Kreuzköpfe hin und her jagten, wie die Pleuelstangen die Maschinenkurbeln drehten, wie Schwungräder von doppelter Manneshöhe sich rastlos drehten und die Arbeit durch die Maschinenwelle weiter auf die Eismaschine übertragen wurde. Sein Blick flog zu den Schmiergefäßen des neuen Aggregates. Große blanke Glasgefäße mit glänzender Nickeleinfassung waren diese. Feine Kupferröhren leiteten von ihnen das Schmieröl zu den mannigfachen Teilen der Maschinen, welche in Bewegung waren und ständiger Schmierung bedurften. Dick, klar und gelb wie reiner Honig sollte in ihnen das Öl stehen. So war es an John Workmanns Maschine. Aber hier an dieser neu übernommenen ... sein Blick stutzte. Unwillkürlich flog er zu seiner eigenen Maschine zurück ... Ja, war denn hier der Teufel los? Vor zehn Minuten hatte er das Glasbassin an seiner Maschine mit dem klarsten, feinsten Maschinenöl gefüllt, und jetzt sah das Gefäß ebenso dunkel und verdächtig aus wie das der neu übernommenen.

Mit einem Satze war John Workmann bei seiner eigenen Maschine, riß den Deckel des Gefäßes herunter und fuhr mit einem weißen Wischtuch durch die Flüssigkeit. Das Öl sickerte durch das Tuch, und ein schwärzlicher, sandiger Rückstand blieb auf dem Stoff zurück.

Hier stimmte etwas nicht. Ohne sich einen Moment zu besinnen, lief John Workmann in das Büro von MacClure. Der Ingenieur saß mißmutig an seinem Arbeitstisch und beobachtete die Skalen der Fernthermometer, welche ihm die Temperaturen aus den Kühlhallen übermittelten. Unwirsch wandte er sich um und blickte auf John Workmann.

»He, Sir, wollen Sie auch Skandal anfangen und weglaufen? Wollen Sie mich denn mit Gewalt ruinieren? Seitdem die letzten Skandalmacher abgezogen sind, ist die Temperatur in den Kühlhäusern um zwei Grad gestiegen. Die Kühlflüssigkeit zirkuliert nicht richtig, oder es stimmt sonst etwas nicht. Und das abends um ½11 Uhr, wo man keine Hilfskräfte auftreiben kann...«

John Workmann unterbrach den Redefluß des Ingenieurs.

»Sehen Sie nur, Sir, was mit dem Öl los ist. Ich bemerkte soeben, daß das Öl nicht mehr hell und klar, sondern dunkel, fast schwarz in den Schmiergläsern steht. Ich fahre mit dem Putztuch durch das verdächtige Öl und bekomme diesen sandigen Rückstand.«

Mr. MacClure sprang auf, wie von einer Schlange gebissen. Er riß John Workmann das Tuch aus der Hand und biß mit den Zähnen hinein, ohne sich um den Petroleumgeschmack des Öles weiter zu kümmern. John Workmann hörte, wie es dem Ingenieur zwischen den Zähnen knirschte. Er sah, wie dieser totenblaß wurde und den Lappen wütend auf den Tisch schleuderte.

»Gemeine Sabotage. Die Banditen haben vor ihrem Weggange noch Schmirgelpulver in die Ölgefäße geworfen. Wenn die Maschinen damit drei Stunden laufen, sind sie hin...«

Noch während dieser Worte war MacClure aus dem Büro in den Maschinenraum gelaufen und gab mit hallender Stimme seine Befehle.

»Sofort alle Maschinen stillsetzen! Die Heizer die Feuer unter den Kesseln aufbänken, aber Dampf halten!«

In zehn Sekunden war der Befehl vollzogen. Sämtliche Maschinen standen, und Totenstille herrschte in dem großen Raum, der eben noch vom tiefen, ruhigen Atmen der Dampfmaschinen, vom Klirren und Klingen der Eismaschinenventile, vom Schnurren der Regulatoren erfüllt war. Nur wenn einer der Maschinisten durch den Raum ging, hörte man gespenstisch das

Klappern seiner Schritte auf den weißen Fliesen, mit denen Fußboden und Wände des Raumes ausgelegt waren.

MacClure ging von Maschine zu Maschine und stellte fest, daß das Öl in sämtlichen Schmiergefäßen durch Schmirgelpulver verunreinigt war. Dann rief er John Workmann zu sich.

»Mr. Workmann, ich habe Vertrauen zu Ihnen. Hier ist der Schlüssel zum Ölstore. Laufen Sie und bringen Sie eine Gallonenkanne mit gutem Vaselinöl. Beeilen Sie sich, schließen Sie die Kammer wieder hinter sich zu...« MacClure mußte schreien, denn John Workmann war bereits in der Tür des Maschinenraumes »... und bringen Sie den Schlüssel wieder mit.«

Als John Workmann mit der schweren Kanne schleppend und keuchend zurückkehrte, hatte sich MacClure mit den ihm verbliebenen fünf Maschinisten bereits auf ein Aggregat gestürzt. An allen Teilen der Maschine, wo Schmiergefäße und kupferne Schmierleitungen waren, klebten die Maschinisten, schraubten Gefäße und Leitungen ab, pusteten durch die Rohre und gossen die für jede Maschine so tödliche Mischung von Öl und Schmirgel in einen großen Weißblechkasten. Kaum war John Workmann mit seiner Kanne angelangt, als ihn ein neuer Befehl MacClures traf.

»Petroleum, boy, schnell, Petroleum! Die größte Kanne, die Sie finden können.«

Als John Workmann mit dem Verlangten kam, wurde das Petroleum in einen reinen, eisernen Kasten gegossen. Und dann begann die große Wäsche. Jedes Gefäß wurde ausgespült, daß auch nicht ein Krümchen Schmirgel darin blieb. Jedes Rohr wurde mit Petroleum durchspritzt, bis es absolut sauber war. Dann begann die Montage der Gefäße und Rohre. In einer halben Stunde war sie vollendet, und John Workmann beteiligte sich flink und gewandt dabei. Aber schon jagte ihn ein neuer Befehl von MacClure, frisches Petroleum heranzuschaffen. Es wurde in die gläsernen Schmiergefäße gefüllt und nachgegossen, bis es unten aus den zu schmierenden Lagern und bewegten Teilen wieder hinausfloß. Dann wurde frisches Öl gegeben und mit einer Handpumpe durch die Rohrleitungen hindurch mit Gewalt in die Maschinenteile gegeben. Und dann, nach einer Pause von reichlich zwei Stunden, konnte MacClure den Befehl zum Wiedereinstellen dieser Maschine erteilen. Einen Augenblick verschwand er in seinem Büro.

»Vier Grad über Null in den Kühlräumen!« schrie er, als er zurückkam. Seine Maschinisten hörten ihn kaum. Die klebten schon an der nächsten Maschine und brachten sie im Laufe von knapp zwei Stunden auch in Gang.

MacClure war im Kesselhaus und feuerte die Heizer an. »Mehr Dampf, boys, drei Teile über den roten Strich dürft ihr geben. Wenn sich die Manometer verbiegen, nehme ich's auf meine Kappe.«

Zwei Maschinen liefen, liefen mit Überspannung und erhöhter Tourenzahl, als wollten sie das Versäumte nachholen.

»Fünf Grad über Null!« schrie MacClure und war dem Weinen nahe. »Bei acht Grad fängt das Fleisch an zu verderben.« Und er spülte und reinigte und putzte mit, daß seine spiegelblanke Hemdenbrust von einem greulichen Gewirr von Petroleumschmirgelspritzern bedeckt wurde. Um sechs Uhr morgens lief nicht nur die dritte, sondern es liefen auch die vierte und fünfte Maschine, denn um vier Uhr waren die Maschinisten der nächsten Schicht gekommen und arbeiteten mit, während diejenigen der ersten Schicht nicht daran dachten, nach Hause zu gehen. Um acht Uhr morgens liefen von den 24 Maschinen der Anlage acht Stück. Sie liefen mit vier Atmosphären Überdruck und mit festgebundenen Regulatoren und machten nicht mehr 120, sondern 180 Umdrehungen in der Minute. Aber das Unheil war aufgehalten. Seit einer halben Stunde war das Thermometer in den Kühlräumen nicht mehr gestiegen. Seit ein halb acht hielt es sich beständig auf sieben Grad über Null. Von diesem Moment an gewann die Hoffnung wieder Raum. In jeder weiteren Stunde kamen zwei neue Maschinen in Betrieb, und von zwölf Uhr mittags ab begann das Thermometer langsam, aber unverkennbar zu fallen. Von dieser Zeit an verringerte MacClure die Geschwindigkeit der Arbeit.

»Langsam, aber sorgfältig, Jungens. Ein einziges Schmirgelkorn, das zurückbleibt, kann uns ein heißgelaufenes Lager einbringen.«

Und während die Maschinisten nach seinen Weisungen in der vierzehnten Stunde ebenso zäh und eifrig arbeiteten wie in der ersten, lief MacClure mit der Ölkanne in der Hand, in Hemdärmeln, verschmiert und bespritzt zwischen den arbeitenden Maschinen hin und her, befühlte jedes Lager und überzeugte sich, ob es auch nicht eine verdächtige Erwärmung aufwiese. Dann wieder saß er am Telefon und telefonierte mit dem technischen Direktor wegen der Anwerbung neuer Maschinisten. Von zwei Uhr nachmittags an erschienen allerlei Leute, die vom Lohnbüro hergeschickt waren und behaupteten, Maschinisten zu sein. Viele davon waren nicht zu gebrauchen. Die wenigen, die paßten, nahm MacClure sogleich in Dienst. Die geworbenen Leute wurden an Ort und Stelle in Arbeitsanzüge gesteckt und mußten sofort mitarbeiten.

Um sechs Uhr abends hatte MacClure wieder vollzähliges Personal für drei Schichten zu acht Stunden, und alle Maschinen liefen. Aber noch einmal hieß es für die alten Leute der Nachtschicht acht volle Stunden aushalten, bevor sie sich der Ruhe hingeben konnten. Dreißig Stunden, nachdem John Workmann seine Wache angetreten hatte, übergab er seine Maschinen seinem Nachfolger. Aber bevor er die Halle verließ, rief ihn MacClure zu sich und schüttelte ihm die Hand.

»Well, Mr. Workmann, jetzt schlafen wir erst ordentlich aus. Heute abend reden wir weiter über den Vorfall. Ihre Leistungen sollen nicht unbelohnt bleiben.«

21. Kapitel

Geleitet von MacClure, trat John Workmann in das Büro des technischen Direktors der Armour-Werke.

»Mr. Graham, hier ist Mr. Workmann, den Sie zu sehen wünschten.« Der Direktor trat auf John Workmann zu und musterte ihn eine ganze Weile.

»Well, Mr. Workmann, Mr. MacClure hat mir von Ihnen gesprochen. Sie haben uns durch Ihre Aufmerksamkeit vor großem Schaden behütet. Es ist unsere Pflicht, Sie dafür zu belohnen. Bevor ich eine Gratifikation für Sie ausschreibe, wollte ich Sie kennenlernen. Junge Leute haben manchmal besondere Wünsche, die ihnen wertvoller sind als Geld. Ich wollte Sie fragen, ob ich Ihnen, abgesehen von Ihrer Gratifikation, noch einen Gefallen erweisen kann.«

John Workmann blickte den Direktor gerade und offen an.

»Ja, Herr Direktor, ich habe seit langem einen großen Wunsch. Ich möchte den Betrieb der Armour-Werke genau in allen Teilen kennenlernen.«

Mr. Graham stutzte und wurde nachdenklich. Es kam nur allzuoft vor, daß Leute von der Konkurrenz, aus anderen großen Packereien, es mit allen Mitteln versuchten, in den Betrieb Eingang zu gewinnen. Diese Leute kamen in irgendeiner harmlosen Maske und spionierten mit großer Sachkenntnis die neuesten und wichtigsten Verbesserungen aus, durch welche die Fabrik der Konkurrenz voraus war. Sollte dieser junge Mensch etwa ein Werkzeug eben jener Konkurrenz sein? Mr. Graham hatte in den zwanzig Jahren, die er im amerikanischen Geschäftsleben stand, eine ganze Reihe von solchen Streichen erlebt. Zweifelnd ruhte sein Blick auf den offenen, ehrlichen Zügen John Workmanns.

»Das ist eine heikle Sache, mein Junge. Unsere Betriebe zeigen wir Fremden nur ungern. Haben Sie nicht einen anderen Wunsch, den ich Ihnen leichter erfüllen kann?«

John Workmann schüttelte mit dem Kopf. »Einen anderen Wunsch habe ich nicht, Sir. Ich bin in die Welt gegangen, um mich umzusehen und alle Dinge kennenzulernen.«

Diese Worte verstärkten den Verdacht Mr. Grahams. Ein junger Mensch, der selber erklärte, daß er in der Welt herumreiste, um sich große Betriebe anzusehen. Das konnte doch nicht mit rechten Dingen zugehen!

»Well«, begann er nach einigem Überlegen, »Ihre Bitte ist so ungewöhnlich, daß ich Sie Ihnen nur schwer erfüllen kann. Ich kann mir nicht vorstellen, daß man Ihnen schon in einem einzigen großen Betriebe eine derartige Erlaubnis gegeben haben könnte. Es widerspricht so ganz unseren Gewohnheiten.«

»Aber Mr. Bennett hat mir gestattet, seinen Betrieb zu studieren.«

»Wer ist Mr. Bennett?« fragte der Direktor trocken.

Jetzt war die Reihe, erstaunt zu sein, an John Workmann.

»Wie, Sie kennen Mr. Gordon Bennett nicht, den Besitzer des ›New York Herald‹, einen der prominentesten Männer Amerikas?«

Mr. Graham ließ den Unterkiefer hinabklappen. Nur ganz langsam zog er ihn wieder in die Höhe.

»Sie wollen behaupten, daß Mr. Gordon Bennett Ihnen die Erlaubnis gegeben hat, seinen Betrieb zu besichtigen?«

John Workmann antwortete nicht sofort. Er nestelte an seiner Kleidung herum und brachte schließlich aus der Innenseite der Westentasche ein verschnürtes Päckchen hervor. Er öffnete es und suchte eine Visitenkarte daraus hervor. Sie war einmal geknifft und zeigte die Spuren öfteren Gebrauches. Schweigend reichte er sie dem Direktor hin. Der las auf der einen Seite den Namen des Zeitungsriesen, auf der anderen die Zeilen: »Hierdurch weise ich jeden meiner Angestellten an, dem Inhaber dieser Karte, John Workmann, alle Auskunft, die er zu haben wünscht, in meinem Betriebe zu geben. Auch kann John Workmann praktisch an den Maschinen arbeiten.«

Kopfschüttelnd las er die Zeilen ein paarmal und betrachtete auch sorgfältig die Namensadresse auf der anderen Seite.

»Können Sie mir die Karte einen Tag hierlassen?«

»Nein, Sir, diese Karte ist das Kostbarste, was ich besitze. Seit jener Unterredung, bei welcher Mr. Bennett sie mir gab, habe ich meinen Weg erkannt.«

»Und wohin soll dieser Weg führen?«

»Zum Millionär.«

Da war das Wort heraus. Es wirkte wie ein Keulenschlag. Schweigend schauten sich Mr. Graham und MacClure an. Schließlich brach der Direktor das Schweigen.

»Da haben Sie also einen zukünftigen Millionär unter Ihren Maschinisten, MacClure. Der Fall will überlegt sein. Einen Augenblick.« Mr. Graham verschwand in einem Nebenraum und kam nach drei Minuten zurück. Mit einer Handbewegung lud er seine beiden Besucher ein, ihm zu folgen. Durch lange hohe Korridore ging der Weg, durch unendlich weite Büroräume, in denen Hunderte von Menschen schreibend und rechnend saßen. Schließlich eine stark gepolsterte Doppeltür, und sie traten in ein hohes, weites, helles Gemach. Ein Greis mit kurz geschnittenem weißem Haar und scharfen Zügen, die im Profil an einen Adlerkopf erinnerten, saß dort hinter einem großen Diplomatenschreibtisch. Eine Reihe von Telefonen stand neben ihm zur Linken, ein hoher Stapel von Akten und Schriftstücken häufte sich zur Rechten.

»Hier, Mr. Armour, ist der junge Mann, von dem ich Ihnen eben sprach.«

Der Greis bat sich die Karte aus. Er griff nach den Schriftstücken zu seiner Rechten und suchte einen Brief heraus, mit dem er die Karte verglich. John Workmann erkannte, daß auch der Brief die charakteristischen Schriftzüge Gordon Bennetts trug.

Die Prüfung war schnell beendet. Mr. Armour ergriff eine von seinen eigenen Visitenkarten und schrieb die Zeilen des Zeitungsriesen wörtlich darauf ab. Während er die Karte sorgsam und methodisch ablöschte, ließ er zum erstenmal seine Stimme hören. Eine volltönende, metallisch klingende Stimme, in welcher verhaltene Kraft vibrierte.

»Ich denke, Gentlemen, was Mr. Bennett getan hat, können wir auch riskieren. Wenn Sie besondere Wünsche haben, Mr. Workmann, lassen Sie sich bei meinem Sekretär melden.«

»Ich danke Ihnen, Mr. Armour.«

Die Audienz mit dem allmächtigen Inhaber der größten Packerei der Welt war beendet. Als John Workmann wieder in dem Zimmer von Mr. Graham stand, schüttelte ihm dieser warm die Hand.

»Sie haben offenbar Glück, Mr. Workmann. Vergessen Sie uns nicht, wenn Sie es zum Millionär gebracht haben. Aber wie ist es denn jetzt mit der Maschinistenstellung bei Mr. MacClure. Wollen Sie die behalten?«

»Ich denke nein, Mr. Graham. Ich will jetzt etwa vierzehn Tage lang Ihren Betrieb studieren und dann weiter nach dem Westen gehen.«

»Wovon wollen Sie aber in der Zeit leben. Man wird schlecht Millionär, wenn man keine Einnahmen hat.«

»Ich habe Geld, Mr. Graham. Außerdem haben Sie mir eine Gratifikation in Aussicht gestellt. Ich denke, die wird reichen, um vierzehn Tage davon zu leben.«

Mr. Graham lachte. »Das hatte ich schon ganz vergessen. Sie scheinen doch aus dem Holze gemacht zu sein, aus dem man Millionäre schnitzt ... Well, Sie haben uns durch Ihre Aufmerksamkeit die Eismaschinen und bedeutende Fleischvorräte erhalten. Ich kann es daher verantworten, wenn ich bei der Abmessung Ihrer Gratifikation bis an die Grenze meiner Kompetenz gehe.«

Mr. Graham setzte sich und schrieb einen Scheck aus. »Hier. Nehmen Sie, und wenn Sie mich sprechen wollen, bin ich immer zu haben. Künftige Millionäre muß man sich beizeiten warm halten.«

Er sagte das Letzte mit gutmütiger Ironie. Aber John Workmann unterbrach ihn sofort.

»Ich werde einmal so sicher Millionär sein, wie ich jetzt vor Ihnen stehe, Mr. Graham.«

»Well, ich wünsche es Ihnen.«

John Workmann hatte sein Studium begonnen. Am Vormittage des nächsten Tages stand er in der Abteilung, wo Pork gemacht wurde. Er stand auf einem schmalen Podium, so daß er sich mit der einen Hand an eine eiserne Säule klammern mußte, um nicht hinunterzufallen. Ein schmaler Gang lag zu seinen Füßen und diesen Gang kamen ohne Unterbrechung lebendige Schweine entlang. Irgendwo im Hintergrund wurden sie mit Stockschlägen vorwärts getrieben. Hier vorne trieb eins das andere vorwärts. Und zwei Schritt von John Workmann entfernt spielte sich mit maschinenmäßiger Gleichgültigkeit ein erschütterndes Schauspiel ab. Ein blitzender Haken an einer Eisenkette fuhr herunter und wieder hinauf. Aber wenn er wieder hinauffuhr, hing an ihm mit gefesselten Hinterfüßen, den Kopf nach unten, ein zappelndes und schrecklich quiekendes lebendiges Schwein. Aber der eiserne Haken mit der Kette kümmerte sich wenig um seine schreiende Last. Der wanderte maschinenmäßig an einer Art Schwebebahn weiter. Wanderte mit einer Geschwindigkeit von einem Meter in der Sekunde. Und zwei Sekunden, nachdem der Haken sein Opfer ergriffen hatte, verstummte dessen Schreien und Quieken plötzlich wie abgehackt. Die Ursache dieses Verstummens war nicht schwer zu erkennen. Auf einem anderen Podium stand ein Mann und führte taktmäßig ein langes, schmales, zweischneidiges Messer. Während das zappelnde Schwein auf ihn zukam, den Rücken gegen ihn gewandt, fuhr das Messer sicher zwischen zwei Halswirbel hindurch und zerschnitt das Rückgrat. Während das Tier, sofort unbeweglich und stumm geworden, weiterglitt und ihm die Bauchseite zeigte, tauchte das Messer noch einmal ein und durchbohrte das Herz. Der Schlachter hatte gerade Zeit, das Messer herauszuziehen und es zum nächsten Genickstoß zu zücken, denn schon kam ihm das nächste Opfer entgegen.

Wohl eine Stunde stand John Workmann hier und beobachtete dies blutige Schauspiel. Mit der Uhr in der Hand verfolgte er das Morden. Er zählte in der Minute 30 getötete Schweine. In der Stunde mußten 1800 Borstentiere hier ihr Leben lassen, der zehnstündige Arbeitstag versprach eine Ausbeute von 18 000 Schweinen. Endlich verließ er seinen Beobachtungsposten und folgte dem Wege der Hängebahn. Die toten Schweine glitten etwa vierzig Meter weiter. Dann machte die Hängebahn über einem riesigen, mit heftig kochendem Wasser gefüllten Bassin einen Bogen. Ihr wanderndes Seil mit den Haken kehrte zum Ausgangspunkt zurück, wo die einzelnen Haken sich neue lebende Opfer griffen. Denn über dem Bassin kippte jeder einzelne Haken um und ließ das tote, an ihm hängende Tier in das siedende Wasser fallen. Es fiel, aber es stürzte nicht ohne Kontrolle. In dem Augenblick, in welchem der erste Haken die kurze, die beiden Hinterfüße verbindende Metallfessel losließ, wurde diese von dem Haken einer anderen Seilbahn gegriffen. Dieser zweite Haken folgte dem toten Körper in das kochende Wasser. Ganz langsam durchquerte er das siedende Bad und zog seine Last hinter sich her. Etwa eine Minute dauerte der Aufenthalt in der Flüssigkeit. Am Rande angelangt, schnellte der Haken in die Höhe und wanderte mit seiner dampfenden Last weiter, hinaus aus diesem von Wasserdämpfen erfüllten Saal in einen anderen Raum. John Workmann folgte und fand hier wohl an hundert große, einzelne, schneeweiße Holztische, an deren jedem zwei Mann beschäftigt waren. An jedem Tisch warfen die wandernden Haken ihre Last ab und sofort stürzten sich die beiden zum Tisch gehörigen Leute mit eigenartigen Holzmessern darauf. Sie schabten den Körper mit diesen Messern, wie etwa ein Dorfbader des Sonnabends seine Bauern barbiert. Und nun zeigte sich die Wirkung des heißen Bades. Unter dem einfachen schabenden Druck der Holzmesser gingen die Borsten glatt ab. Sie häuften sich auf den Messern, wurden in zur Seite stehende Metallwannen abgestrichen, und in etwa sechs Minuten war der Körper von jeder Borstenspur befreit und glänzte allenthalben glatt und rosig. Dann packten ihn die Leute, hängten ihn an die wandernden Haken einer dritten Seilbahn, und weiter ging die Reise. Ging in den Raum, wo sich unter der Seilbahn eine breite und tiefe, mit Fliesen ausgelegte Rinne befand. Hier standen wieder Leute mit Messern. Hatte jener erste Mann nur mit kurzem, schnellem Stich getötet, so wurde den Körpern hier mit breitem, langem Schnitt der Hals aufgeschnitten, und in Strömen ergoß sich das Blut in die darunterliegende Rinne, während die Haken ganz langsam weiterwanderten. Wanderten, bis am Ende der Rinne die Ausblutung beendet war und eine neue Reihe von Männern, mit Messern in den Händen, die ganz langsam wandernden Körper erwarteten. Jeder dieser Männer machte nur einen Schnitt. Aber er machte ihn mit der Genauigkeit und Schnelligkeit, die nur durch jahrelange Übung erworben werden kann.

Der erste schlitzte mit einem einzigen Schnitt den Leib des Tieres von oben bis unten auf, der zweite löste die bereits durchgeschnittene Gurgel, der dritte machte Herz und Lungen frei, der vierte löste diese Organe und nahm sie heraus, der fünfte begann die Därme zu lösen. So ging es Schritt für Schritt weiter, und beim zwölften war das Tier vollständig sauber ausgenommen. Wieder wurden die einzelnen Tiere jetzt auf einzelnen, runden Holzblöcken von den Haken abgeworfen, und der krachende Ton der breiten Fleischäxte ließ sich vernehmen. Hierhin flogen die Ohren, dorthin die Pfoten. An jener Stelle sammelten sich die Keulen. Der Rumpf wurde zerwirkt, und schon brachten neue Seilbahnen, die jetzt nicht mehr Haken, sondern Wannen trugen, die einzelnen sortierten Teile zu anderen Sälen, wo die Verarbeitung ihren Fortgang nahm.

John Workmann ging noch einmal zurück und folgte mit der Uhr in der Hand einem einzelnen Schweine von dem Augenblick an, da es in die Höhe gerissen wurde, bis zu dem Augenblick, da seine einzelnen Teile genau sortiert in die weiteren Säle abwanderten. Er konstatierte, daß darüber genau zwölf Minuten vergangen waren.

Der nächste Tag brachte John Workmann in die Rinderabteilung. Auch hier wurden die Tiere durch einen immer enger und immer abschüssiger werdenden Bohlenweg ihrem Tode entgegengetrieben. Aber hier wurde das Töten schwieriger, weil der Schlächter das Tier nicht wehrlos aufgehängt vor sich hatte. Es kam in dem Moment an ihm vorbei, in welchem es auf dem abschüssigen Bohlenweg ins Rutschen kommen wollte und sich mit allen vier Füßen dagegen anstemmte. Das brachte während einer halben Sekunde eine Verzögerung seiner Bewegung hervor und in dieser halben Sekunde fuhr das Messer genau an der rechten Seite zwischen die Halswirbel. Wie vom Blitz getroffen stürzte das Rind nach vorn über, und vor ihm hörte der Bohlenweg auf. An ihn schloß sich ein endloses breites Transportband, auf welchem das gefällte Rind in die weiteren Säle zur Abhäutung, zum Ausbluten und zum Zerlegen transportiert wurde. Die Stelle, an welcher der Schlächter stand, war die Grenze zwischen Tod und Leben für die Rinderherden, welche dort draußen von Cattlemen in stetem Strome auf die Bohlenbahn getrieben wurden. Eine auf Zentimeter genau berechnete Grenze. Immer wieder an derselben Stelle durchschnitt der Stahl des einen Schlächters maschinenmäßig das Leben des stärksten Stieres, der kräftigsten Kuh.

An diesem Tage erkundigte sich John Workmann, wie denn dieser Mann dort bezahlt würde und hörte zu seinem Staunen, daß er nur sieben Dollar und 50 Cent für jeden Arbeitstag erhielt. John Workmann berechnete sich, daß das Töten eines Rindes nur mit etwa einem Cent bezahlt wurde.

Die folgenden Tage brachten weitere Studien und neue Eindrücke. John Workmann sah, wie auch die Rinder sich in einer Viertelstunde in unkenntliches Fleisch verwandelten. Er sah, wie unendliche Mengen dieses Fleisches in die riesigen Pökeleien wanderten, wie anderes Fleisch in Rauchkammern gelangte, denen ein besonders aromatischer Rauch von Tannenholzfeuer mit aufgeworfenen Wacholderbeeren zugeführt wurde. Er gelangte auch in die Abteilung seines Wirtes, in welcher das angelieferte, schwach gepökelte und gut gekochte Rindfleisch auf automatischen Waagen portionsweise abgewogen und durch Füllmaschinen in Blechbüchsen gepreßt wurde. Er sah schließlich unendliche Mengen noch unzerteilter Tierkörper in die Gefrierräume abziehen. Er sah viel Blut und bienenemsige, genau organisierte, eingeteilte Arbeit. Dann aber führte ihn der Weg in die Abteilungen, in denen aus den Eingeweiden die minderwertigen Konserven für die arme Bevölkerung hergestellt wurden, und sein Enthusiasmus für diesen Betrieb wurde geringer. Er kam schließlich in die letzten Abteilungen, in denen die ganz unbrauchbaren Bestandteile der Tiere als Leim und technische Fette verarbeitet wurden, und er entfloh schaudernd vor der Unmasse von Gestank und Schmutz, die ihm hier entgegenschlug. Als der vierzehnte Tag nach seiner Unterredung mit Mr. Amour herankam, hatte John Workmann die Werke in ihren sämtlichen Teilen besucht. Er kannte jeden Saal und jede Maschine. Er wußte in dem ganzen Betriebe so genau Bescheid, wie sonst wohl nur einige wenige Direktoren der obersten Leitung. Und nun beschloß er, sein Bündel zu schnüren und weiterzuwandern.

22. Kapitel

An einem der heruntergelassenen Abteilfenster des nach New York aus dem Westen kommenden, einfahrenden Zuges stand John Workmann und blickte auf die Häusermassen, die Plätze und Straßen New Yorks, welche ihm so wohlbekannt waren und seine Heimat bedeuteten.

Da kam er nun zurück nach New York – nach seiner Heimat, welche er vor einem guten Jahr mit so kühnen Hoffnungen verlassen – hinaus nach dem Westen wandernd, erwartend, daß ihm dort der Reichtum wie auf einer gutgefüllten Schüssel gereicht würde.

Er hatte in der Fremde eingesehen, daß das nur Phantasiegebilde, die unklaren Gedanken eines Knaben seien.

Unwillkürlich mußte er an eine kleine Geschichte denken, die er vor einiger Zeit gelesen hatte.

Da waren zwei Einwanderer soeben in New York vom Schiff gekommen und gingen die Hauptstraße der Riesenstadt, den Broadway, hinauf.

Beides einfache Arbeiter, ihre alte Heimat verlassend, um hier in Amerika, dem sagenumwobenen Lande des Goldes, Reichtümer zu finden.

Der eine der beiden sieht plötzlich vor seinen Füßen einen Diamanten aufblitzen, der von irgend jemand verloren worden war.

Mit freudigem Ausruf will er sich bücken, um den kostbaren Stein aufzunehmen, da hält ihn sein Genosse zurück und sagt:

»Mach doch nicht solchen Unsinn, Claas. Warum willst du dich nach dem Stein bücken. Ein paar Meilen weiter ins Land hinein liegen die Goldblöcke auf der Straße und du kannst damit Wagen volladen.«

Und er ließ den Diamanten liegen, wanderte dem Trugbild der auf der Straße liegenden Goldblöcke nach und war sicher irgendwo im fernen Westen in einem Elendviertel mit seinem Goldtraum begraben worden.

An diese Geschichte dachte John Workmann.

War er nicht auch solch ein unsinniger Phantast? –

War nicht auch ihm ein Diamant in der Stadt geboten worden? – Arbeit und Existenz, Brot und Fortkommen? – Und er hatte es verächtlich behandelt, hatte es nicht wert gehalten und war fortgewandert.

Aber dann überdachte er alle die Erfahrungen und Eindrücke des verflossenen Jahres, und der junge Knabe, der eben erst Sechzehnjährige, spürte es deutlich, daß er sein letztes Jahr doch nicht verloren habe, ja, daß er es um keinen Preis in seinem Leben missen möge. Er war in diesem Jahre um vieles männlicher und reifer geworden. Nur nebensächlich schien es ihm, daß auch der Ertrag seiner Arbeit in diesem Jahre ein guter gewesen war. Wohl erfüllte ihn der Umstand, daß er mit mehr als dreitausend Dollar in der Tasche zurückkehrte, mit einer stillen Befriedigung. Aber wichtiger erschien ihm doch, was er in diesem Jahre gelernt hatte. Wenn ihn heute jemand fragte, was er könne, so brauchte er nicht mehr schweigend zu erröten. Sicher und selbstbewußt konnte er heute zur Antwort geben: Jede Maschine kann ich bedienen.

Nun fuhr der Zug in die Zentralstation ein. – Überall wurden die Reisenden von Erwartenden freudig begrüßt, und vielleicht war John Workmann der einzige, welcher, ohne freundschaftliche oder liebe Augen zu sehen, allein durch die Menschenmenge ging, sein kleines Gepäck selbst in der Hand tragend.

Als einige Zeitungsjungen mit ihrem gewohnten gellenden Ruf, der wie ein Alarmschuß wirkte, mit den neuesten Zeitungen auf ihn losstürzten, wich er ihnen scheu aus. Er hatte Furcht, daß er von ihnen erkannt werden könnte.

Mit flüchtigem Blick sah er auch, daß einige unter den Jungen Mitglieder des von ihm gegründeten Klubs der Zeitungsjungen waren. Aber sie hätten ihn nicht erkannt, darüber konnte er unbesorgt sein.

In der stärkenden Landluft und bei reichlicher Nahrung hatte sich seine schmalbrüstige Gestalt gebreitet, und er war wohl auch um einen halben Kopf größer geworden. Auch seine blasse

Gesichtsfarbe war tief gebräunt und der weiche Ansatz eines Bartes machte sich auf der Oberlippe bemerkbar. Das war nicht mehr der Knabe John Workmann, sondern der Jüngling.

Die Kinderschuhe harte er ein für allemal ausgezogen.

Und dann, was er selbst gar nicht beobachtet hatte, seine Stimme war kräftig und rauh wie die eines Mannes geworden.

Langsam ging er mit etwas müden Schritten, infolge der langen Eisenbahnfahrt, die Fifth Avenue hinunter, um zum Gebäude des »New York Herald« zu gelangen.

Es war vier Uhr nachmittags. Ein wunderschöner Spätsommertag, welchen die Reichen der Stadt dazu benutzen, um mit ihren prächtigen Wagen, Autos und zu Pferde den Zentralpark aufzusuchen und dort den Korso mitzumachen.

Mit brennenden Augen sah John Workmann auf die reichen Leute, welche anscheinend nur des Genusses wegen lebten und keine andere Sorge kannten als die, mit vielem Vergnügen ihre Zeit auszufüllen.

Besonders die Frauen, welche nachlässig in die seidenen Kissen der Wagen zurückgelehnt dasaßen, überboten sich gegenseitig mit ihren prächtigen Toiletten und Edelsteinen, und elegante Männer saßen zu ihren Seiten oder ritten zu Pferde neben den Wagen, scharfgeschnittene Typen, vielfach Abkömmlinge der vor mehreren hundert Jahren eingewanderten Geschlechter spanischen oder englischen Ursprungs.

Die Millionen, welche ihre Väter in dem reichen Lande schaffen konnten, gaben ihnen das Recht, sich die oberen Vierhundert zu nennen und sorglos in den Tag hinein zu leben, aber nur dem äußeren Anschein nach. In Wirklichkeit arbeiteten die meisten dieser Männer hart und energisch, um die Vermögen ihrer Väter zu erhalten und um den Luxus, den sie für sich und ihre Frauen aufwandten, bestreiten zu können.

Das hatte sich John Workmann, wenn er seine Zeitungen im Zentralpark um die nachmittäglichen Stunden verkaufte, auch immer geträumt.

In solchen Wagen wollte er auch spazierenfahren oder auf einem solch prächtigen Pferde reiten. Dann wünschte er sich ein ebenso prächtiges Haus, wie sie zu Dutzenden zur Seite der Fifth Avenue am Zentralpark standen.

Die gellenden Rufe der Zeitungsjungen riefen John Workmann aus seinen Träumen in die Wirklichkeit zurück.

»The swamp of Chicago!« »Die Mißstände in der Packerei von Armour and Company!« »Ungeheuerliche Schmutzereien bei der Fleischfabrikation!« »Neueste Enthüllungen über die Volksvergifter in Chikago!« so gellte es ihm von allen Seiten in die Ohren, und neugierig kaufte er sich eine Zeitung.

John Workmann überflog die Zeitung und die Röte der Entrüstung stieg ihm in die Wangen. Gewiß hatte er erkannt, daß in dem großen Betriebe von Armour and Company manches nicht so war, wie es sein sollte. Aber das hier war maßlos übertrieben, war geeignet, eine große, blühende Industrie des Landes in der ganzen Welt bloßzustellen. Er sprang auf den nächsten Straßenbahnwagen und fuhr, wie er da war, sein Reisebündel immer noch in der Hand, zum Gebäude des »New York Herald«. Wenige Minuten später stand er im Zimmer des Sekretärs George B. Taylor, der ihn erst nach schärferem Zusehen wiedererkannte.

»Hallo, Mr. Workmann, groß und stark und braun geworden. Ich hörte, Sie seien im Westen.«

»Ich komme eben daher. Direkt vom Zentraldepot. Ich muß Mr. Bennett unbedingt sprechen.«

Der Sekretär zuckte zusammen. »Mr. Bennett ... ich will es versuchen ... vielleicht ist er zu sprechen.«

»Er muß zu sprechen sein. Nach dem, was eben in seiner Zeitung steht, muß er für mich zu sprechen sein. Das ist seine Pflicht.«

Geräuschlos hatte sich während dieser letzten Worte die Tür zum Nebenraum geöffnet. Von John Workmann und dem Sekretär ungesehen, stand Mr. Bennett auf der Schwelle und betrachtete ruhig und forschend die erregten Züge John Workmanns.

»Was steht in meiner Zeitung und warum ist es meine Pflicht, Sie zu empfangen?«

John Workmann drehte sich um und stand dem Gewaltigen Angesicht zu Angesicht gegenüber. Einen Moment schlug ihm das Herz bis in den Hals hinauf. Dann faßte er sich und sagte mit fester Stimme:

»Mister Bennett, ich komme direkt aus den Betrieben von Armour and Company. Ich habe diese Betriebe ebenso sorgfältig studiert wie Ihren Zeitungsbetrieb. Hier finde ich diese Anschuldigungen...« Er wies auf die vor ihm liegende Nummer des Herald.

»... Nach Ehre und Gewissen behaupte ich, diese Angriffe und Anschuldigungen sind zum größten Teil Lügen.«

Mr. Bennett überlegte einen kurzen Moment.

»Sie behaupten, Sie hätten den Betrieb wie meinen studiert. Wie ist das möglich gewesen?«

John Workmann zog seine Papiere heraus und überreichte Mr. Bennett die Karte, die der alte Armour ihm gegeben hatte.

»Sir, der Text dieser Karte wurde von Mr. Amour nach dieser Vorlage geschrieben.«

Er legte die Karte, die ihm einst Mr. Bennett selbst vor drei Jahren ausgefüllt hatte, daneben. Der Zeitungsriese nahm die beiden Blätter und verglich die Texte Wort für Wort. Dann ging ein kurzes Lächeln über seine ehernen Züge.

»All right, Mr. Workmann. Ich sehe, Sie haben Ihre Zeit nicht verloren. Soviel ich weiß, sind Sie mit unserm Redakteur, Mr. Berns, befreundet ... Gehen Sie sofort an die Arbeit und legen Sie Ihre Erfahrungen schriftlich nieder. Mr. Berns soll Ihnen behilflich sein, soll ihren Arbeiten die richtige Fassung geben und die nötigen head lights aufsetzen. Fangen Sie sofort an. In einer Stunde muß Ihr erster Artikel auf der Straße sein.« Ohne ein Wort der Erwiderung abzuwarten, war Mr. Bennett in sein Zimmer zurückgegangen.

Das Telefon arbeitete ... die Befehle des Zeitungsriesen gingen an alle Stellen des großen Betriebes, und fünf Minuten später saß John Workmann im Zimmer von Mr. Berns und schrieb Bogen um Bogen. Jeder Bogen wanderte sofort in die Hände von Mr. Berns, wurde zerschnitten, auf große weiße Blätter geklebt und an den Schnittstellen durch riesige Oberschriften, die head lights der amerikanischen Zeitungen, unterbrochen. Und jeder so bearbeitete Bogen glitt durch die Rohre der pneumatischen Hauspost mit Pfeilgeschwindigkeit in die Setzerei.

Zwei Stunden waren über dieser Tätigkeit verflossen. Dann verließ John Workmann den Palast des Zeitungsriesen und trat wieder auf die schon im Dämmerlicht liegende Straße. Heftiger denn je tobte hier der Lärm der Zeitungsjungen. Gellend schrien sie die Überschriften in das Publikum, die Mr. Berns vor einer knappen halben Stunde geschrieben hatte.

»Authentische Informationen über die Betriebe von Armour and Company.« »Unser Spezialberichterstatter John Workmann.« »Unerkannt im Betriebe von Armour and Company.« »Seine Erfahrungen in der Packerei.« »Dreißig Schweine in der Minute.« »Tausend Rinder am Tag.« John Workmann schritt weiter.

Er achtete gar nicht darauf, daß er unwillkürlich mitten auf den Haufen der wartenden Zeitungsjungen vor dem Gebäude des »New York Herald« zuging.

Und plötzlich – ein Jubelschrei! – » *John Workmann! John Workmann!*« – und dann verstärkt von Dutzenden von frischen Knabenkehlen. – Wie eine Horde Wilder umzingelten und umsprangen sie John Workmann, streckten ihm Dutzende von Händen entgegen, umschlossen ihn wie mit einem festen Keil, und wohin er auch blickte, sah er leuchtende, freudige Jungenaugen.

Die Zeitungsjungen hatten ihren jungen Präsidenten wieder.

Keiner von all den Jungen achtete jetzt noch darauf, daß neue Ausgaben zum Versand fertig waren – was galt ihnen heute der Zeitungsverkauf. Wie im Triumph führten sie John Workmann den Broadway hinab, immer mehr Jungen schlossen sich ihnen an, immer wieder jubelten sie: »John Workmann! – John Workmann!« und führten ihn mit diesen Jubelrufen die Straßen hinab zum Klub der Zeitungsjungen.

Einige von ihnen waren vorausgeeilt wie flinke Wiesel, schneller, als die elektrischen Bahnen fuhren, und hatten die Kunde zur Mutter John Workmanns gebracht.

Alles stand noch festlich vom Sonntag hergerichtet da. Im ganzen Hause wehte feiner Kuchenduft und es war, als ob es auf Weihnachten ginge.

Dann führten die Jungen John Workmann zur Türe des Hauses hinein.

Die Treppe herab kam seine Mutter mit ausgebreiteten Armen, Henry Colbert führte sie, da sie vor Freude zitterte.

Dann aber stürzte John Workmann mit dem lauten Ausruf: »Liebe Mutter!« ihr entgegen, umarmte sie und während alle Jungen in heiligem Schweigen umherstanden, fanden sich Mutter und Sohn wieder zusammen.

Ein Jubeln begann jetzt und eine späte abendliche Feier, so freudig und so glücklich, wie sie das kleine Haus seit John Workmanns Fortgang nicht wieder gesehen.

In dem großen Versammlungssaal des Klubs hatten sie sich an den weißgedeckten Tischen niedergelassen. Bier wurde gereicht, und John Workmann mußte den Ehrensitz an der Tafel einnehmen. Dann hob Henry Colbert, der jetzige Präsident des Klubs, zur Begrüßung das Glas und sagte:

»Die Zeitungsjungen New Yorks grüßen den ehemaligen Zeitungsjungen John Workmann, den heutigen jungen Zeitungs-General. Three cheers für General Workmann!«

Die Hochs, in welche die Jungens ausbrachen, machten die Fensterscheiben klirren, und manch einer von ihnen trank heute in seiner Freude so viel, daß er mit schwerem Kopf zu Bett ging.

Und endlich, spät abends erst, als sich der Jubel der Jungen gelegt, vermochte John Workmann zu seiner Mutter zu gehen und dort mit ihr die Freude des Wiedersehens zu feiern.

»Wie groß du geworden bist«, sagte die Mutter und streichelte immer wieder seinen Arm und sein Haar.

»Wie ein Mann sprichst du schon«, sagte wieder die alte Frau, »und dein Gesicht ist ernster geworden.«

»Seit wann bist du in New York, John«, fragte die Mutter, und John Workmann wußte gar nicht so schnell auf alle die Fragen die Antwort zu geben.

Endlich wurde es ihm doch zuviel.

Glücklich auflachend setzte er sich an den festlich gedeckten Tisch und sagte:

»Ich sehe, ihr habt da den famosen Napfkuchen, den es sonst immer nur zu Weihnachten gab. Tut mir den Gefallen und fragt mich nicht mehr soviel, sondern schneidet mir ein ordentliches Stück davon ab.«